U0933086

本

【明】洪楩 著

中国出版集团公司
華文出版社

图书在版编目（CIP）数据

清平山堂话本 /（明）洪楩著. -- 北京：华文出版社，2018.1（2020.5重印）
（中国古典小说丛书）
ISBN 978-7-5075-4842-6

Ⅰ. ①清… Ⅱ. ①洪… Ⅲ. ①话本小说—小说集—中国—明代 Ⅳ. ①I242.3

中国版本图书馆CIP数据核字（2017）第325183号

清平山堂话本

著　　者：（明）洪　楩
责任编辑：刘超平　徐日莉
特约编辑：余　庆
装帧设计：格林文化
出版发行：华文出版社
社　　址：北京市西城区广外大街305号8区2号楼
邮政编码：100055
网　　址：http：//www.hwcbs.com.cn
投稿信箱：hwcbs@126.com
电　　话：总编室 010-58336239　责任编辑 010-58336222
发行部 010-58336270　010-56249152
经　　销：新华书店
印　　刷：河北盛世彩捷印刷有限公司
开　　本：710mm × 1000mm 1/16
印　　张：15.25
字　　数：198千字
版　　次：2018年4月第1版
印　　次：2020年5月第2次印刷
标准书号：ISBN 978-7-5075-4842-6
定　　价：36.00 元

“中国古典小说丛书”出版说明

所谓“古典小说”云者，其义有二焉：一曰，但凡古代之小说，皆可谓之“古典小说”；一曰，但凡技法未受泰西影响之小说，亦可谓之“古典小说”。然此特就今人之观念言之耳。

揆诸坟典，“小说”一词，出自《庄子·外物篇》，其言曰：“饰小说以干县令，其于大达亦远矣。”由此观之，庄子所谓“小说”，不过琐屑之言，以其无关道术，故以小说名之耳。

炎汉成、哀之世，刘向、刘歆父子典校秘书，检讨百家学说，取桓谭《新论》“小说家合丛残小语，近取譬论，以作短书，治身治家，有可观之辞”之意，把《伊尹说》《鬻子说》诸书，归为“小说家”之书，而《汉书·艺文志》（以下简称《汉志》）继之。夷考其说，“小说家者流，盖出于稗官，街谈巷语，道听途说者之所造也”（语出《汉志》），此亦非后世之小说也。

唐修《隋书》，其《经籍志》立论本诸《汉志》，以小说为“街谈巷语之说”（《隋书·经籍志》语）。当此之时，小说之名虽同，而其类目稍广，举凡《燕丹子》《世说》《迩说》之属，皆可入诸小说名下。

后晋修《唐书》，其《经籍志》立论与《隋志》无异，以《博物志》隶小说，此为“神异志怪之书”入小说之始。

天水一朝，欧阳文忠公撰《新唐书·艺文志》（以下简称《新唐志》），以《列异传》《甄异传》《续齐谐记》《感应传》《旌异记》等“史部·杂传类”之书移于“小说类”。至是，小说之部类日棼。

及元脱脱修《宋史》，《艺文志·小说类》承《新唐志》之旧而增广之。

明胡应麟以小说繁夥，派别滋多，于是综核大凡，分小说为六类：一曰“志怪”，一曰“传奇”，一曰“杂录”，一曰“丛谈”，一曰“辩订”，一曰“箴规”。至此，小说一类已蔚为大观，脱《汉志》“街谈巷语”之成规。

清修“四库”，《总目提要》（以下简称《提要》）别小说为三派，“其一叙述杂事……其一记录异闻……其一缀辑琐语”，而又损益之。考诸《提要》，则损益可知：一曰，进“丛谈”“辩订”“箴规”为“杂家”；一曰，隶《山海经》《穆天子传》诸书于小说。小说范围，至是乃稍整洁矣。其分目虽殊，而论述则袭诸旧志。

曩者宋元明清之史志，难觅“平话”“演义”之书，此特士夫习气，鄙其为末流所使然也。史家成见，一至于斯。今人刻书，自当脱古人窠臼。

说部诸书，以文体分，有“白话”“文言”之别；以体裁分，有“话本”“传奇”“演义”之别；以内容分，有“佳话”“世情”“侠义”“家将”“神魔”之别。细玩其文，既有劝世之良言，亦有“诲淫诲盗”之糟粕，而抉择去取，转成读说部书之第一要务。以此之故，我社特于说部诸书择其精者，辑之而为“中国古典小说丛书”，凡百余种。

然说部之书浩如烟海，其精者又何限于区区百十之数？此次出版，难免遗珠之憾。然能俾读者因之而省择取之劳，进而得窥说部精要，示人以津梁，则尚不违出版“中国古典小说丛书”之初心。

说部之书，多出自书坊，脱误错乱，在所难免，故于“取其精华，去其糟粕”外，尚需广施校雠，始得成其为可读之书。以此之故，我社多方搜罗以定底本，精排其版以美其观，躬自校雠以正讹误，然后付诸枣梨，装订成书，以飨读者。

限于编者学力有限，书中疏漏之处，在所难免，尚祈广大方家、读者诸君不吝批评斧正。凡能指出书中一二谬误者，皆为吾师，吾人不胜感激之至。

华文出版社编辑部

2017年10月26日

目　录

卷一

卷二

卷三

雨窗集上

雨窗集下

卷一

柳耆卿诗酒玩江楼记

入话：

谁家柔女胜姮娥，行速香阶体态多。
两朵桃花焙晓日，一双星眼转秋波；
钗从鬓畔飞金凤，柳傍眉间锁翠（娥）[蛾][①]。
万种风流观不尽，马行十步九蹉跎。

这首诗是柳耆卿题美人诗。

当时是宋神宗朝间，东京有一才子，天下闻名，姓柳，双名耆卿，排行第七，人皆称为“柳七官人”。年方二十五岁，生得丰姿洒落，人材出众。吟诗作赋，琴棋书画，品竹调丝，无所不通。专爱在花街柳巷，多少名妓欢喜他。在京师与三个出名上[厅]行首打暖：一个唤做陈师师，一个唤做赵香香，一个唤做徐冬冬，这三个顶老陪

① 小括号的文字表示底本疑误，中括号用于订误或补缺。

钱，争养着那柳七官人。三个爱这柳七官人，曾作一首词儿为证。其词云：

师师媚容艳质，香香与我情多，冬冬与我煞脾和，独自窝盘三个。 撰字苍王未肯，权将“好”字停那。如今意下待如何？“奸”字中间着我。

这柳七官人在三个行首家闲耍无事，一日，作一篇歌头曲尾。歌曰：

十里荷花九里红，中间一朵白松松。

白莲则好（模）[摸]藕吃，红莲则好结莲蓬。

结莲蓬，结莲蓬，莲蓬好吃藕玲珑。开花须结子，也是一场空。一时乘酒兴，空肚里吃三钟。（番）[翻]身落水寻不见，则听得采莲船上，鼓打扑咚咚。

柳七官人一日携仆到金陵城外，玩江楼上，独自个玩赏。吃得大醉，命仆取笔，作一只词，词寄《虞美人》，乃写于楼中白粉壁上。其词曰：

春花秋月何时了？往事知多少！小楼昨夜又东风，故国不堪回首月明中！雕栏玉砌应（由）[犹]在，只是朱颜改。问君都有几多愁？恰似一江春水向东流。

柳七官人词罢，掷笔于楼，拂袖而返京都。

这柳耆卿诗词文采，压于才士。因此近侍官僚喜敬者，多举孝廉，保奏耆卿为江浙路管下余杭县宰。柳耆卿乃辞谢官僚，别了三个行首，各各饯别而不忍舍。遂别亲朋，将带仆人，携琴、剑、书箱，迤逦在路，不一日，来到余杭县上任。端的为官清政，讼简词清。

过了两月，用己财起造一楼于官塘水次，效金陵之楼，题（之）额曰“玩江楼”，以自取乐。本处有一美丽歌妓，姓周，小字月仙，柳七官人每召至楼上歌唱祇应。柳县宰见月仙果然生得：

> 云鬓轻梳蝉翼，（娥）[蛾]眉巧画春山。朱唇注一颗夭桃，皓齿排两行碎玉。花生媚脸，冰剪明眸；意态妖娆，精神艳冶。岂特余杭之绝色，尤胜都下之名花。

当日酒散，柳县宰看了月仙，春心荡漾，以言挑之。月仙再三拒而弗从而去。柳七官人（交）[教]人打听，元来这周月仙自有个黄员外，情密甚好。其黄员外宅，与月仙家离古渡一里有余，因此，每夜用船来往。耆卿备知其事，乃密召其舟人至，吩咐（交）[教]伊："夜间船内强奸月仙，可来回复，自有重赏。"其舟人领台旨去了。

却说周月仙，一日晚，独自下船，欲往黄员外宅去。月色明朗，船行半路，舟人将船缆于无人烟处，走入船（仓）[舱]内，不问事由，向前将月仙搂抱在（仓）[舱]中，逼着定要云雨。周月仙料难脱身，不得已而从之。与舟人云收雨散，月仙惆怅而作诗歌之：

> 自恨身为妓，遭淫不敢言。
> 羞归明月渡，懒上载花船。

是夜周月仙被舟人淫勾，不敢明言，乃往黄员外家，至晓回家。

其舟人已自回复柳县宰。县宰设计，乃排宴于玩江楼上，令人召周月仙歌唱，却乃预令舟人假作客官预坐。酒半酣，柳县宰乃歌周月仙所作之诗，曰：

> 自恨身为妓，遭淫不敢言。
> 羞归明月渡，懒上载花船。

柳耆卿歌诗毕，周月仙惶愧羞惭满面，安身无地，低首不语。耆卿命舟人退去，月仙向前跪拜，告曰："相公恕贱人之罪，望怜而惜之！妾今愿为侍婢，以奉相公，心无二也！"当日，月仙遂与耆卿欢洽。耆卿大喜，而作诗曰：

佳人不自奉耆卿，却驾孤舟犯夜行。
残月晓风杨柳弄，肯教辜负此时情！

诗罢，月仙拜谢耆卿而回。自此，日夕常侍耆卿之侧，与之欢悦无怠。

忽一日，耆卿酒醉，命月仙取纸笔，作一词，词寄《浪里来》。词曰：

柳解元使了计策，周月仙中了机扣。我（交）[教]那打渔人准备了钓鳌钩。你是惺惺人，算来出不得文人手。姐姐，免劳慚皱，我将那点钢锹掘倒了玩江楼。

柳七官人写罢，付与周月仙。月仙谢了，自回。

这柳县宰在任三年，周月仙殷勤奉从，两情笃爱。却恨任满回京，与周月仙相别，自回京都。到今风月江湖上，万古渔樵作话文。

有诗曰：

一别知心两地愁，任他月下玩江楼。
来年此日知何处？遥指白云天际头。

又诗曰：

耆卿有意恋月仙，清歌妙舞乐怡然。
两下相思不相见，知他相会是何年？

简帖和尚

（亦名《胡姑姑》，又名《错下书》）

公案传奇

入话：

《鹧鸪天》

白苎新袍入嫩凉，春蚕食叶响长廊。禹门已准桃花浪，月殿先收桂子香。
鹏北海，凤朝阳，又携书剑路茫茫。明年此日青云去，却笑人间举子忙。

大国长安一座县，唤做咸阳县，离长安四十五里。一个官人，复姓宇文，名绥，离了咸阳县，来长安赴试，一连三番试不过。有个浑家王氏，见丈夫试不中归来，把复姓为题，作个词儿，专说丈夫试不中，名唤做《望江南》，词道是：

公孙恨，端木笔俱收，枉念歌馆经数载，寻思徒记万余秋，拓拔泪交流。
村仆固，闷驾独孤舟。不望手勾龙虎榜，慕容颜老一齐休，甘分守闾丘。

那王氏意不尽，看着丈夫，又作四句诗儿：

良人得（得）[意]负奇才，何事年年被放回？
君面从今羞妾面，此番归后夜间来。

宇文解元从此发忿道："试不中，定是不归！"到得来年，一举成名了，只在长安住，不归去，浑家王氏见这丈夫不归，理会得道："我曾作诗嘲他，可知道不归。"修一封书，叫当直王吉来："你与我将这封书去四十五里，把与官人。"书中前面略叙寒暄，后面作只词儿，名做《南柯子》。词道是：

鹊喜噪晨树，灯开半夜花，果然音信到天涯，报道玉郎登第出京华。
旧恨消眉黛，新欢上脸霞。从前都是误疑他，将谓经年狂荡不归家。

去这词后面，又写四句诗道：

长安此去无多地，郁郁葱葱佳气浮。
良人得意正年少，今夜醉眠何处楼？

宇文绶接得书，展开看，读了词，看罢诗，道："你前回作诗，教我从今归后夜间来，我今试过了，却要我回。"就旅邸中，取出文房四宝，作了只曲儿，唤做《踏（沙）[莎]行》：

足蹑云梯，手攀仙桂，姓名高挂登科记。马前喝道状元来！金鞍玉勒成行缀。　宴罢归来，恣游花市，此时方显平生志。修书速报凤楼人，这回好个风流婿！

作毕这词，取张花笺，折叠成书，待要写了付与浑家，正研墨，觉得手重，惹（番）[翻]砚，水滴儿打湿了纸。再把一张纸折叠了，写成[一]封家书，付与当直王吉，教吩咐家中孺人："我今在长安试过了，到夜了归来。急去传语孺人：'不到夜，我不归来！'"王吉接得书，唱了喏，四十五里田地，直到家中。

话里且说宇文绶发了这封家书，当日天色晚，客店中无甚底事，便去睡。方才朦胧睡着，梦见归去，到咸阳县家中，见当直王吉在门前，一壁脱下草鞋洗脚，宇文绶问道："王吉，你早归了？"再四问他，不应。宇文绶焦（噪）[躁]，抬起头来看时，见浑家王氏把着蜡烛，入去房里。宇文绶赶上来叫："孺人，我归了。"浑家不（采）[睬]，他又说两声，浑家又不（采）[睬]。宇文绶不知身是梦里，随浑家入房去，看这王氏时，放烛灯在（卓）[桌]子上，取早间一封书，头上取下金篦儿一剔，剔开封皮看时，却是一幅白纸。浑家（底）[含]笑，就灯烛下把起笔来，就白纸上写了四句诗：

> 碧纱窗下启缄封，一纸从头彻底空。
> 知尔欲归情意切，相思尽在不言中。

写毕，换个封皮，再来封了，那妇女把金篦儿去剔那蜡烛灯，一剔剔在宇文绶（敛）[脸]上，吃一惊，撒然睡觉，却在客店里床上睡，灯犹未灭。桌子上看时，果然错封了一幅白纸归去，（着）[取]一幅纸写这四句诗。

到得明日，早饭后，王吉把那封[回]书来，（折）[拆]开看时，里面写着四句诗，便是夜来梦里见那浑家做底一般，当便安排行李，即时归家去。这便唤做"错封书"。

下来说底便是"错下书"。有个官人，夫妻两口儿正在家坐地，一个人送封简帖儿来与他浑家。只因这封简帖儿，变出一本跷蹊作怪底小说来。正是：

尘随马足何年尽？事系人心早晚休。

淡画眉儿斜插梳，不忺拈弄绣工夫。云窗雾阁深深处，静拂云笺学草书。

多艳丽，更清姝，神仙标格世间无。当时只说梅花似，细看梅花却不如。

东京汴州开封府枣槊巷里，有个官人，复姓皇甫。单名松。本身是左班殿直，年二十六岁，有个妻子杨氏，年二十四岁，一个十三岁的丫环，名唤迎儿，只这三口，别无亲戚。

当时，皇甫殿直官差去押衣袄上边回来，是年节第二节。（去）[这][枣]槊巷口，一个小小底茶坊。开茶坊人唤做王二。当日茶市方罢，（相）[已]是日中，只见一个官人入来。那官人生得：

浓眉毛，大眼睛，蹶鼻子，略绰口。头上裹一顶高样大桶子头巾，着一领大宽袖斜襟褶子，下面衬贴衣裳，甜鞋净袜。

入来茶坊里坐下。开茶坊的王二拿着茶盏，进前唱喏奉茶。

那官人接茶吃罢，看着王二道："少借这里等个人。"王二道："不妨。"等多时，只见一个男女托个盘儿，口中叫："卖鹌鹑馉饳儿！"官人把手打招，叫："买馉饳儿。"僧儿见叫，托盘儿入茶坊内，放在（卓）[桌]上，将条篾篁穿那馉饳儿，捏些盐，放在官人面前，道："官人吃馉饳儿。"官人道："我吃。先烦你一件事。"僧儿道："不知要做甚么？"那官人指着枣槊巷里第四家，问僧儿："认得这人家么？"僧儿道："认得，那里是皇甫殿直家里。殿直押衣袄上边，方才回家。"官人问道："他家有几口人？"僧儿道："只是殿直，一个小娘子，一个小养娘。"官人道："你认得那小娘子也不？"僧儿道："小娘子寻常不出帘儿外面，有时叫僧儿买馉饳儿，常去，认得。问他做甚么？"

官人去腰里取下版金线篋儿，抖下五十来钱，安在僧儿盘子里。僧儿见了，可煞喜欢，叉手不离方寸："告官人，有何使令？"官人道：“我相烦你则个。”袖中取出一张白纸，包着一对落索环儿，两只短金钗子，一个简帖儿，付与僧儿道：“这三件物事，烦你送去适间问的小娘子，你见殿直，不要送与他，见小娘子时，你只道官人再三传语，将这三件物来与小娘子，万望笑留。你便去，我只在这里等你回报。”

那僧儿接了三件物事，把盘子寄在王二茶坊柜上。僧儿托着三件物事，入枣槊巷来，到皇甫殿直门前，把青竹帘掀起，探一探。当时皇甫殿直正在前面（校）[交]椅上坐地，只见卖馉饳的小厮儿掀起帘子，猖猖狂狂，探一探了便走，皇甫殿直看着那厮，震威一喝，便是：

当阳桥上张飞勇，一喝曹公百万兵。

喝那厮一声，问道：“做甚么？”那厮不顾便走，皇甫殿直拽开脚，两步赶上，捽那厮回来，问道：“甚意思？看我一看了便走。”那厮道：“一个官人教我把三件物事与小娘子，不教把来与你。”殿直问道：“甚么物事？”那厮道：“你莫问，不教把与你！”皇甫殿直搭得拳头没缝，去顶门上屑那厮一搡，道：“好好的把出来教我看！”那厮吃了一搡，只得怀里取出一个纸裹儿，口里兀自道：“教我把与小娘子，又不教把与你！”

皇甫殿直劈手夺了纸包儿，打开看，里面一对落索环儿，一双短金钗，一个简帖儿。皇甫殿直接得三件物事，拆开简子看时：

某皇恐再拜，上启小娘子妆前：即日孟春谨时，恭惟懿候起居万福。某外日荷蒙持杯之款，深切仰思，未尝少替。某偶以薄干，不及亲诣，聊有小词，名《诉衷情》，以代面禀，伏乞懿览。

词道是：

知伊夫婿上边回，懊恼碎情怀。落索环儿一对，简子与金钗。　伊收取，莫疑猜，且开怀。自从别后，孤帏冷落，独守书斋。

皇甫殿直看了简帖儿，劈开眉下眼，咬碎口中牙，问僧儿道："谁（交）[教]你把来？"僧儿用手指着巷口王二哥茶坊里道："有个粗眉毛、大眼（精）[睛]、蹶鼻子、略绰口的官人，教我把来与小娘子，不教我把与你。"皇甫殿直一只手捽着僧儿狗毛，出这枣槊巷，径奔王二哥茶坊前来。僧儿指着茶坊道："恰才在（捞）[这]里面打底床铺上坐地底官人，教我把来与小娘子，又不（交）[教]把与你，你却打我。"

皇甫殿直再捽僧儿回来，不由开茶坊的王二分说。当时到家里，殿直焦躁，把门来关上，闩来闩（了）[去]，吓得僧儿战做一团。

殿直从里面叫出二十四岁花枝也似浑家出来，道："你且看这件物事！"那小娘子又不知上件因依，去交椅上坐地。殿直把那简帖儿和两件物事度与浑家看。那妇人看着简帖儿上言语，也没理会处。殿直道："你见我三个月日押衣袄上边，不知和甚人在家中吃酒？"小娘子道："我和你从小夫妻。你去后，何曾有人和我吃酒！"殿直道："既没人，这三件物从那里来？"小娘子道："我怎知！"殿直左手指，右手举，一个漏风掌打将去。小娘子则叫得一声，掩着面，哭将入去。

皇甫殿直叫将十三岁迎儿出来，去壁上取下一把箭簝子竹来，放在地上，叫过迎儿来。看着迎儿生得：

短胳膊，琵琶腿。劈得柴，打得水。会吃饭，能屙屎。

皇甫松去衣架上取下一条绦来，把妮子缚了两只手，掉过屋梁去，直下打一抽，吊将妮子起去，拿起箭篠子竹来，问那妮子道：“我出去三个月，小娘子在家中和甚人吃酒？”妮子道：“不曾有人。”皇甫殿直拿起箭篠子竹，去妮子腿上便摔，摔得妮子杀猪也似叫，又问又打。那妮子吃不得打，口中道出一句来：“三个月殿直出去，小娘子夜夜和个人睡。”皇甫殿直道：“好也！”放下妮子来，解了绦，道：“你且来，我问你，是和兀谁睡？”那妮子揩着眼泪道：“告殿直，实不敢相瞒，自从殿直出去后，小娘子夜夜和个人睡，不是别人，却是和迎儿睡。”

皇甫殿直道：“这妮子却不弄我！”喝将过去，带一管锁，走出门去，拽上那门，把锁锁了。走出转弯巷口，叫将四个人来，是本地方所由，如今叫做“连手”，又叫做“巡军”，张千、李万、董霸、薛超四人。来到（闩）[门]前，用钥匙开了锁，推开门。从里面扯出卖馉饳的僧儿来，道：“烦上名收领这厮。”四人道：“父母官使令，领台旨。”殿直道：“未要去，还有人哩！”从里面叫出十三岁的迎儿，和二十四岁花枝[似]的浑家，道：“和他都领[去]。”薛超唱喏道：“父母官，不敢收领孺人。”殿直道：“你（潓）[们]不敢领他，这件事干人命！”吓得四个所由，则得领小娘子和迎儿，并卖馉饳儿的僧儿三个同去，解到开封钱大尹厅下。

皇甫殿直就厅下唱了大尹喏，把那简帖儿呈复了。钱大尹看见，即时（交）[教]押下一个所属去处，叫将山前行山定来。当时山定承了这件文字，叫僧儿问时，应道：“则是茶坊里见个粗眉毛、大眼（精）[睛]、蹶鼻子、略绰口的官人，（交）[教]把这封简子来与小娘子，打杀后也只是恁地供。”问这迎儿，迎儿道：“既不曾有人来同小娘子吃酒，亦不知付简帖儿来的是何人？打死也只是恁么供招。”却待问小娘子，小娘子道：“自从（小）[少]年夫妻，都无一个亲戚来去，只有夫妻二人，亦不知把简帖儿来的是何等人。”

山前行山定看着小娘子生得（怎）[恁]地瘦弱，怎禁得打勘，怎地讯问他？从里面（交）[教]拐将过来两个狱子，押出一个罪人来。看这罪人时：

面长皴轮骨，胲生渗瘷腮。
有如行病鬼，到处降人灾。

小娘子见这罪人后，两只手掩着面，那里敢开眼。山前行看着静山大王，道声与狱子："把枷梢一纽！"枷梢在上，道士头向下，拿起把荆子来，打得杀猪也似叫。山前行问道："你曾杀人也不曾？"静山大王应道："曾杀人。"又问："曾放火不曾？"应道："曾放火。"教两个狱子把静山大王押入牢里去，山前行回转头来，看着小娘子，道："你见静山大王，吃不得几杖子。杀人放火都认了。小娘子，你有事，只好供招了，你却如何吃得这般杖子？"小娘子簌地两行泪下，道："告前行，到这里隐讳不得。"觅幅纸和笔，只得与他供招，小娘子供道："自从（小）[少]年夫妻，都无一个亲戚来往，即不知把简帖儿来的是甚色样人。如今看要教侍儿吃甚罪名，皆出赐大尹笔下。"见恁么说，五回三次问他，供说得一同。

似此三日，山前行正在州衙门前立，倒断不下，猛抬头看时，却见皇甫殿直在面前相揖，问及这件事："如何三日理会这件事不下？莫是接了寄简帖的人钱物，故意不予决这件公事？"山前行听得，道："殿直，如今台意要如何？"皇甫松道："只是要休离了！"

当日山前行入州衙里，到晚衙，把这件文字呈了钱大尹。大尹叫将皇甫殿直来，当厅问道："捉贼见赃，捉奸见双；又无证佐，如何断得他罪？"皇甫松告钱大尹："松如今不愿同妻子归去，情愿当官休了。"大尹台判："听从夫便。"

殿直自归。僧儿、迎儿喝出，各自归去。

只有小娘子见丈夫不要他，把他休了，哭出州衙门来。口中自道："丈夫又不要我，又没一个亲戚投奔，教我那里安身？不若我自寻死后休！"上天汉州桥，看着金水银堤汴河，恰待要跳将下去，则见后面一个人，把小娘子衣裳一捽捽住，回转头来看时，恰是一个婆婆，生得：

眉分两道雪，髻挽一窝丝。眼昏一似秋水微浑，发白不若楚山云淡。

婆婆道："孩儿，你却没事寻死做甚么？你认得我也不？"小娘子[道]："不识婆婆。"婆婆道："我是你姑姑。自从你嫁了老公，我家寒，攀陪你不着，到今不来往。我前日听得你与丈夫官司，我日逐在这里伺候。今日听得道休离了，你要投水做甚么？"小娘子道："我上无片瓦，下无（卓）[立]锥，老公又不要我，又无亲戚投奔，不死更待何时！"婆婆道："如今且同你去姑姑家里，后[看]如何？"妇女自思量道："这婆子知他是我姑姑也不是。我如今没投奔处，且只得随他去了，却理会。"当时随这姑姑家去看时，家里没甚么活计，却好一个房舍，也有粉青帐儿，有交椅（卓）[桌]凳之类。在这姑姑家里，过了三两日。

当日，方才吃罢饭，则听得外面一个官人高声大气叫道："婆子，你把我物事去卖了，如何不把钱来还？"那婆子听得叫，失张失志，出去迎接来叫的官人："请入来坐地。"小娘子着眼看时，见入来的人：

粗眉毛，大眼（精）[睛]，蹶鼻子，略绰口，抹眉裹顶高装大带头巾，阔上领皂褙儿，下面甜鞋净袜。

小娘子见了，口喻心，心喻口，道："好似那僧儿说的寄简帖儿官人。"只见官人入来，便坐在凳子上，大惊小怪道："婆子，你把我三百贯钱物事去卖了，经一个月日，不把钱来还。"婆子道："物事自卖在人头，未得钱。支得时，即便付还官人。”官人道：“寻常交关钱物东西，何尝推许多日？讨得时，千万送来。”官人说了自去。

婆子入来，看着小娘子，簌地两行泪下，道：“却是怎好！”小娘子问道：“有甚么事？”婆子道：“这官人原是蔡州通判，姓洪，如今不做官，却卖些珠翠头面。前日，一件物事教我把去卖，吃人交加了，到如今没这钱还他，怪他焦（燥）[躁]不得。他前日央我一件事，我又不曾与他干得。”小娘子问道：“却是甚么事？”婆子道：“（交）[教]我讨个细人，要生得好的。若得一个似小娘子模样去嫁与他，那官人必喜欢。小娘子，你如今在这里，老公又不要你，终不为了，不若姑姑说合，你去嫁官人，不知你意如何？”小娘子沉吟半晌，不得已，只得依姑姑口，去这官人家里来。

逡巡过了一年，当年是正月初一日，皇甫殿直自从休了浑家，在家中无好况，正是：

时间风火性，烧了岁寒心。

自思量道：“每年正月初一日，夫妻两人，双双地上本州大相国寺里烧香，我今年却独自一个，不知我浑家那里去[了]？”簌地两行泪下，闷闷不已，只得勉强着一领紫罗衫，手里把着银香盒，来大相国寺里烧香。到寺中烧香了，恰待出寺门，只见一个官人领着一个妇女。看那官人时，粗眉毛，大眼睛、蹶鼻子、略绰口，领着的妇女，却便是他浑家。当时丈夫看着浑家，浑家又觑着丈夫，两个四目相视，只是不敢言语。

那官人同妇女两个入大相国寺里去。皇甫松在这山门头正恁沉吟，见一个打香油钱的行者，正在那里打香油钱，看见这两人入去，口里道：“你害得我苦！你这汉如今却在这里！”大踏步赶入寺来。

皇甫殿直见行者赶这两人，当时叫住行者道：“五戒，你莫待要赶这两个人上去？”那行者道：“便是。说不得，我受这汉苦，到今日抬头不起。只是为他。”皇甫殿直道：“你认得这个妇女？”行者道：“不识。”殿直道：“便是我的浑家。”行者问：“如何却随着他？”皇甫殿直把送简帖儿和休离的上件事对行者说了一遍。行者道：“却是怎地？”行者却问皇甫殿直：“官人认得这个人？”殿直道：“不认得。”行者道：“这汉元是州东墦台寺里一个和尚。苦行便是墦台寺里行者。我这本师却是墦台寺监院，手头有百十钱，剃度这厮做小师。一年已前时，这厮偷了本师二百两银器，不见了；[累我]吃了些个情拷，如今赶出寺来，[没]讨饭吃处，罪过！这大相国寺里知寺厮认，留苦行在此间打化香油钱。今日撞见这厮，却怎地休得？”

方才说罢，只见这和尚将着他浑家，从寺廊下出来。行者牵衣带步，却待去捽这厮，皇甫殿直扯住行者，闪那身已在山门一壁，道：“且不得捽他。我和你尾这厮去，看那里着落，却与他官司。”两个后地尾将来。

话分两头。且说那妇人见了丈夫，眼泪汪汪，入去大相国寺里烧香了出来，这汉一路上却问这妇女道：“小娘子，你如何见了你丈夫便眼泪出？我不容易得你来！我当初从你门前过，见你在帘子下立地，见你生得好，有心在你处。今日得你做夫妻，也不通容易。”

两个说来说去，恰到家中门前，入门去。那妇人问道：“当初这个简帖儿，却是兀谁把来？”这汉道：“好（交）[教]你得知，便是我（交）[教]卖馉饳儿的僧儿把来，你的丈夫中我计，真个便把你休了。”妇人听得说，捽住那汉，叫声屈，不知高低。那汉见那妇人叫将起来，却（荒）[慌]就把只手去克着他（畈）[脖]项，指望坏他性命。

外面皇甫殿直和行者尾着他两人，来到门首，见他（懑）[们]入去，听得里面大惊小怪，跄将入去看时，见克着他浑家，阐阁性命。皇甫殿直和这行者两个即时把这汉来捉了，解到开封府钱大尹厅下：

出则壮士携鞭，入则佳人捧臂。

世世靴踪不断，子孙出入金门。

他是：

两浙钱王子，吴越国王孙。

大尹升厅，把这件事解到厅下。皇甫殿直和这浑家把前面说过的话对钱大尹历历从头说了一遍。钱大尹大怒，（交）[教]左右索长枷把和尚枷了，当厅讯一百腿花，押下左司理院，（交）[教]尽情根勘这件公事。勘正了，皇甫松责领浑家归去，再成夫妻，行者当厅给赏。和尚大情小节，一一都认了，不合设谋奸骗，后来又不合谋害这妇人性命，准杂犯断，合重杖处死。这婆子不合假装姑姑，同谋不首，亦合编管邻州。

当日推出这和尚来，一个书会先生看见，就法场上作了一只曲儿，唤做《南乡子》：

怎见一僧人，犯滥铺模受典刑。案款已成招状了，遭刑，棒杀髡囚示万民。　沿路众人听，尤念高王观世音。护法喜神齐合掌，低声，果谓金刚不坏身。

话本说彻，且作散场。

西湖三塔记

入话：

湖光潋滟晴偏好，山色溟濛雨亦奇。
若把西湖比西子，淡妆浓抹也相宜。

此诗乃苏子瞻所作，单题西湖好处。言不尽意，又作一词，词名《眼儿媚》：

登楼凝望酒阑□，与客论征途。饶君看尽，名山胜景，难比西湖。　　春晴夏雨秋霜后，冬雪□□□。一派湖光，四边山色，天下应无。

说不尽西湖好处，吟有一词云：

江左昔时雄胜，钱塘自古荣华。不惟往日风光，且看西湖景物：有一千顷碧澄澄波漾琉璃，有三十里青娜娜峰峦翡翠。春风郊野，浅桃深杏如妆；夏日湖中，绿盖红蕖似画；秋光老后，篱边嫩菊堆金；腊雪消时，岭畔疏梅破玉。花坞相连酒市，旗亭萦绕渔村。柳洲岸口，画舡停棹唤游人；丰乐楼前，青布高悬沽酒帘。九里乔松青挺挺，六桥流水绿粼粼。晚霞遥映三天竺，夜月高升南北峰。云生在呼猿洞口，鸟飞在龙井山头。三贤堂下千浔碧，四圣祠前一镜浮，观苏堤东坡古迹，看孤山和靖旧居。杖锡僧投灵隐去，卖花人向柳洲来。

这西湖是真山真水，一年四景，皆可游玩。真山真水，天下更有数处：润州扬子江金山寺，滁州琅邪山醉翁亭，江州庐山瀑布泉，西川濯锦江滟滪堆。这几处虽然是真山真水，怎比西湖好处？假如：风起时，有千尺翻头浪；雨下时，有百丈滔天水。大雨一个月，不曾见满溢；大旱三个月，不曾见干涸，但见：

一镜波光青潋潋，四围山色翠重重。
生出石来浑美玉，长成草处即灵芝。

那游人行到乱云深处，听得鸡鸣犬吠，缫丝织布之声，宛然人间洞府，世上蓬瀛。一派西湖景致奇，青山叠叠水弥弥。隔林（纺）[仿]佛闻机（柠）[杼]，如有人家住翠微。

这西湖，晨、昏、晴、雨、月总相宜：

清晨豁目，澄[澄]潋滟，一派湖光；薄暮凭栏，渺渺暝濛，数重山色。遇雪时，两岸楼台铺玉屑；逢月夜，满天星斗漾珠玑。双峰相峙分南北，三竺依稀隐翠微。满寺僧从天竺去，卖花人向柳阴来。

每遇春间，有艳草奇葩，朱英紫萼，嫩绿娇黄；有金林檎、玉李子、越溪桃、湘浦杏、东都芍药、蜀都海棠；有红郁李、白荼蘼、紫丁香、黄蔷薇、冠子样牡丹、耐戴的迎春；此只是花。更说那水，有蘸蘸色漾琉璃，有粼粼光浮绿腻。那一湖水，造成酒便甜，做成饭便香，作成醋便酸，洗衣裳莹白。这湖中出来之物：菱甜，藕脆，莲嫩，鱼鲜。那装銮的待诏取得这水去，堆青叠绿，令别是一般鲜明；那染坊博士取得这水去，阴紫阳红，令别是一般娇艳。这湖中何啻有千百只画舡往来，似箭纵横，小艇如梭，便是扇面上画出来的，两句诗云：

凿开鱼鸟忘情地，展出西湖极乐天。

这西湖不深不浅，不阔不远：太深来难下竹竿，太浅来难摇画桨，太阔处游玩不交，太远处往来不得。

又有小词，单说西湖好处：

都城圣迹，西湖绝景，水出深源，波盈远岸。沉沉素浪，一方千载丰登；叠叠青山，四季万民取乐。况有长堤十里，花映画桥，柳拂朱栏；南北二峰，云锁楼台，烟笼梵寺。桃溪杏坞，异草奇花，古洞幽岩，白石清泉。思东坡佳句，留千古之清名；效杜甫芳心，酬三春之媚景。王孙公子，越女吴姬，跨银鞍宝马，乘骨装花轿。丽日烘朱翠，和风荡绮罗。

若非日落都门闭，良夜追欢尚未休。

红杏枝头，绿杨影里，风景赛蓬瀛。异香飘馥郁，兰茝正芳馨。极目夭桃簇锦，满堤芳草铺茵。风来微浪白，雨过远山青。雾笼杨柳岸，花压武林城。

今日说一个后生，只因清明都来西湖上闲玩，惹出一场事来。直到如今，西湖上古迹遗踪，传诵不绝。

是时宋孝宗淳熙年间，临安府涌金门有一人，是岳相公麾下统制官，姓奚，人皆呼为奚统制。有一子奚宣赞，（有）[其]父统制弃世之后，嫡亲有四口，只有宣赞母亲及宣赞之妻，又有一个叔叔，出家在龙虎山学道。

这奚宣赞年方二十余岁，一生不好酒色，只喜闲耍。当日是清明，怎见得：

乍雨乍晴天气，不寒不暖风光。盈盈嫩绿，有如剪就薄薄轻罗，袅袅轻红，不若裁成鲜鲜丽锦。弄舌黄莺啼别院，寻香粉蝶绕雕栏。

奚宣赞道："今日是清明节，佳人才子，俱在湖上玩赏，我也去一遭，观玩湖景，就彼闲耍，何如？”来到堂前禀复：“妈妈，今日儿欲要湖上闲玩，未知尊意若何？”妈妈道：“孩儿，你去不妨，只宜早归。”

奚宣赞得了妈妈言语，独自一个拿了弩儿离家，一直径出钱塘门，过昭庆寺，往水磨头来。行过断桥四圣观前，只见一伙人围着，闹烘烘。宣赞分开人，看见一个女儿。如何打扮：

头绾三角儿，三条红罗头须，三只短金钗，浑身上下，尽穿缟素衣服。

这女孩儿迷踪失路，宣赞见了，向前问这女孩儿道：“你是谁家女子，何处居住？”女孩儿道：“奴姓白，在湖上住。我和婆婆出来闲走，不见了婆婆，迷了路。”就来扯住了奚宣赞道：“我认得官人，在我左近住。”只是哭，不肯放。宣赞只得领女孩儿，搭舡直到涌金门上岸，到家见娘。娘道：“我儿，你去闲耍，却如何带这女儿归来？”宣赞一一说与妈妈知道：“本这是好事，倘人来寻时，还他。”

女儿小名叫做卯奴，自此之后，留在家间，不觉十余日。宣赞一日正在家吃饭，只听得门前有人闹（炒）[吵]。宣赞见门前一顶四人桥，抬着一个婆婆。看那婆婆，生得：

鸡肤满体，鹤发如银。眼昏如秋水微浑，发白（侣）[似]楚山云淡。形如三月尽头花，命似九秋霜后菊。

这婆婆下轿，来到门前。宣赞看着婆婆身穿皂衣，卯奴却在帘儿下看着婆婆，叫声：“万福！”婆婆道：“(交)[教]我忧杀！沿门问(道)[到]这里。却是谁救你在此？”卯奴道：“我得这官人救我在这里。”

婆婆与宣赞相叫。请婆婆吃茶。婆婆道：“大难中难得宣赞救你，不若请宣赞到家，备酒以谢恩人。”婆子上轿，谢了妈妈，同卯奴上轿。奚宣赞随着轿子，直至四圣观侧首一座小门楼。奚宣赞在门楼下看见：

金钉珠户，碧瓦盈檐。四边红粉泥墙，两下雕栏玉砌。即如神仙洞府，王者之宫。

婆婆引着奚宣赞到里面，只见里面一个着白的妇人，出来迎着宣赞。宣赞着眼看那妇人真个生得：

绿云堆发，白雪凝肤。眼横秋水之波，眉插春山之黛。桃萼淡妆红脸，樱珠轻点绛唇。步鞋衬小小金莲，玉指露纤纤春笋。

那妇人见了卯奴，便问婆婆："那里寻见我女？"婆婆便把宣赞救卯奴事，一一说与妇人。妇人便与宣赞叙寒温，分宾主而坐。两个青衣女童，安排酒来，少顷，水陆毕陈。怎见得：

琉璃钟内珍珠滴，烹龙炮凤玉脂泣。
罗帏绣幕生香风，击起鼍鼓吹龙笛。
当筵尽劝醉扶归，皓齿歌兮细腰舞。
正是青春白日暮，桃花乱落如红雨。

当时一杯两盏，酒至三杯，奚宣赞目视妇人，生得如花似玉，心神荡漾，却问妇人姓氏。只见一人向前道："娘娘，今日新人到此，可换旧人？"妇人道："也是，快安排来与宣赞作按酒。"只见两个力士，捉一个后生，去了巾带，解开头发，缚在将军柱上，面前一个银盆，一把尖刀。霎时间把刀破开肚皮，取出心肝，呈上娘娘。惊得宣赞魂不（赴）[附]体。娘娘斟热酒，把心肝请宣赞吃。宣赞只推不饮。娘娘、婆婆都吃了。娘娘道："难得宣赞救小女一命，我今丈夫又无，情愿将身嫁与宣赞。”正是：

春为花博士，酒是色媒人。

当夜，二人携手，共入兰房。当夜已过，宣赞被娘娘留住，半月有余。奚宣赞面黄肌瘦，思归道："娘娘，乞归家数日却来！"

说（由）[犹]未了，只见一个来禀复："娘娘，今有新人到了，可换旧人？"娘娘道："请来！"有数个力士，拥一人至面前。那人如何打扮：

眉疏目秀，气爽神清，如三国内马超，似淮甸内关索，似西川活观音，岳殿上炳灵公。

娘娘请那人共座饮酒，（交）[教]取宣赞心肝。宣赞当时三魂荡散，只得去告卯奴道："娘子，我救你命，你可救我！"卯奴去娘娘面前，道："娘娘，他曾救了卯奴，可饶他！"娘娘道："且将那件东西与我罩了。"只见一个力士取出个铁笼来，把宣赞罩了，却似一座山压住。娘娘自和那后生去做夫妻。

卯奴去笼边道："我救你。"揭起铁笼道："哥哥闭了眼，如开眼，死于非命。"说罢，宣赞闭了眼，卯奴背了。宣赞耳畔只闻风雨之声，用手摸卯奴脖项上有毛衣。宣赞肚中道："作怪！"霎时听得卯奴叫声："落地！"开眼看时，不见了卯奴，却在钱塘门城上。天色犹未明。怎见得：

北斗斜倾，东方渐白。邻鸡三唱，唤美人傅粉施妆；宝马频嘶，催人争赴利名场。几片晓霞连碧汉，一轮红日上扶桑。

慢慢依路进涌金门，行到自家门前。娘子方才开门，道："宣赞，你送女孩儿去，如何半月才回？（交）[教]妈妈终日忧念！”

妈妈听得出来，见宣赞面黄肌瘦。妈妈道：“缘何许久不回？”宣赞道：“儿争些不与妈妈相见！”便从头说与妈妈。大惊道：“我儿，我晓得了。想此处乃是涌金门水口，莫非闭塞了水口，故有此事。我儿，你且将息，我自寻屋搬出了。”忽一日，寻得一闲房，在昭庆寺弯，选个吉日良时，搬去居住。

宣赞将息得好，迅速光阴，又是一年，将遇清明节至。怎见得：

家家禁火花含火，处处藏烟柳吐烟。
金勒马嘶芳草地，玉楼人醉杏花天。

奚宣赞道：“去年今日闲耍，撞见这妇人，如今又是一年。”宣赞当日拿了弩儿，出屋后柳树边，寻那飞禽。只见树上一件东西叫，看时，那件物是人见了（比）[皆]嫌。怎见得：

百禽啼后人皆喜，惟有鸦鸣事若何？
见者都嫌闻者唾，只为从前口嘴多。

元来是老（雅）[鸦]。奚宣赞搭上箭，看得清，一箭去，正射着老鸦。老鸦落地，猛然跳几跳，去地上打一变，变成个着皂衣的婆婆，正是去年见的。婆婆道：“宣赞，你脚快，却（般）[搬]在这里。”宣赞叫声：“有鬼！”回身便走。婆婆道：“宣赞那里去？”叫一声：“下来！”只见空中坠下一辆车来，有数个鬼使。婆婆道：“与我捉入车中！你可闭目，如不闭目，（交）[教]你死于非命。”只见香车叶□[似]地起，霎时间，直到旧日四圣观山门楼前坠下。婆婆直引宣赞到殿前，只见殿上走下着白衣底妇人来，道：“宣赞，你走得好快！”宣赞道：“望娘娘恕罪！”又留住宣赞做夫妻。

过了半月余，宣赞道："告娘娘，赞有老母在家，恐怕忧念，去了还来。"娘娘听了，柳眉（剔）[倒]竖，星眼圆睁道："你尤自思归！"叫："鬼使那里？与我取心肝！"可（令）[怜]把宣赞缚在将军柱上。宣赞（任）[狂]叫卯奴道："我也曾救你，你何不救我？"卯奴向前告娘娘道："他曾救奴，且莫下手！"娘娘道："小贱人，你又来劝我！且将鸡笼罩了。却结果他性命。"鬼使解了索，却把铁笼罩了。

宣赞叫天不应，叫地不闻，正烦恼之间。只见笼边卯奴道："哥哥，我再救你！"便揭起铁笼道："可闭目，抱了我。"宣赞再抱了卯奴，耳边听得风雨之声。霎时，卯奴叫声："下去！"把宣赞撒了下来，正跌在茭白荡内，开眼叫声："救人！"只见二人救起宣赞来。宣赞告诉一遍，二人道："又作怪！这个后生着鬼。你家在那里住？"宣赞道："我家在昭庆寺弯住。"二人直送宣赞到家。妈妈得知，出来见了二人。荡户说救宣赞一事。老妈大喜，讨酒赏赐了，二人自去，宣赞又说与老妈。老妈道："我儿且莫出门便了。"

又过了数日，一日，老妈正在帘儿下立着，只见帘子（走）[掀]起，一个先生入来。怎的打扮：

顶分两个牧骨髻，身穿巴山短褐袍。道貌堂堂，威仪凛凛。料为上界三清客，多是蓬莱物外人。

老妈打一看，道："叔叔，多时不见，今日如何到此？"这先生正是奚统制弟奚真人，往龙虎山方回，道："尊嫂如何在此？"宣赞也出来拜叔叔。先生云："吾（见望）[望见]城西有黑气起，有妖怪缠人，特来[捉拿]，正是汝家。"老妈把前项事说一遍。先生道："吾侄，此三个妖怪，缠汝甚紧。"妈妈（交）[教]安排素食，请真人，斋毕，先生道："我明日在四圣观散符，你可来告我。就写张投坛状来，吾当断此怪物！"真人自去。

到明日，老妈同宣赞安排香纸，写了投坛状，关了门，吩咐邻舍看家，径到四圣观见真人。真人（投）[收]状子看了，道："待晚，吾当治之。"先与宣赞吃了符水，吐了妖涎。天色将晚，点起灯烛，烧起香来，念念有词，画道符灯上烧了。只见起一阵风。怎见得：

风风荡，翠飘红。忽南北，忽西东。春开杨柳，秋卸梧桐。凉入朱门户，寒穿陋巷中。

嫦娥急把蟾宫闭，列子登仙叫救人。

风过处，一员神将，怎生打扮：

面色深如重枣，眼中光射流星。皂罗袍打嵌团花，红抹额（肖）[销]金蚩虎。手持七宝镶装剑，腰系蓝天碧玉带。

神将唱喏："告我师父，有何法旨？"真人道："与吾湖中捉那三个怪物来！"神将唱喏。去不多时，则见婆子、卯奴、白衣妇人，都捉拿到真人面前。

真人道："汝为怪物，焉敢缠害命官之子？"三个道："他不合冲塞了我水门。告我师，可饶恕，不曾损他性命。"真人道："与吾现形！"卯奴道："告哥哥，我不曾奈何哥哥，可莫现形。"真人叫天将打，不打，万事皆休，那里打了几下，只见卯奴变成了（鸟）[乌]鸡，婆子是个獭，白衣娘子是条白蛇。奚真人道："取铁罐来，捉此三个怪物，盛在里面，封了，把符压住，安在湖中心。"

奚真人化缘，造成三个石塔，镇住三怪于湖内。至今古迹遗踪尚在，宣赞随了叔叔，与母亲在俗出家，百年而终。

只因湖内生三怪，至使真人到此间。

今日捉来藏篋内，万年千载得平安。

合同文字记

入话：

吃食少添盐醋，不是去处休去。
要人知重勤学，怕人知事莫做。

话说宋仁宗朝庆历年间，去这东京汴梁城，离城三十里，有个村，唤做老儿村。村里有个农庄人家，弟兄二人，姓刘，哥哥名刘添祥，年四十岁，妻已故；兄弟名刘添瑞，年三十五岁，妻田氏，年三十岁，生得一个孩儿，（叫名）[名叫]安住，年三岁。弟兄专靠耕田种地度日。

其年，因为旱涝不收，一日，添瑞向哥哥道："看这田禾不收，如何过日？不若我们搬去潞州高平县下马村，投奔我姨夫张学究处趁熟，将勤补拙过几时。你意下如何？"添祥道："我年纪高大，去不得。兄弟，你和二嫂去走一遭。"添瑞道："哥哥，则今日请我友人李社长为明证，见立两纸合同文字，哥哥收一纸，兄弟收一纸。兄弟往他州趁熟，人无前后眼，哥哥年（几）[纪]大，有桑田、物业、家缘，又将不去，今日写为照证。"添祥言："兄弟见得是。"遂请李社长来家，写立合同明白，各收一纸。

安排酒相待之间，这李社长对刘添祥说："我有个女孩儿，刘二哥求做媳妇，就今日说开。"刘大言："既如此，选个吉日良辰，下些定礼。"

不数日完备，刘二辞了哥哥，收拾了行李，长行而去。只因刘二要去趁熟，有分（交）[教]：

> 去时有路，回却无门。

正是：

> 旱涝天气数。家国有兴亡；
> 万事分已定，浮生空自忙。

当日，刘二带了妻子，在路行了数日，已到高平县下马村，见了姨夫张学究，备说来趁熟之事。其人大喜，留在家。

光阴荏苒，不觉两年。这刘二嫂害着个脑疽疮，医疗一月有余，疼痛难忍，饮食不进，一命倾世。刘二痛哭哀哀，殡葬已毕。又过两月，刘二恹恹成病，医疗少可。张学究劝刘二休忆妻子，将息身体，好养孩儿安住。又过半年，忽然刘二感天行时气，头疼发热。正是：

> 福无双至从来有，祸不单行自古闻。

害了六七日，一命呜呼，已归泉下。张家究葬于祖坟边刘二嫂坟上，已毕。

光阴似箭，日月如梭，安住在张家村里一住十五年，孩子长成十八岁，聪明智慧，德行方能，读书学礼。

一日，正值清明节日，张学究夫妻两口儿，打点祭物，同安住去坟上祭扫。到坟前，将祭物供养，张学究与婆婆道："我有话和你说。想安住今已长成人了，今年是大通之年，我有心待（交）[教]他将着刘二两口儿骨殖还乡，认他伯父。你意下如何？"婆婆道："丈夫，你说得是。这的是阴骘勾当。"

夫妻商议已定，（交）[教]安住："拜了祖坟，孩儿然后去兀那坟前，也拜几拜。"安住问云："父亲，这是何人的坟？"拜毕，学究言："孩儿休问，烧了纸，回家去。"安住云："父亲不通名姓，有失其亲。我要性命如何？不如寻个自刎。"学究云："孩儿且住，我说与你：这是你生身父母。我是你养身父母。你是汴梁离城[三]十里老儿村居住。你的伯父刘添祥。你父刘添瑞同你母亲刘二嫂，将着你——年方三岁，十五年前，三口儿因为年歉，来俺家趁熟，你母患脑疽疮身死，你父得天行时气而亡，俺夫妻两口儿备棺木殡葬了，将孩儿如嫡亲儿子看养。"

不说，万事俱休，说罢，安住向坟前放声大哭，曰："不孝子那知生身父母双亡？"学究云："孩儿不须烦恼。选吉日良时，将你父母骨殖还乡，去认了伯父刘添祥，葬埋了你父母骨殖。休忘了俺两口儿的抚养之恩。"安住云："父亲、母亲之恩，过如生身父母，孩儿怎敢忘恩？若得身荣，结草衔环报答！"道罢，收拾回家。

至次日，（交）[教]人择选吉日，将父母骨殖包裹了，收拾衣服、盘费、并合同文字，做一担儿挑了，来[拜别]张学究夫妻两口儿，学究云："你爹娘来时，盘缠无一文，一头挑着孩儿，一头是些穷家私。孩儿路上在意，山峻难行，到地头便（稍）[捎]信来，与我知之。"安住云："父亲放心，休忆念！"遂拜别父母，挑了担儿而去。

话休絮烦。却说刘添祥忽一日自思："我兄弟刘二夫妻两个都去趁熟，至今十五六年，并无音信，不知有无？"因为家中无人，娶这个婆婆王氏，带着前夫之子来家，一同过活。

一日，王氏自思：“我丈夫老刘有个兄弟和侄儿趁熟去，倘若还乡来时，那里发付我孩儿？好烦恼人哉！”

当日春社，老刘吃酒不在家。至下午，酒席散回家，却好安住于路问人。来到门首，歇下担儿。刘婆婆问云：“你这后生寻谁？”安住云：“伯娘，孩儿是刘添瑞之子。□十五年前，父母与孩儿出外趁熟，今日回来。”正议论间，刘大醉了回来，见了安住，问云：“你是谁？来俺门前做甚么？”安住云：“爹爹，孩儿是安住！”老刘问：“你那父母在何处？”安住云：“自从离了伯父，到潞州高平县下马村张学究家趁熟，过不得两年，父母双亡，止存得孩儿。亲父母已故，多亏张学究看养到今。今将父母骨殖还乡安葬，望伯父见怜！”当下老刘酒醉。刘婆言：“我家无在外趁熟人，那里走这个人来，胡认我家！”安住云：“我见有合同文字为照，特来认伯父。”刘婆（交）[教]老刘：“打这厮出去，胡厮缠来认我们！”老刘拿块砖，将安住打破了头，重伤血（去）[出]倒于地下。

有李社长遇，问老刘：“打倒的是谁人？”老刘云：“他诈称是刘二儿子，认我又骂我，被我打倒推死。”李社长云：“我听得人说，因此来看。休问是与不是，等我扶起来问他。”李社长问道：“你是谁？”安住云：“我是刘添瑞之子，安住的便是。”社长问：“你许多年那里去来？”安住云：“孩儿在潞州高平县下马村张学究家抚养长成，如今带父母骨殖回乡安葬。伯父、伯母言孩儿诈认，我见将着合同文字，又不肯看，把我打倒，又得爹爹救命。”社长（交）[教]安住：“挑了担儿，且同我回去。”即时领安住回家中。歇下担儿，拜了李社长。社长道：“婆婆，你的女婿刘安住将着父母骨殖回乡。”李社长（交）[教]安住将骨殖放在堂前，乃言：“安住，我是你丈人，婆婆是你丈母。”（交）[教]满堂女孩儿出来：“参拜了你公公、婆婆的灵柩。”安排祭物，祭祀化纸已毕，安排酒食相待，乃言：“孩儿，明日去开封府包府尹处，告理被晚伯母、亲伯父打伤事。”

当日歇了一夜，至次早，安住径往开封府告包相公。相公随即差人捉刘（天）[添]祥并晚婆婆来，就带合同，一并赴官。又拘李社长明证。

当日，一干人到开封府厅上。包相公问："刘添祥，这刘安住是你侄儿不是？"老刘言："不是。"刘婆亦言："不是。既是亲侄儿，缘何多年不知有无？"

包相公取两纸合同一看，大怒，将老刘收监问罪。安住："告相公，可怜伯伯年老，无儿无女，望相公可怜见！"包相公言："将晚伯母收监问罪。"安住道："望相公只问孩儿之罪，不干伯父伯婆之事。"包相公（交）[教]将老刘打三十下。安住："告相公，宁可打安住，不可打伯父。告相公，只要明白家事，安住日后不忘相公之恩！"

包相公见安住孝义，发放各回家："待吾具表奏闻。"朝廷喜其孝心，旌表孝子刘安住，孝义双全，加赠陈留县尹，全刘添祥一家团圆。包相判毕，各自回家。

其李社长选日令刘安住与女李满堂成亲。一月之后，收拾行装，夫妻（三）[二]人拜辞两家父母，就起程直到高平县，拜谢张学究，已毕，遂往陈留县，赴任为官。夫妻谐老，百年而终。正是：

李社长不悔婚姻事，刘晚妻欲损相公嗣；
刘安住孝义两双全，包待制断合同文字。

话本说彻，权作散场。

风月瑞仙亭

入话：

夜静瑶台月正圆，清风淅沥满林峦。
朱弦慢促相思调，不是知音不与弹。

汉武帝元狩二年，四川成都府一秀士，司马长卿，双名为相如，自父母双亡，孤身无倚，齑盐自守。贯串百家，精通经史。虽然游艺江湖，其实志在功名。

出门之时，过城北七里许，曰升仙桥。相如大书于桥柱上："大丈夫不乘驷马赤车，不复过此桥！"所以北抵京洛，东至齐楚。遂于梁孝王之门，与邹阳、枚皋辈为友。

不期梁王薨，相如谢病归（城）[成]都市上。临邛县有县令王吉，每每使人相招。一日，到彼相会，盘桓旬日。谈间，言及本处卓王孙巨富，有亭台池馆，华美可玩。县令着人去说，（交）[教]他接待。

卓王孙资才巨万，童仆数百，门阑奢侈。园中有花亭一所，名曰"瑞仙"。四面芳菲，锦绣烂熳，真可游览休息。京洛名园，皆不能过此。所以游宦公子，江湖士夫，无不相访。

这卓员外丧偶不娶，慕道修真。止有一女，小字文君，及笄未聘。聪慧过人，姿态出众。诗词歌赋，琴棋书画。描龙刺凤，女工针指，饮馔酒浆，无所不通。员外一应家中事务，皆与文君计较。

其日早晨，闻说："县令友人司马长卿乃文章巨儒，知员外宅上园池佳胜，特来游玩。"卓员外慌忙迎接至后花园中瑞仙亭上。相如举目看那园中景致，但见：

径铺玛瑙，栏刻香檀。聚山坞风光，为园林景物。山叠岷岷怪石，槛栽西洛名花。梅开庾岭冰姿，竹染湘江愁泪。春风荡漾，上林李白桃红，秋日凄凉，夹道橙黄橘绿。池沼内，鱼跃锦鳞，花木上，禽飞翡翠。

卓员外动问姓名，相如答曰："司马长卿。因与王县令故旧，特来相探，留连旬日，闻知名园胜景，故来拜访。"卓员外道："先生去县中安下不便，敢邀车马于（弊）[敝]舍，何如？"相如遂令人唤琴童，携行李来瑞仙亭安下。倏忽半月。

且说卓文君去绣房中，每每存想："我父亲营运家业，富（之）[贵]有余，岁月因循，寿年已过。奈何！奈何！况我才貌过人，性颇聪慧，选择良姻，实难其人也。此等心事，非明月残灯，安能知之？虽有侍妾，（姿）[资]性狂愚，语言妄出，因此上抑郁之怀，无所倾诉。昨听春儿说：'有秀士司马长卿来望父亲，留他在瑞仙亭安下。'乃于东墙琐窗内，窥视良久，见其人俊雅风流，日后必然大贵。但不知有妻无妻？我若得如此之丈夫，平生愿足！争奈此人箪瓢屡空，若待媒证求亲，俺父亲决然不肯。倘若（挫）[错]过此人，再后难得。"

过了两日，女使春儿见小姐双眉愁蹙，必有所思，乃对小姐曰："今夜三月十五日，月色光明，请小姐花园中散闷则个。"小姐口中不说，心下思量："自见了那秀才，日夜废寝忘餐，放心不下，我今主意已定，虽然有亏妇道，是我一世前程。"收拾些金珠首饰在此。小姐吩咐春儿："打点春盛食罍、灯笼。我今夜与你赏月散闷。"春儿打点完备，挑着，随小姐行来。

话中且说相如自思道："文君小姐貌美聪慧，甚知音律。今夜月明下，（交）[教]琴童焚香一炷，小生弹曲瑶琴以挑之。"

文君正行数步，只听得琴声清亮，移步将近瑞仙亭，转过花阴下，听得所弹琴音曰：

凤兮，凤兮，思故乡，遨游四海兮求其凰。时未遇兮无所将，何悟今夕兮升斯堂？有艳淑女在闺房，室迩人遐[在]我傍。何缘交颈为鸳鸯？胡颉颃乎共翱翔。凤兮，凤兮，从我栖，得托孳尾永为妃。交情通体心和谐，中夜相从知者谁？双翼俱起翻高飞，无感我思使余悲！

小姐听罢，对侍女曰："秀才有心，妾亦有心。今夜既到这里，可去与秀才相见。"遂乃行到亭边。

相如月下见了文君，连忙起身迎接，道："小生闻小姐之名久矣，自愧缘悭分浅，不能一见。恨无磨勒盗红绡之方，每起韩寿偷香窃玉之意。今晚既蒙光临，小生不及远接，恕罪！恕罪！"文君敛衽向前道："先生在此，失于恭敬，抑且寂寞，因此特来相见。"相如曰："不劳小姐挂意，小生有琴一张，自能消遣。"文君曰："妾早知先生如此迂阔，不来冒渎，今先生视妾有私奔之心，故乃轻言。琴中之意，妾已备知。"相如跪而告曰："小生得见花颜，死也甘心。"文君曰："请起。妾（一）[今]夜到此，与先生同赏月，饮三杯。"

春儿排酒果于瑞仙亭上。文君、相如对饮。相如细视文君，果然生得：

眉如翠羽，肌如白雪。振绣衣，被袿裳。[秾]不短，纤不长。毛嫱鄣（施）袂，不足程式；西施掩面，比之无色。临溪双洛浦，对月两嫦娥。

酒行数巡，文君令春儿：“收拾前去，我便回来。”

相如曰：“小姐不嫌寒儒鄙陋，欲就枕席之欢。”文君笑曰：“妾慕先生才德，欲奉箕帚，唯恐先生久后忘恩。”相如曰：“小生怎敢忘小姐之恩！”

文君许成夫妇。二人倒凤颠鸾，顷刻云收雨散。文君曰：“只恐明日父亲知道，不经于官，必致凌辱。如今收拾（此）[些]少金珠在此，不如今夜与先生且离此间，别处居住。倘后父亲想念，搬回，一家完聚，也未可知！”相如与文君同下瑞仙亭，出后园而走。却似：

鳌鱼脱却金钩去，摆尾摇头更不回。

且说春儿至天明不见小姐在房，亭子上又寻不见，报与老员外得知。寻到瑞仙亭上，和相如都不见。员外道：“相如是文学之士，为此禽兽之行！小贱人，你也自幼读书，岂不闻：女子出门，必拥蔽其面，夜行以烛，无则止。事无擅为，行无独处，所以正妇道也。你不闻父命。私奔苟合，你到他家，如何见人？”欲要讼之于官，争奈家丑不可外扬，故尔中止。“且看他有何面目相见亲戚乎！”从此，隐而不出。正所谓：

含羞无语自沉吟，咫尺相思万里心，
抱布贸丝君亦误，知音尽付七弦琴。

却说相如与文君到家，相[如]自思：“囊箧罄然，难以度日。正是：‘君子固穷，小人穷斯滥矣！’想我浑家乃富贵之女，岂知如此寂寞。所喜者，略无愠色，颇为贤达。他料想司马长卿必有发达时分。”

正愁闷间，文君至，曰：“我离家一年。你家业凌替，可将我首饰钗钏卖了，修造房屋。我见丈夫郁郁不乐，怕我有懊恼。我既委身于你，乐则同乐，忧则同忧。生同衾，死同穴。”相如曰：“深感小姐之恩。但小生殊无生意。俗语道：‘家有千金，不如日进分文；良田万（项）[顷]，不如薄艺随身。’我欲开一个酒肆，如何？”文君曰：“既如此说，贱妾当[垆]。”

未及半年，忽一日，正在门前卖酒，只见天使捧诏道：“朝廷观先生所作《子虚赋》，文章洁烂，超越古人，官里叹赏，‘飘飘然有凌云之志气，恨不得与此人同时！’有杨得意奏言：‘此赋是臣之同里司马长卿所作，见在成都闲居。’天子大喜，特差小官来征。走马临朝，不许迟延。先生收拾行装，即时同行。”正是：

一封丹凤诏，方表丈夫才。

当夜，相如与文君言曰：“朝廷今日征召，（名）乃是友人杨得意举荐。如今天使在驿专等起程。”文君曰：“日后富贵，则怕忘了瑞仙亭上与日前布衣时节。”相如曰：“小生那时虽见小姐容德，奈深堂内院，相见如登天之难，若非小姐垂怜看顾，怎能匹配？小生怎敢忘恩负义！”文君曰：“如今世情至薄，有等蹈德守礼，有等背义忘恩者。”相如曰：“长卿决不为此！”文君曰：“秀才也有两般。有[那]‘君子儒’，不论贫富，志行不私；有那‘小人儒’，贫时又一般，富时就忘了贫时。”长卿曰：“人非草木禽兽，小姐放心！”文君又嘱：“非妾心多，只怕你得志忘了我！”夫妻二人不忍相别。文君嘱曰：“此时已遂题桥志，莫负当垆涤器人！”

且不说相如同天使登程，却说卓王孙听得杨得意举荐司马长卿，蒙朝廷征召去了，自言：“我女儿有先见之明，为见此人才貌双全，必然显达，所以成了亲事。老夫想起来，男（昏）[婚]女嫁，人之大伦。我女婿不得官[时]，我先带侍女春儿，同往成都去望，乃是父子之情，无人笑我。若是他得了官时去看他，（交）[教]人道我趋时（棒）[奉]势。”次日，带同春儿，径到成都府，寻见卓文君。

文君见了父亲，拜道：“孩儿有不孝之罪，望爹爹饶恕！”员外道：“我儿，你想杀我！今日送春儿来伏侍你。孩儿，你在此受寂寞，比在家（亨）[享]用不同。你不念我年老无人？”文君曰：“爹爹（根）[跟]前不敢隐讳。孩儿见他文章绝代，才貌双全，必有荣华之日，因此上嫁了他。”卓员外云：“如今且喜朝廷征召，正称孩儿之心。”卓员外住下，待司马长卿音信。正是：

眼望旌节旗，耳听好消息。

且说司马长卿同天使至京师，朝见，献《上林赋》一篇，天子大喜，即拜为著作郎，待诏金马门。近有巴蜀开通南夷诸道，用军兴法，转漕繁冗，惊扰夷民。官里闻知大怒，召长卿议论此事，令作谕巴蜀之[檄]。官里道：“此一事，欲待差官，非卿不可。”乃拜长卿为中郎将，持节，拥誓剑、金牌，先斩后奏：“卿若到彼，安抚百姓，缓骑回程，别加任用。”

长卿自思：“正是衣锦还乡，已遂平生之愿。”乃谢恩，辞天子出朝。遂车前马后，随从者甚多。一日，迤逦到彼处，劝谕巴蜀已平，蛮夷清静。不过半月，百姓安宁，衣锦还乡。正是：

……

[数日之间，已达成都府。本府官员迎接，到于新宅。文君出迎。相如道：“读书不负人，今日果遂题桥之愿。”文君道：“更有一喜。你丈人先到这里迎接。”相如连声：“不敢！不敢！”老员外出见，相如向前施礼，彼此相谢。排筵贺喜。自此遂为成都富室。有诗为证：

夜静瑶台月正圆，清风淅沥满林峦。
朱弦慢促相思调，不是知音不与弹。]

卷二

蓝桥记

入话：

洛阳三月里，回首渡襄川。
忽遇神仙侣，翩翩入洞天。

裴航下第，游于鄂渚，买舟归襄汉。同舟有樊夫人者，国色也。虽闻其言语，而无计一面，因赂侍婢袅烟，而求达诗一章。曰：

同舟胡越犹怀思，况遇天妃隔锦屏？
倘若玉京朝会去，愿随鸾鹤入青冥！

诗[往]，久不答，航数诘问，袅烟曰："娘子见诗，若不闻，如何？"航无计，因自求美酝、珍果献之。夫人乃使袅烟召航相识。及帷，但见月眉云鬓，玉莹花明，举止即烟霞外人。航拜揖。夫人曰：

"妾有夫在汉南，幸无[以]谐谑为意。然亦与郎君有小小姻缘，他日必得为姻懿。"后使袅烟持诗一章答航。曰：

一饮琼浆百感生，玄霜捣尽见云英。
蓝桥便是神仙宅，何必崎岖上玉京？

航览诗毕，不晓其意。后便不复见。航遂饰装归辇下，道经蓝桥驿，偶渴甚，遂下马求浆而饮。见一茅舍，低而隘，有老妪缉缀麻苎。航揖之，求浆。妪呼曰："云英，擎一瓯浆来，郎君要饮！"航讶之，因忆夫人"云英"之句。俄于苇箔之中，出双玉手，授瓷瓯。航接饮之，真玉液也，觉异香透于户外。因还瓯，遽揭箔，睹一女子，华容艳质，芳丽无比，娇羞掩面蔽身，航凝视，不知移步，因谓妪曰："某愿略憩于此！"妪曰："取郎君自便。"航谓妪曰："小娘子艳丽惊人，愿纳厚礼娶之，可乎？"妪曰："渠已许嫁一人，但未就耳。我今老而且病，只有此女孙。昨日神仙遗药一刀圭，但须得玉杵臼捣之百日，方可就吞。君若的欲要娶此女，但要得玉杵臼，吾即与之，亦不愿其前时许人也。其余金帛无用。"航谢曰："愿以百日为期，待我取杵臼至，莫更许他人！"妪曰："然。"

航遂怅恨而去。及抵京师，但以杵臼为念。或于喧哄处，高声访问玉杵臼，皆无影响。众号为"风狂"。如此月余，忽遇一货玉老翁，曰："近得虢州药铺卞老书，言他有玉杵臼要货。闻郎君恳求甚切，吾当为书而荐导之。"

航愧谢，珍重持书而去，果获玉杵臼，遂持归至蓝桥昔日妪家。妪大笑曰："有如此之信士，吾岂爱惜一女子，而不酬其劳哉！"女微笑曰："虽荷如此，然更用捣药百日，方可结姻。"

妪于襟带解药，令航捣之。航昼捣而夜息，夜则妪收杵臼于内室。航又闻杵声，因窥之，有玉兔持杵，雪光耀室，可鉴毫芒。于是，航之意愈坚。

百日足，妪（乔）[吞]药，曰：“吾入洞，为裴郎具帷帐。”遂挈女行，谓航曰：“但少留此。”

须臾，车盖来迎。俄见大第，锦绣帏帐，珠翠耀日。仙童、侍女引航入帐，就礼讫，航拜妪，感谢。乃引见诸亲宾，皆神仙中人。后有一女子，鬟髻，衣霓裳，称是妻之姊。航拜讫，女曰：“裴郎不忆鄂渚同舟，而抵襄汉乎？”航问左右，言：“是小娘子之[姊]云翘夫人，刘纲天师之妻，已是高真，为玉皇女史。”

妪遂遣航将妻入玉峰洞中，琼楼珠室而居之，饵以绛雪瑶英之丹，逍遥自在，超为上仙。正是：

玉室丹书著姓，长生不老人家。

快嘴李翠莲记

入话：

出口成章不可轻，开言作对动人情，
虽无子路才能智，单取人前一笑声。

此四句单道昔日东京有一员外，姓张名俊，家中颇有金银。所生二子，长曰张虎，次曰张狼。大子已有妻室，次子尚未婚配。本处有个李吉员外，所生一女，小字翠莲，年方二八。姿容出众，女红针指，书史百家，无所不通。只是口嘴快些，凡向人前，说成篇，道成溜，问一答十，问十道百。有诗为证：

问一答十古来难，问十答百岂非凡。
能言快语真奇异，莫作寻常当等闲。

话说本地有一王妈妈，与二边说合，门当户对，结为姻眷，选择吉日良时娶亲。三日前，李员外与妈妈论议道："女儿诸般好了，只是口快，我和你放心不下。打紧他公公难理会，不比等闲的，婆婆又兜答，人家又大，伯伯、姆姆，手下许多人，如何是好？"婆婆道：

“我和你也须吩咐他一场。”只见翠莲走到爹妈面前，观见二亲满面忧愁，双眉不展，就道：“爷是天，娘是地，今朝与儿成婚配。男成双，女成对，大家欢喜要吉利，人人说道好女婿：有财有宝又豪贵；又聪明，又伶俐，双六象棋通六艺；吟得诗，做得对，经商买卖诸般会。这们女婿要如何？愁得苦水儿滴滴地。”

员外与妈妈听翠莲说罢，大怒曰：“因为你口快如刀，怕到人家多言多语，失了礼节，公婆人人不欢喜，被人笑耻，在此不乐。叫你出来，吩咐你少则声，颠倒说出一篇来，这个苦恁的好！”翠莲道：“爷开怀，娘放意，哥宽心，嫂莫虑。女儿不是夸伶俐，从小生得有志气。纺得纱，绩得苎，能裁能补能绣刺；做得粗，整得细，三茶六饭一时备；推得磨，捣得碓，受得辛苦吃得累。烧卖匾食有何难，三汤两割我也会。到晚来，能仔细，大门关了小门闭，刷净锅儿掩厨柜，前后收拾自用意。铺了床，伸开被，点上灯，请婆睡，叫声安置进房内。如此伏侍二公婆，他家有甚不欢喜？爹娘且请放心宽，舍此之外直个屁！”

翠莲说罢，员外便起身去打。妈妈劝住，叫道：“孩儿，爹娘只因你口快了愁，今番只是少说些。古人云：‘多言众所忌。’到人家只是谨慎言语，千万记着！”翠莲曰：“晓得，如今只闭着口儿罢。”

妈妈道：“隔壁张大公是老邻舍，从小儿看你大，你可过去作别一声。”员外道：“也是。”翠莲便走将过去，进得门槛，高声便道：“张公道，张婆道，两个老的听禀告，明日寅时我上轿，今朝特来说知道。年老爹娘无倚靠，早起晚些望顾照！哥嫂倘有失礼处，父母分上休计较。待我满月回门来，亲自上门叫聒噪。”

张大公道：“小娘子放心，令尊与我是老兄弟，当得早晚照管，令堂亦当着老妻过去（倍）[陪]伴，不须挂意！”

作别回家，员外与妈妈道：“我儿，可收拾早睡休，明日须半夜起来打点。”翠莲便道：“爹先睡，娘先睡，爹娘不比我班辈。哥哥嫂嫂相傍我，前后收拾自理会。后生家熬夜有精神，老人家熬了打盹睡。”翠莲道罢，爹妈大恼曰：“罢、罢，说你不改了！我两口自去睡也。你与哥嫂自收拾，早睡早起。”

翠莲见爹妈睡了，连忙走到哥嫂房门口高叫：“哥哥嫂嫂休推醉，思量你们忒没意。我是你的亲妹妹，止有今晚在家中。亏你两口下着得，诸般事儿都不理，关上房门便要睡，嫂嫂，你好不贤惠。我在家不多时，相帮做些道怎地？巴不得打发我出门，你们两口得（零利）[伶俐]。”翠莲道罢，做哥哥的便道：“你怎生还是这等的？有父母在前，我不好说你。你自先去安歇，明日早起。凡百事，我自和嫂嫂收拾打点。”翠莲进房去睡。兄嫂二人，无多时，前后俱收拾停当，一家都安歇了。

员外、妈妈，一觉睡醒，便唤翠莲问道：“我儿，不知甚时节了？不知天晴天雨？”翠莲便道：“爹慢起，娘慢起，不知天晴是下雨。更不闻，鸡不语，街坊寂静无人语。只听得：隔壁白嫂起来磨豆腐，对门黄公舂糕米。若非四更时，便是五更矣。且待奴家先起。烧火劈柴打下水，且把锅儿刷洗起。烧些脸汤洗一洗，梳个头儿光光地。大家也是早起些，娶亲的若来慌了腿。”

员外、妈妈并哥嫂一齐起来，大怒曰：“这早晚，东方将亮了，还不梳妆完，尚兀（子）[自]调嘴弄舌！”翠莲又道：“爹休骂，娘休骂，看我房中巧妆画。铺两鬓，黑似鸦，调和脂粉把脸搽。点朱唇，将眉画，一对金环坠耳下。金银珠翠插满头，宝石禁步身边挂。今日你们将我嫁，想起爹娘撇不下，细思乳哺养育恩，泪珠儿滴湿了香罗帕。猛听得外面人说话，不由我不心中怕，今朝是个好日头，只管都噜都噜说甚么！”

翠莲道罢，妆办停当，直来到父母（根）[跟]前，说道：“爹拜禀，娘拜禀，蒸了馒头索了粉，果盒肴馔件件整。收拾停当慢慢等，看看打得五更紧。我家鸡儿叫得准，送亲从头再去请。姨娘不来不打紧，舅母不来不打紧，可耐姑娘没道理，说的话儿全不准。昨日许我五更来，今朝鸡鸣不见影。歇歇进门没得说，赏他个漏风的巴掌当邀请。”

员外与妈妈敢怒而不敢言，妈妈道：“我儿，你去叫你哥嫂及早起来，前后打点，娶亲的将次来了。”翠莲见说，慌忙走去哥嫂房门口前，叫曰：“哥哥、嫂嫂你不小，我今在家时候少。算来也用起个早，如何睡到天大晓？前后门窗须开了，点些蜡烛香花草。里外地下扫一扫，娶亲轿子将来了。误了时辰公婆恼，你两口儿讨分晓！”

哥嫂两个忍气吞声，前后俱收拾停当。员外道：“我儿，家堂并祖宗面前，可去拜一拜，作别一声。我已点下香烛了。趁娶亲的未来，保你过门平安！”翠莲见说，拿了一炷，走到家堂面前，一边拜，一边道：“家堂，一家之主。祖宗，满门先贤：今朝我嫁，未敢自专。四时八节，不（段）[断]香烟。告知神圣，万望垂怜！男婚女嫁，理之自然。有吉有庆，夫妇双全。无灾无难，永保百年。如鱼似水，胜蜜糖甜。五男二女，七子团圆。二个女婿，答礼通贤；五房媳妇，孝顺无边。孙男孙女，代代相传。金珠无数，米麦成仓。蚕桑茂（胜）[盛]，牛马挨（眉）[肩]。鸡鹅鸭鸟，满荡鱼鲜。丈夫惧怕，公婆爱怜。妯娌和气，伯叔忻然。奴仆敬重，小姑有缘。不上三年之内，死得一家干净，家财都是我掌管，那时翠莲快活几年！”

翠莲祝罢，只听得门前鼓乐喧天，笙歌聒耳，娶亲车马，来到门首。张宅先生念诗曰：

> 高卷珠帘挂玉钩，香车宝马到门头。
> 花红利市多多赏，富贵荣华过百秋。

李员外便叫妈妈将钞来，赏赐先生和媒妈妈，并车马一干人。只见妈妈拿出钞来，翠莲接过手，便道：“等我分！爹不惯、娘不惯、哥哥嫂嫂也不惯，众人都来面前站，合多合少等我散。抬轿的合五贯，先生媒人两贯半。收好些，体嚷乱，吊下了时休埋怨。这里多得一贯文，与你这媒人婆买个烧饼，到家哄你呆老汉。”

先生与轿夫一干人听了，无不吃惊，曰：“我们见千见万，不曾见这样口快的！”大家张口吐舌，忍气吞声，簇拥翠莲上轿。一路上，媒妈妈吩咐：“小娘子，你到公婆门首，千万不要开口！”

不多时，车马一到张家前门，歇下轿子，先生念诗曰：

鼓乐喧天响汴州，今朝织女配牵牛。
本宅亲人来接宝，添妆含饭古来留。

且说媒人婆拿着一碗饭，叫道：“小娘子，开口接饭。”只见翠莲在轿中大怒，便道：“老泼狗，老泼狗，(交)[教]我闭口又开口，正是媒人之口无量斗，怎当你没的(番)[翻]做有。你又不曾吃早酒，嚼舌嚼黄胡张口。方才跟着轿子走，吩咐(交)[教]我休开口。甫能住轿到门首，如何又叫我开口？莫怪我今骂得丑，真是白面老母狗！”

先生道：“新娘子息怒。他是个媒人，出言不可(大)[太]甚。自古新人无有此等道理。”翠莲便道：“先生你是读书人，如何这等不聪明？当言不言谓之讷，信这虔婆弄死人！说我婆家多富贵，有财有宝有金银，杀牛宰马做茶饭，苏木檀香做大门，绫罗段匹无算数，猪羊牛马赶成群。当门与我冷饭吃，这等富贵不如贫。可耐伊家忒恁村，冷饭将来与我吞。若不看我公婆面，打得你眼里鬼火生！”

翠莲说罢，恼得那媒婆一点酒也没[吃]，一道烟先进去了，也不管他下轿，也不管他拜堂。

本宅众亲簇拥新人到了堂前，朝西立定。先生曰：“请新人转身向东，今日福禄喜神在东。”翠莲便道：“才向西来又向东，休将新妇便牵笼。转来转去无定相，恼得心头火气冲。不知那个是妈妈，不知那个是公公？诸亲九眷闹丛丛，姑娘小叔乱哄哄。红纸牌儿在当中，点着几对满堂红。我家公婆又未死，如何点盏随身灯？”

张员外与妈妈听得，大怒曰：“当初只说娶（过）[个]良善人家女子，谁想娶这个没规矩、没家法、长舌顽皮村妇！”诸亲九眷面面相睹，无不失惊。先生曰：“人家孩儿在家中惯了，今日初来，须慢慢的调理他。且请拜香案，拜诸亲。”

合家大小俱相见毕。先生念诗赋，请新人入房，坐床撒帐：

> 新（入）[人]（那）[挪]步过高堂，神女仙郎入洞旁。
> 花红利市多多赏，五方撒帐盛阴阳。

张狼在前，翠莲在后，先生捧着五谷，随进房中。新人坐床，先生拿起五谷，念道：“撒帐东，帘幕深围烛影红。佳气郁葱长不散，画堂日日是春风。撒帐西，锦带流苏四角垂。揭开便见姮娥面，输却仙郎捉带枝。撒帐南，好合情怀乐且耽。凉月好风庭户爽，双双绣带佩宜男。撒帐北，津津一点眉间色。芙蓉帐暖度春宵，月娥苦邀蟾宫客。撒帐上，交颈鸳鸯成两两。从今好梦叶维熊，行见瑱珠来入掌。撒帐中，一双月里玉芙蓉。恍若今宵遇神女，红云簇拥下巫峰。撒帐下，见说黄金光照社。今宵吉梦便相随，来岁生男定声价。撒帐前，沉沉非雾亦非烟。香里金虬相隐（快）[映]，文箫（金）[今]遇彩鸾仙。撒帐后，夫妇和谐长保守。从来夫唱妇相随，莫作河东狮子吼。”

说那先生撒帐未完，只见翠莲跳起身来。摸着一条面杖，将先生夹腰两面杖，便骂道：“你娘的臭屁！你家老婆便是河东狮子！”一顿直赶出房门外去，道：“撒甚帐？撒甚帐？东边撒了西边样。豆儿米麦满床上，仔细思量像甚样？公婆性儿又莽撞，只道新妇不打当。丈夫若是假乖张，又道娘子垃圾相。你可急急走出门，饶你几下杆面杖。”

那先生被打，自出门去了，张狼大怒曰：“千不幸，万不幸，娶了这个村姑儿！撒帐之事，古来有之。”翠莲便道：“丈夫、丈夫，你休气，听奴说得是不是？多想那人没好气，故将豆麦撒满地。到不叫人扫出去，反说奴家不贤惠。若还恼了我心儿，连你一顿赶出去。闭了门，独自睡，晏起早眠随心意。阿弥陀佛念几声，耳伴清宁到零利。”

张狼也无可奈何，只得出去参筵劝酒。至晚席散，众亲都去了，翠莲坐在房中自思道：“少刻丈夫进房来，必定手之舞之的，我须做个准备。”起身除了首饰，脱了衣服，上得床，将一条被裹得紧紧地，自睡了。

且说张狼进得房，就脱衣服，正要上床，被翠莲喝一声，便道：“堪笑乔才你好差，端的是个野庄家。你是男儿我是女，尔自尔来咱自咱。你道我是你媳妇，莫言就是你浑家。那个媒人那个主？行甚么财礼，下甚么茶？多少猪羊鸡鹅酒？甚么花红到我家？多少宝石金头面？几匹绫罗几匹纱？镯缠冠钗有几副？将甚插戴我奴家？黄昏半夜三更鼓，来我床前做甚么？及早出去连忙走，休要恼了我们家！若是恼咱性儿起，揪住耳朵采头发，扯破了衣裳，抓碎了脸，漏风的巴掌顺脸括，扯碎了网巾你休要怪，擒了你四鬓怨不得咱。这里不是烟花巷，又不是小娘儿家，不管三七二十一，我一顿拳头，打得你满地爬。”

那张狼见妻子说这一篇，并不敢近前，声也不则，远远地坐在半边。将近三更时分，且说翠莲自思：“我今嫁了他家，活是他家人，死是他家鬼。今晚若不与丈夫同睡，明日公婆若知。必然要怪。罢，罢，叫他上床睡罢。”便道：“痴乔才，休推醉，过来与你一床睡。近前来，吩咐你，叉手站着莫弄嘴，除网巾，摘帽子，靴袜布衫收拾起。关了门，下幔子，添些油在晏灯里。上床来，悄悄地，同效鸳鸯偕连理。休则声，慎言语，雨散云消脚后睡。束着脚，拳着腿，合着眼儿闭着嘴。若还蹬着我些儿，那时你就是个死！”

说那张狼果然一夜不敢则声。睡至天明，婆婆叫言：“张狼，你可（交）[教]娘子早起些梳妆，外面收拾。”翠莲便道：“不要慌，不要忙，等我换了旧衣裳。菜自菜，姜自姜，各样果子各样妆；肉自肉，羊自羊，莫把鲜鱼搅白肠；酒自酒，汤自汤，腌鸡不要混腊獐。日下天色且是凉，便放五日也不妨。待我留些整齐的，三朝点茶请姨娘。总然亲戚吃不了，剩与公婆慢慢噇。”

婆婆听得，半晌无言，欲待要骂，恐怕人知笑话，只得忍气吞声，耐到第三日，亲家母来完饭。两亲[家]相见毕，婆婆耐不过，从头将打先生、骂媒人、触夫主、毁公婆，一一告诉一遍。李妈妈听得，羞惭无地，径到女儿房中，对翠莲道：“你在家中，我怎生吩咐你来？（交）[教]你到人家，休要多言多语，全不听我。今朝方才三日光景，适间婆婆说你许多不是，使我惶恐千万，无言可答。”翠莲道：“母亲，你且休（炒）[吵]闹，听我一一细禀告，女儿不是材天乐，有些话你不知道。三日媳妇要上灶，说起之时被人笑。两碗稀粥把盐醮，吃饭无茶将水泡。今日亲家初走到，就把话儿来诉告。不问青红与白皂，一（迷）[味]将奴胡厮闹。婆婆性儿忒急（燥）[躁]，说的话儿不大妙。我的心性也不弱，不要着了我圈套。寻条绳儿只一吊，这条性命问他要！”妈妈见说，又不好骂得，茶也不吃，酒也不尝，别了亲家，上轿回家去了。

再说张虎在家叫道：“成甚人家？当初只说娶个良善女子，不想讨了个五量店中过卖来家，终朝四言八句，弄嘴弄舌，成何以看！”翠莲闻说，便道：“大伯说话不知礼，我又不曾惹着你。顶天立地男子汉，骂我是个过卖嘴！”

张虎便叫张狼道：“你不闻古人云：‘教妇初来。’虽然不致乎打他，也须早晚训诲；再不然，去告诉他那老虔婆知道！”翠莲就道：

"阿伯三个鼻子管，不曾捻着你的碗。媳妇虽是话儿多，自有丈夫与婆婆。亲家不曾惹着你，如何骂他老虔婆？等我满月回门去，到家告诉我哥哥。我哥性儿烈如火，那时（交）[教]你认得我。巴掌拳头一齐上，着你旱地乌龟没处躲！"

张虎听了大怒，就去扯住张狼要打。只见张虎的妻施氏跑将出来，道："各人妻小各自管，干你甚事？自古道：'好鞋不踏臭粪！'"翠莲便道："姆姆休得要惹祸，这样为人做不过。谨自伯伯和我嚷，你又走来添些言。自古妻贤夫祸少，做出事比天来大。快快夹了里面去，窝风所在坐一坐。阿姆我又不惹你，如何将我比臭污？左右百岁也要死，和你两个做一做。我若有些长和短，阎罗殿前也不放过！"

女儿听得，来到母亲房中，说道："你是婆婆，如何不管？尽着他放泼，（相）[像]甚模样？被人家笑话！"翠莲见姑娘与婆婆说，就道："小姑，你好不贤良，便去房中唆调娘。若是婆婆打杀我，活捉你去见阎王！我爷平素性儿强，不和你们善商量。和尚道士一百个，七日七夜做道场。沙板棺材罗木底，公婆与我烧钱纸。小姑姆姆戴盖头，伯伯替我做孝子。诸亲九眷抬灵车，出了殡儿从新起。大小衙门齐下状，拿着银子无处使。（认）[任]你家财万万贯，弄得你钱也无来人也死！"

张妈妈听得，走出来道："早是你才来得三日的媳妇，若做了二三年媳妇，我一家大小俱不要开口了！"翠莲便道："婆婆休得（要）[耍]水性，做大不尊小不敬。小姑不要忒侥倖，母亲面前少言论。訾些轻事重报，老蠢听得便就信。言三语四把吾伤，说的话儿不中听。我若有些长和短，不怕婆婆不偿命！"

妈妈听了，径到房中，对员外道："你看那新媳妇，口快如刀，一家大小，逐个个都伤过。你是个阿公，便叫将出来，说他几句，怕甚么！"员外道："我是他公公，怎么好说他？也罢，待我问他讨茶吃，且看怎的。"妈妈道："他见你，一定不敢调嘴。"只见员外吩咐：

“(交)[教]张狼娘子烧中茶吃！”

那翠莲听得公公讨茶，慌忙走到厨下，刷洗锅儿，煎滚了茶，复到房中，打点各样果子，泡了一盘茶，托至堂前，摆下椅子，走到公婆面前，道：“请公公、婆婆堂前吃茶。”又到姆姆房中道：“请伯伯、姆姆堂前吃茶。”员外道：

“你们只说新媳妇口快，如今我唤他，却怎地又不敢说甚么？”妈妈道：“这番，只是你使唤他便了。”

少刻，一家儿俱到堂前，分大小坐下，只见翠莲捧着一盘茶，口中道：“公吃茶，婆吃茶，伯伯、姆姆来吃茶。姑娘、小叔若要吃，灶上两碗自去拿。两个拿着慢慢走，泡了手时哭喳喳，此茶唤做阿婆茶，名实虽村趣味佳。两个初煨黄栗子，半抄新炒白芝麻。江南橄榄连皮核，塞北胡桃去壳柤。二位大人慢慢吃，休得坏了你们牙！”

员外见说，大怒曰：“女人家须要温柔稳重，说话安详，方是做媳妇的道理。那曾见这样长舌妇人！”翠莲应曰：“公是大，婆是大，伯伯、姆姆且坐下。两个老的休得骂，且听媳妇来禀话：你儿媳妇也不村，你儿媳妇也不诈。从小生来性刚直，(说)[话]儿说了(必)[心]无挂。公婆不必苦憎嫌，十分不然休了罢。也不愁，也不怕，搭搭凤子回去罢。也不招，也不嫁，不搽胭粉不妆画。上下穿件缟素衣，侍奉双亲过了罢。记得几个古贤人：张良、蒯文通说话，陆贾、萧何快调文，子建、杨修也不亚，苏秦、张仪说六国，(吴晏)[晏婴]、管仲说五霸，六计陈平、李左车，十二(干)[甘]罗并子夏。这些古人能说话，齐家治国平天下。公公要奴不说话，将我口儿缝住罢！”

张员外道：“罢，罢，这样媳妇，久后必被败坏门风，(佑)[玷]辱上祖！”便叫张狼曰：“孩儿，你将妻子休了罢！我别替你娶一个好的。”张狼口虽应承，心有不舍之意。张虎并妻俱劝员外道：“且从容教训。”翠莲听得，便曰：“公休怨，婆休怨，伯伯、姆姆都休劝。丈夫不必苦留恋，大家各自寻方便。快将纸墨和笔砚，写了休书随我便。不曾殴公婆，不曾骂亲眷，不曾欺丈夫，不曾打良善，不曾走东家，不曾西邻串，不曾偷人财，不曾被人骗，不曾说张三，不与李四乱，不盗不妒与不淫，身无恶疾能书算，亲操井臼与（炮）[庖]厨，纺织桑麻拈针线。今朝随你写休书，搬去妆奁莫要怨。手印缝中七个字：'永不相逢不见面。'恩爱绝，情意断，多写几个弘誓愿。鬼门关上若相逢，别转了脸儿不厮见！"

张狼因父母做主，只得含泪写了休书，两边搭了手印，随即讨乘轿子，（交）[教]人抬了嫁（装）[妆]，将翠莲并休书送至李员外家。父母并兄嫂都埋（冤）[怨]翠莲嘴快的不是。翠莲道："爹休嚷，娘休嚷，哥哥嫂嫂也休嚷。奴奴不是自夸奖，从小生来志气广。今日离了他门儿，是非曲直俱休讲。不是奴家牙齿痒，挑描刺绣能绩纺。大裁小剪我都会，浆洗缝联不说谎。劈柴挑水与（炮）[庖]厨，就有蚕儿也会养。我今年小正当时，眼明手快精神爽。若有闲人把眼观，就是巴掌脸上响。"

李员外和妈妈道："罢，罢，我两口也老了，管你不得，只怕有些一差二误，被人耻笑，可怜！可怜！"翠莲便道："孩儿生得命里孤，嫁了无知村丈夫。公婆利害（由）[犹]自可，怎当姆姆与姑姑？我若略略开得口，便去搬唆与舅姑。且是骂人不吐核，动脚动手便来拖。生出许多情切话，就写离书休了奴。止望[回]家图自在，岂料爹娘也怪吾。夫家娘家着不得，剃了头发做师姑。身披直裰挂葫芦，手中拿个大木鱼。白日沿门化饭吃，黄昏寺里称念佛祖念南无，吃斋把素用工夫。头儿剃得光光地，那个不叫一声小师姑。"

说罢，（榭）[卸]下浓妆，换了一套棉布衣服，向父母前合掌（闷信）[问讯]拜别，转身向哥嫂也别了。哥嫂曰："你既要出家，我二人送你到前街明音寺去。"翠莲便道："哥嫂休送我自去，去了你们得伶俐。曾见古人说得好：'此处不留有留处。'离了俗家门，便把头来剃，是处便为家，何但明音寺？散（旦）[淡]又逍遥，却不到伶俐！”

不恋荣华富贵，一心情愿出家。
身披一领锦袈裟，常把数珠悬挂。
每日持斋把素，终朝酌水献花。
纵然不做得菩萨，修得个小佛儿也罢。

洛阳三怪记

尽日寻春不见春，杖（梨）[藜]槊破岭头云。
归来点检梅梢看，春在枝头已十分。

这四句探春诗是张元所作。东坡先生有一首探春词，名（《柳梢青》）[《浪淘沙》]，却又好。词曰：

昨日出东城，试探春情，墙头红杏暗如倾。槛内群芳芽未吐，草已回春。
绮陌敛香尘，雪霁前村。东君着意不辞辛。料想风光先到处，吹绽梅英。

这一年四季，无过是春天，最好景致。日谓之“丽日”，风谓之“和风”，吹柳眼，绽花心，拂香尘。天色暖谓之“暄”。天色冷谓之“料峭”。骑的马谓之“宝马”。坐的轿谓之“香车”。行的路谓之“香径”。地下飞起土来，谓之“香尘”。应干草正发叶，花生芽蕊，谓之“春信”。春忒（然）[煞]好，有首词曰：

韶光淡荡，淑景融和。小桃深，妆脸妖娆，嫩柳袅，宫腰细腻。百啭黄鹂，惊回午梦，数声紫燕，说尽春愁。日舒迟暖澡鹅黄，水渺（苁粆）[茫藕]香鸭绿。隔水不知谁院落，秋千高挂绿杨阴。

春景果然是好。到春来。则那府州、县道、村乡、镇市，都有游玩去处。

且说西京河南府又名洛阳。这西京有一县，唤做寿安县，在西京罗城外。县内有一座山，唤做寿安山，其中有万种名花异草。今时临安府官巷口花市，唤做寿安坊，便是这个故事。

西京城官员、士庶人家，都爱栽种名花，曾有诗道：

满路公卿宰相家，收藏桃李壮芳芽。
年年三月凭高望，不见人家只见花。

西京定鼎门外，寿安县路上，有一名园，唤做会节园，甚次第，但见：

朱栏围翠玉，宝槛嵌奇珍。红花共丽日争辉，翠柳与晴天斗碧，妆起秋千架，彩结筑球门，流杯亭侧水弯环，赏月台前花屈曲。几竿翠竹如龙，绕就太湖山，数簇香松似凤。楼台侧畔杨花舞，帘幕中间燕子飞。

每遇到春三二月间，倾城都去这园里赏玩。

说这河南府章台街上，有个开金银铺潘小员外，（叫名）[名叫]潘松。时遇清明节，因见一城人都出去郊外赏花游玩，告父母，也去游玩。先到定鼎门里，寻相识的翁三郎。当时那潘松来到翁三郎门首，便问："三郎在家么？"只见其妻相见道："拙夫今日清明节，去门外会节园看花。却也去不多时，若是小员外行得快，便也赶得上。"

潘松听得说，独自行出定鼎门外，迤逦行到这会节园时，正是：

乍雨乍晴天气，不寒不暖风和。盈盈嫩绿，有如剪就薄薄香罗，袅袅轻红，不若裁成鲜鲜蜀锦。弄舌黄鹂穿（透奔）[绣笼]，寻香粉蝶绕雕栏。

这潘松寻不着翁三郎，独自游玩，待要归去，割舍不得（于）

[一]路上景致。看着那青山似画，绿水如描，行到好观看处，不觉步入一条小路，独行半亩田地。这条路游人（希）[稀]少，正行之间，听得后面有人叫“小员外”，回转看时，只见路（停）[傍]高柳树下，立着个婆子。看这婆婆时，生得：

鸡皮满体，鹤发盈头。眼昏似秋水微浑，体弱如九秋霜后菊。浑如三月尽头花，好似五更风里烛。

潘松道：“素昧平生，不识婆婆姓氏？”婆婆道：“小员外，老身便是妈妈的姐姐。”潘松沉思半晌，道：“我也曾听得说，有个姨姨，便是小子也疑道，婆婆面貌与家间妈妈相似。”婆婆道：“好几年不见，你到我家吃茶。”潘松道：“甚荷姨婆见爱！”即时引到一条崎岖小径，过一条独木危桥，却到一个去处。婆婆把门推开，是个人家，随着那婆婆入去，着眼四下看时，元来是一座崩败花园。但见：

亭台倒塌，栏槛斜倾，不知何代浪游园，想是昔时歌舞地。风亭（弊）[敝]陋，惟存荒草绿（凄凄）[萋萋]；月榭崩摧，四面野花红拂拂。[莺]啼绿柳，每□尽日不逢人；鱼戏清波，自恨终朝无食饵。秋来满地堆黄叶，春去无人扫落花。

这婆婆引到亭上：“请坐。等我入去报娘娘知，我便出来。”入去不多时，只见假山背后，两个青衣女童来道：“娘娘有请！”

这潘松道：“有甚么娘娘？”只见上首一个青衣女童，认得这潘松，失惊道：“小员外，如何在这里？”潘松也认得青衣女童，是邻舍王家女儿，叫做王春春，数日前，时病死了。潘松道：“春春，你如何在这里？”春春道：“一言难尽！小员外，你可急急走去，这里不是人的去处。你快去休！走得迟，便坏你性命！”当时，潘松唬得一似：

分开八片顶阳骨，倾下半桶冰雪水。

潘松（荒）[慌]忙奔走，出那花园门来，过了独[木桥]，□□旧大路来，道：（惭惭愧愧）[惭愧惭愧]，却才这花园，不知是谁家的？[那王春春是]死了的人，却在这里。白日见鬼！”迤逦取路而归，只见□□有一家村酒店。但见：

傍村酒店几多年，遍野桑麻在地边。
白板凳铺邀客坐，柴门多用棘针编。
暖烟灶前煨麦蜀，牛屎泥墙画醉仙。

潘松走到酒店门前，只见店里走出一人，却是旧结交的天应观道士徐守真，问道：“师兄如何在此？”守真道：“往会节园看花方回。”潘松道：“小子适来逢一件怪事，几乎坏了性命。”把那前事，对徐守真说了一遍。守真道：“我行天心正法，专一要捉邪祟。若与吾弟同行，看甚的鬼魅敢来相侵！”

二人饮酒毕，同出酒店。正行之次，潘松道：“师兄，你见不见？”[指]着矮墙上道：“两个白鹩子在瓦上厮啄，一个走入瓦缝里去。你看我捉这白鹩子。”方才抬起手来，只见被人一掀，掀入墙里去。却又是前番撞见婆子的去处。守真在前走，回头不见了人，只道又有朋友邀去了，自归。不在话下。

且说潘松在亭子上坐地。婆子道：“先时好意相留，如何便走？我有（些好）[好些]话共你说，且在亭子上相等，我便来。”潘松心下思量，自道：“不（方）[妨]再行前计。”只见婆子行得数步，再走回来：“适来娘娘相请，小员外便走去了，到怪我。你若再走，却不利害！”只见婆子取个大鸡笼，把小员外罩住，把衣带结三个结，吹口气在鸡笼上，自去了。

潘松用力推不动，用（手）尽平日气力，也却推不动。不多时，只见婆子同女童来道：“小员外在那里？”婆子道：“在客位里等待。”潘松在鸡笼里听得，道：“这个好客位里等待！”只见婆子解下衣带结，用指挑起鸡笼。青衣女童上下手一捽，捽住小员外，即时撮将去，到一个去处。只见：

金（丁）[钉]朱户，碧瓦盈檐。四边红粉泥墙，两下雕栏玉砌。宛若神仙之府，有如王者之宫。

那婆婆引入去，只见一个着白的妇人，出来迎接，小员外着眼看，那人生得：

绿云堆鬓，白雪凝肤。眼描秋月之口，眉拂青山之黛。桃萼淡妆红脸，樱珠轻点绛唇。步鞋衬小小金莲，十指露尖尖春笋。若非洛浦神仙女，必是蓬莱阆苑人。

那婆子引那妇女与潘松相见罢，分宾主坐定，（交）[教]两个青衣安排酒来，但见：

广设金盘雕俎，铺陈玉盏金瓯，兽炉内高爇龙涎，盏面上波浮绿蚁。筵间摆列，无非是异果蟠桃，席上珍羞，尽总是龙肝凤髓。

那青衣童女行酒，斟过酒来，饮得一盏，潘松始问娘娘姓氏。只听得外面走将一个人入来。看那人时，生得：

面色深如重枣，眼中光射流星。

身披（列）[烈]火红袍，手执方天画戟。

那（今个）[个人]怒气盈面，道："娘娘又共甚人在此饮宴？又是白圣母引惹来的，不要带累我便[好]。"

当时娘娘（把）[起]身迎接他。潘松失惊，问娘娘："来者何人？"娘娘道："他唤做赤土大王。"相揖了，同坐饮酒。少时，作辞去了。

娘娘道："婆婆费心力请得潘松到此，今夜与奴做夫妻。"唬得小员外不敢举头，也不由潘松，扯了手便走。两个便见：

> 共入兰房，同归鸳帐。宝香消，绣幕低垂，玉体共，香衾偎暖，揭起红绫被，一阵粉花香，掇起琵琶腿，慢慢结鸳鸯。三次亲唇情越盛，一阵（疏）[酥]麻体觉寒。

二人云雨，潘松终猜疑不乐，缠绵到三更已后，只见娘娘扑身起来出去。小员外（根底）[跟前]立着王春春，悄悄地与小员外道："我（交）[教]你走了，却如何又在这里？你且去看那件事。"引着小员外，蹑足行来。看时，见柱子上缚着一人，婆子把刀劈开了那人胸，取出心肝来，潘松看见了，唬得魂不附体，问春春道："这人为何？"春春说道："这人数日前时，被这婆婆迷将来，也和小员外一般，排筵会，也共娘娘做夫妻。数日间，又别迷得人，却把这人坏了。"潘松听得，两腿不摇身自动："却是怎生奈何？"

说（由）[犹]未了，娘娘入来了，潘松推睡着，少间，婆婆也入来，看见小员外睡着，婆子将那心肝，两个斟下酒，那婆子吃了自去，娘娘觉得醉了，便上床去睡着。只见春春蹑脚来床前，招起潘松来，道："只有一条路，我（交）[教]你走。若出得去时，对与我娘说（听）：多做些功德救度我。你记这座花园，唤做刘平事花园，无人到此。那着白的娘娘，唤做玉蕊娘娘，那日间来的红袍大汉，唤做赤土大王，这婆子，唤做白圣母。这三个不知坏了多少人性命。我如今放你出去，你便去房里床头边，有个大窟（笼）[窿]。你且不得怕，便下那窟（笼）[窿] 里去，有路只 [管] 行，行尽处却寻路归去，娘娘将次觉来，你急急走！”

潘松谢了王春春，去床头看时，果然有个大窟（笼）[窿]。小员外（荒）[慌] 忙下去，约行半里田地，出得路口时，只见天色渐（晚）[晓]。但见：

薄雾朦胧四野，残云掩映荒郊。江天（晚）[晓] 色微分，海角残星尚照，牧牛儿未起，采桑女（由）[犹] 眠，小寺内钟鼓初敲，高荫外猿声（怎）[乍] 息。

正是：

大海波中红日出，世间吹起利名心。

潘松出得穴来，沿路上问采樵人，寻路归去，远远地却望见一座庙宇，但见：

朱栏临绿水，碧涧跨虹桥。依（希）[稀] 观宝殿嵬嵬，仿佛见威仪凛凛，庙门开处，层层冷雾罩祠堂，（廉）[帘] 幕中间，念念黑云光圣像。殿后檜松蟠异兽，阶前古桧似龙蛇。

行进数步，只见灯火灿烂，一簇人闹闹（炒炒）[吵吵]，潘松移身去看时，只见庙中黄罗帐内，泥金塑就，五彩（庄）[妆] 成，中间里坐着赤土大王，上首 [坐着] 玉蕊娘娘，下首坐（地）着白圣母，都是夜来见的三个人。惊得小员外手足无措。问众人时，元来是清明节，当坊境人春赛，在这庙中烧纸酌献。

小员外走出庙来，急寻归路，来到家中，见了父母，备说昨夜的事，大员外道："世上有这般作怪！"父子二人，即时同去应天观，见徐守真。潘松说："与师兄在酒店里相会出来，被婆子摄入花园里去。"把那取人心肝吃酒的事，历历说了一遍，"不是王春春（交）[教]我走归，几乎不得相见！"

徐道士见说，即时登坛作法，将丈二黄绢，书一道大符，口中念念有词，把符一烧。烧过了，吹将起来，移时之间，就坛前起一阵大风，怎见得？那风：

风来穿陋巷，透王宫。喜则吹花谢柳，怒则折木摧松，春来解冻，秋谢梧桐。睢河逃汉主，赤壁走曹公。解得南华天意满，何劳宋玉辨雌雄！

那阵风过处，见个黄（抱）[袍]兜巾力士前来云："潘松该命中有七七四十九日灾厄，招此等妖怪，未可剿除。"徐守真向大员外道："令嗣有七七四十九日灾厄，只可留在（弊）[敝]观躲灾。"大员外谢了徐守真自归。

小员外在观中，住了一月有馀，忽一日，行到鱼池边钓鱼，放下钩子，只见水面开处，一个婆子咬着（钩）[钓]鱼（钓）[钩]。唬得潘松丢下钓竿，大叫一声，倒地而死。急忙救起，半（饷）[晌]重苏。令人便去请将大员外来。

徐守真向大员外道："要捉此妖怪，除是请某师父蒋真人下山。"大员外问："这蒋真人却在何处？"徐守真道："见在中岳嵩山修行。"大员外道："敢烦先生亲自请蒋真人来捉此妖怪。"徐守真相别了，就行。

且说小员外同爹归到家里，只是开眼便见白圣母在书院里面。忽一日，潘松在门前立地，只见那婆子道："娘娘（交）[教]我来请你。"正说之间，却遇着徐守真请蒋真人来到潘员外门前，却被蒋真人镇威一喝，唬得那婆子抱头鼠窜，化一阵冷风，不见了。

徐守真令潘松："参拜了蒋真人，救你一命！"大员外即时请蒋真人（符）相见，叙礼毕，安排饭食。不在话下。

那蒋真人道："今夜三更三点，先□这白圣母。"天色渐晚，但见：

金乌西坠，玉兔东生。满空□雾照平川，几缕残霞生远汉。渔父负鱼归竹径，牧童同犊返孤村。

当夜三更前后，蒋真人作罡法，念了咒语。两员神将驱提白圣母来，蒋真人（交）[教]抬过鸡笼来，把婆子一罩住，四下用柴围着。蒋真人喝声："放火烧！"移（之）时，婆子不见了，只见一个炙干鸡在笼里。

□□天晓，蒋真人道："今（卓）[朝]午时，刘平事花园里去，断除那两个妖怪。"到得日中，四人同行到花园门首。蒋真人道："（交）[教]徐守真将一道灵符，将两枚大（丁）[钉]，就花园门首地上，便钉将下去。"只见起一阵大风，风过处，见四员神将出现。但见：

黄罗抹额，污驂皂罗袍光；□□袖绣团花，黄金甲束身微窄（地）。剑横秋水，靴踏狻猊。上通碧汉之间，下彻九幽之地。业龙作过，（白）[自]海波水底擒来；邪祟为妖，入洞穴中捉出。六丁坛畔，权为符吏之名，玉帝阶前，走□天丁名号。搜捉山前为怪鬼，拇会乾坤下二神。

四员神将领了法旨，去不多时，就花园内起一阵风。但见：

无形无影透人怀，四季能吹万物开。
就地撮将黄叶去，入山推出白云来。

风过处，只听得豁辣辣一声响亮，从花园里，神将驱将两个为祸的妖怪来。蒋真人道："与吾打杀，立（交）[教]现形！"神将那时就坛前打杀，一条赤斑蛇，一个白猫儿。

元来白圣母是个白鸡精，赤土大王是条赤斑蛇，玉蕊娘娘是个白猫精。

神将打死了妖怪，一阵风自去了。潘员外拜谢了蒋真人、徐守真，自去了。

话名叫做《洛阳三怪记》。

风月相思

入话：

深院莺花春昼长，风前月下倍凄凉，
只因忘却当年约，空把朱弦写断肠。

洪武元年春，有冯琛者，字伯玉，故成都府朝阳门兴庆坊人也。父缊，为元先锋都督，生琛于金陵，时至元六年，庚（戌）[辰]岁也，幼失怙恃，（伊）[依]舅氏育养。至总角，颖悟聪明，词章翰墨，举世罕有。少长咸羡誉之。

未几，南北盗贼兴起。生奔走流离，浪迹江湖。至临安时，直殿将军赵彧见而异之。公无子，得生甚喜。生事之如亲父焉。公有女，名云琼，幼丧母，公命庶母刘氏育之。年至十三，同生延师教之。生[愈]加恭敬，如亲妹，而琼待生，亦如亲兄。

一日，生忧思干戈不宁，（测）[侧]然有感，（逐）[遂]赋一诗以呈师，云：

两虎争雄势不休，回头何处是神州？
一朝鞸鼓喧天动，万里尘埃匝地浮。

白日豺狼当路道，黄昏（锋）[烽]火起边楼。
何时南北干戈息，重睹君王旧冕旒！

师诵毕，特以示彧曰：“此子当有大志，非常才也！”公亦喜。

将二载，刘氏以云琼年长，可笄，（逐）[遂]令入闺阁，习女工。

一日，生在书馆独坐，见春光明媚，蜂蝶交飞，不觉惆怅，吟一绝云：

桃花如锦草如茵，妆点园林无限春。
蜂蝶分飞缘底事？东君应念断肠人！

生吟毕，云琼在书馆后游玩，听其吟诗有惆怅之意，悒悒不乐。

越数日，百和亭前牡丹盛开，琛往观之，琼亦在彼，遂同玩赏。琼问曰：“‘东君应念断肠人’，为谁作也？”生笑而不答，又将牡丹花题诗一首：

娇姿艳质解倾城，似语还休意未成。
一点芳心谁共诉？千重（蜜）[密]叶苦相屏！
君王笑处天香满，妃子观时国色盈。
何幸倚栏同一赏，恨无杯酒浥芳馨！

琼见诗，知生意有属于己，乃一笑，叹息而去，回顾再三。

生自此之后，见其姿容秀丽，其心不能自持，琼此后无心针指，时出游戏消遣，见蜂蝶燕莺，景物繁华，赋诗一首：

春色平分二月时，弓鞋款款步莲池。
九回肠断无由诉，一点芳心不自持。

灼灼奇花留粉蝶，阴阴古木啭黄鹂，
晓来闷对妆台立，巧画蛾（媚）[眉]为阿谁？

琼有侍女韶华，颇巧慧，能讴（时）[诗]。见琼长吁短叹，识其意而不敢问。一日，偶过书馆，生语之曰："我万里无家，四海一身，与我结为兄妹，何如？"韶华曰："贱妾卑微，何敢上扳君子！"生曰："何害！"二人拜为兄妹。自此之后，与生来往甚密。

一日，生曰："连日不见琼娘子，固无恙乎？"答曰："娘子近日，偶疾如疟，神思不宁，倚床作《望江南》词。"生曰："愿闻。"韶华云：

香闺内，空自想佳期，独步花阴情绪乱，慢将珠泪两行垂，胜会在何时？
恹恹病，此夕最难持。一点芳心无托处，荼蘼架上月迟迟，惆怅有谁知？

韶华别去。[生]知琼有意于己，潸然下泪。

次日，与赵公会宴，琼侍父侧，虽然眉目往来，不能通言语为憾。生归室，见宝鸭香消，银台烛暗，愁怀万斛，展转至晓，乃赋一律：

暗思昨日可怜宵，得见佳人粉黛娇；
银海晓含珠泪湿，金莲微动玉钩摇。
谢鲲（从）[徒]折机边齿，弄玉空吹月下箫。
一笑倾城殊绝代，宁（交）[教]不瘦沈郎腰！

一日，生与韶华曰："我有手书一缄，烦汝送琼，幸勿沉滞！"韶华乃潜纳于镜奁。次早，琼梳妆，见书，视之，乃《满庭芳》词：

蝉鬓拖云，蛾（媚）[眉]扫月，天生丽质难描。樽前席上，百媚千娇。一点芳心初动，五更（清）[情]兴偏饶。诉衷肠不尽，虚度好良宵。　秦楼明月夜，余音袅袅，吹彻鸾箫。闲敲棋子，愈觉无聊。何时识得东风面，堪成凤友鸾交？凭鸿雁，潜通尺素，盼杀董妖娆！

复吟一绝：

每同玉步踏香尘，曾见妆台点绛唇。
春色谩随桃杏去，天台谁为款刘晨？

琼读毕，怒责韶华曰：“汝怎敢传消递息！我与夫人说知。”韶华悲泣哀告，琼意稍解，乃曰：“舍人何以知我病，而送药方与我？当以实对。”韶华曰：“向者，舍人与妾言曰：‘我四海无亲，欲与结为兄妹！’当时妾惶愧不敢当，复问：‘娘子无恙[乎]？’妾曰：‘因病，稍安’。妾读娘子《望江南》词，舍人不觉泪下。至晚，以书令妾转达。”琼曰：“我虽未愈，不服此药，不可辜其美意，我今回一缄去谢之。”

韶华候琼作书毕，持以诣生室。生见韶华，甚喜。生展视之，乃和《满庭芳》词，云：

短短金针，纤纤玉手，闲将绣带轻描。描鸾刺凤，想象剔还挑。不觉黄昏又到，谁知玉减香消！鸳鸯被，寻思展转，倏忽至中宵。　阳台魂梦杳，彩鸾归去，辜负文箫！算人生几，行乐陶陶。何日相逢一面，樽前唱彻红绡？知此时芳心动也，愁杀盖宽饶。

复吟一绝：

丰姿绝代更青春，妾意拳拳在汝身。
明月一轮花满地，肯容香露湿湘裙？

生视毕，不觉失魂丧志，莫知身之所在。

琼曰：“彼时以我病愈，兄妹之情，喜之。”当时，韶华颇疑之，退而叹曰：“人生莫作妾婢身，城门失火池鱼殃，日后必贻祸于我矣！”自此，非堂前有命，不出于外。琼虽意恋，不能相会。生自此之后，竟不得见，憔悴疲倦，饮食减少。夫人刘氏时加宽慰以“休思乡里”，生但俯首而已。

有一日，夫人与侍女数人，于后花园里风亭上观赏荷花。琼推疾不出，夫人去后，琼潜至生室，谓：“兄何恙？”生泪下，不能答言，琼曰：“兄何故如此？万事岂由人乎？琼闻夫子曰：‘贤贤易色。’古圣所戒。”生曰：“钻穴逾墙，吟琴（拆）[折]齿，妹独不知？”言语未尽，侍女报曰：“夫人至。”琼曰：“且与告别，情话难尽。翌日牛女佳期，妾当陈瓜果，与君登楼乞巧，以占灵配。”生诺。

至期，生乃赴约。刘氏命琼在堂行酒，亦召生预宴。生不胜懊恨，仰观其天，轻云翳月，乍明乍暗，织女牵牛，黯淡莫辨。忽听谯楼鼓已三更矣，乃赋诗云：

几度如梳上碧空，缺多圆少古今同。
正期得见嫦娥面，又被痴云半掩笼！

次日，于堂侧偶见琼，生以此[诗]示之。[琼]口占一绝：

停杯对月问蟾蜍，独宿嫦娥似妾无？
今日逢君言未尽，令人长恨命多孤！

琼自后作事，闷闷不已，女工之事，俱无情意，患病数日，家人惊惶，乃白刘氏。夫人即唤韶华，曰：“汝知娘子之病？”韶华不敢答。夫人再三逼之，只得言：“娘子与冯官人相见之后，至今三好两怯。”夫人即与公曰：“妾闻：‘男冠而有室，女笄而有家。’今琼年二十，闺房之事，想已知之。且琛居门下，亦有年矣，而琼岂无思念之心？妾视动静之间，俱有不足之意，不如早命纳琛为婿，庶免彰人之耳目。”或大怒，不悦，寻思良久，乃曰：“依汝言也罢。”当韶华面前告琼。琼喜，令韶华告生。生喜，赋诗一首以自贺：

昨日窗前阅简编，银缸双结并头莲。
当时以此非容易，今日方知岂偶然。
红叶沟中传密意，赤绳月下结姻缘。
从前多少心头事，尽付东流水一川。

翌日，公令人探生。[生]曰：“投托门下，多蒙厚恩，敢效结草之意。既蒙有命，安敢不从！”退以告公。

越十余月，公命媒行（娉）[聘]为婿，于二室。至期，屏开孔雀，褥隐芙蓉；花烛莹煌，管弦歌沸。生与琼拜于堂，一如神仙归洞府。宾客叹其郎才女貌，世间罕有。

至筵席散，生偕入洞房，见其象床瑶席，凤枕鸳衾，乐谐琴瑟，生与琼曰：“昔慕子之心，每于花前月下，抚景伤怀。今日至此，岂非天假良缘耶！”琼曰：“遇君之后，行无定迹，寝不贴席。今也，天随人愿，获侍巾栉。但愿君子始终如一，则万幸矣！”琼似蜂情蝶意，遂词云：

翠荷花里鸳鸯浴，碧桃枝上鸾凤宿。花烂枝尚柔，俄惊一夜秋。百岁共谐和，相看奈汝何？

生亦口占《减字木兰花》词一[阕]云：

调云弄雨，迤逦罗帏同笑语，春透花枝，一[日偎依十二]时。　　相怜相爱，还了平生憔悴债，鱼水欢情，剪下青丝结誓盟。

越月余，公被召，促装赴京，嘱生家事而别。越三月，公奏曰：“臣老，不能用也。有婿冯琛，素怀异才。臣荐为国，非私也。”上大悦，遣使召生。

生与琼曰：“蒙旨征召，暂与相别。”琼曰：“相会未几而遽别，奈何！奈何！妾闻金陵胜地，歌楼不可留恋！”生曰：“噫！卿误也。我心（尤）[犹]如冰玉，后当自知。”即促装起程。

琼令韶华备酒肴，饯于郊外。琼握生手，相视大恸。生亦呜咽。琼曰：“君今弃妾，妾无负于君！”生曰：“我与子岂一朝一夕之缘分！今日之行，出于无奈，卿有是言，殆非以为陌路人耶？”琼曰：“君无二心，妾何以报！”口占二绝以赠。其一：

鱼水欢娱未一秋，临（岐）[歧]分袂更绸缪，
诉君不尽衷肠事，惟有潸潸珠泪流。

其二：

香闺绣幙恨悠悠，一片离情不自由。
争奈君心似流水，滔滔东去不能留。

生赋律诗一首以答：

懒上雕鞍闷不胜，此心如醉为多情。
空垂眼底千行泪，难阻天涯万里程。
最苦凄凉冯伯玉，可怜憔悴赵云琼。
男儿且学四方志，铁石心肠作广平。

琼情不已，亦作《茶瓶词》云：

忆昔当时相会，共结百年姻配，枕前盟誓如山海，此意千载难买，恩和爱，知何在？情默默，有谁揪采？妾心未改君先改，奈好事多成败。

词毕，恸哭不舍。生扶琼至家，嘱韶华劝慰。次早，不令琼知而去。

琼晚见月界窗痕，风鸣纸隙，举目无亲，以赋《临江仙》词一阕：

明窗纸隙风如箭，几多心事难忘，荼蘼架下见行藏，交加双粉蝶，交颈两鸳鸯。岂知今日成抛弃，尪羸减玉消香。谁与诉衷肠？行云空缥缈，恨杀楚襄王。

生行不觉逾旬，未尝不思琼也，观京畿将近，偶成一律：

冉冉时光日似梭，相思无计欲如何？
五云缥缈皇畿近。万里迢遥客恨多，
愁望银河看织女，魂飞阆苑问仙娥。
金陵谩说花如锦，一点芳心誓匪他。

生行至京，见上于奉天殿。上甚爱其才，即日除为起居郎。一日出朝，因便人，作书以寄：

冯琛端肃书奉云琼娘子妆前：拜违懿范，已经月余，思仰香闺，梦寝行坐，未尝离于左右。迩来未审淑候何如？琛至京，蒙授起居郎。谁料菲才，幸际风云之会，得依日月之光。偶因风便，封缄以寄眷恋之私云。

琼得书，一喜一悲。贺者填门，而琼悲号不已，刘夫人命具杯酌，弦歌宽慰。琼编《驻马听》，命韶华讴之，闻者莫不凄惋。自兹愈无聊赖，鸾孤凤只，竹瘦梅癯，面似梨花带雨，眉如杨柳含烟。署中风凉月冷，形只影单，赋诗一律：

夜深独坐对残灯，默默怀人百感增。
愁肠百结如丝乱，珠泪千行似雨倾。
月照纱窗光皎皎，风摇铁马响铃铃，
总藉夫人宽慰我，金樽漫有酒如渑。

（素娥）[韶华]善言语，一日，对琼曰："妾闻西湖鸳鸯失侣，相思而死，何谓也？"琼曰："汝戏我乎？"曰："既知，何不自想？"琼曰："汝不闻李白云：

锦水连天碧，荡漾双鸳鸯。甘同一处死，不忍两分张。

（素娥）[韶华]曰："谁无夫妇，如宾似友？至于离合，故不可测。《关雎》诗曰：'乐虽盛，而不失其正；忧虽深，而不害于和。'是以传之于经，娘子朝夕哭泣，过于哀怨；倘致不虞，将如之何？望以身命为重！"琼意稍解。

琼恐生心有异，不能无疑焉，乃作古风一章以自慰：

忆昔与君相拜别，三月鹃声哀夜月。
鸳鸯帐里彩鸾孤，惆怅良人音信绝。
妾心如水水复深，妾泪如珠珠溅血。
深院无人春昼长，几回独把湘帘揭。
湘帘揭起飞双燕，燕燕差池相眷恋。
令人感动心益悲，欲寄征鸿风不便。
文君空有白头吟，婕妤谩赋齐纨扇。
君心若与我心同，妾亦于君复何怨！

琼作虽非怨悔，相思之心殊切，抚景兴怀，时无休歇。伫见：征鸿北去，乌鹊南飞；寒蛩在壁，秋水连天；桐风飒飒，桂月娟娟；香残烛暗，枕冷衾寒。斯时也：空闺寂寂，人各一天；经年累月，有谁见怜！作《满庭芳》一阕：

皓月娟娟，清灯灼灼，回身转过西厢。可人才子，流落在他乡。只望团圆到底，谁知反属参商。君知否？星桥别后，一日九回肠。相思无尽极，惨云愁雨，减玉消香。几回梦里，与子飞扬。（尤）[犹]记山盟海誓，地久天长，春已老，桃花无主，何日遇刘郎？

题毕，谓韶华曰："古之女，亦有如我者乎？"答曰："有之。如王妫之丧身，姜女之死节，皆如此也。然悲欢离合，亦自古有之；若不自惜其身，至于殒绝，亦或有之。"琼曰："汝之言，我非不知。但恨与生会合未久，遽成离别，恐作王魁负桂英也。"因而赋歌一首：

黄昏渐近兮，白日颓西。对景思人兮，我心空悲。云归岫兮去远，霞映水兮呈辉。倏天光兮黯淡，月初出兮星稀。叹南飞兮乌鹊，绕树枝兮无依。久凭栏兮徒倚，追往事兮嗟吁。香消兮玉减，花落兮色衰。陟高庭兮（跳）[眺]望，仍凝思兮迟迟。霜凋残兮落叶，雨滴损兮花枝。花委谢兮寂寂，叶辞柯兮凄凄。恨关山兮路远，极目望兮天涯，自勉强兮假寝，风飒飒兮吹衣。奈好梦兮杳渺，忽惊觉兮邻鸡。傍妆台兮抑郁，临宝镜兮惨凄。霞鬓云鬟兮，为谁梳洗？兰心蕙质兮，空自昏迷。睹双飞兮粉蝶，听百啭兮黄鹂。何人生兮不若？嗟物类兮如斯。愧年少兮多别离，望美人兮空踌躕。

韶华观其吟，亦掩泪，谓娘子曰："恐生有'富易妻，贵易交'之意，莫若令人赍书与冯生，起居动静，可知之矣。胡乃孤眠独宿，行吁坐叹，而自苦若此也！"琼曰："岂必书也。自生别后，有诗十余首，并录寄赠，以见我之心耳！"即日遣家童，赍书抵京。

生得书，不胜欣喜，展视之，皆琼佳制也："泪雨潸潸洒满衣，含愁强赋断肠诗。自从昔日相分手，直至今朝懒画眉。东阁尚怀挥翰墨，西园尤想折花枝。自君一去无消息，独对青铜怨别离！”

[生读罢，不胜悲咽，遂差人接琼抵京。琼谓韶华曰："素承]不弃，我今将行，汝从我乎？”韶华曰："妾幼侍夫人，居于闺阁之中，誓生死相随。今夫人将行，妾愿（侍随）[随侍]。”即日治办行装而去。

离朝五里许，生先在郊外，候琼而来，其[乐]融融，乃曰："一别许久，不想今日复睹仪容。”琼再拜谢曰："妾女流也，不知理法。荷蒙君子不弃，誓同生死！”

生与琼轿马相随，归衙，重寻旧约，再整前盟："今夕之会，何幸如之。”生赋诗一律：

朱颜一别几经春，两地相思各惨神，
失意如今还得意，旧人偏觉胜新人，
颠鸾倒凤情何洽？誓海盟山乐更真。
寄语司天台上客，更筹促漏莫交频！

不觉已五更鼓矣，生起，整衣冠而进朝。俄闻倭夷有警，上敕生为静海将军。即日承命，至家，与琼曰："吾奉朝命，领兵收贼，有一载之别。汝宜保重！吾不敢久留，以缓君命。”于是率凤阳精兵四万，上大悦，亲劳军士，同兵部尚书李斌、左平章廖禹，复率羽林等卫五十八万军马，旌旗蔽野，水陆继进。生之英风锐气，所向无前，驻札连栈。倭夷鏖战（徉）[佯]走，生兵追之，倭度其半入，以精兵五千，出其不意，由别道尾其后，官军溺死者无算，江水为之不流，生呼谓众曰："今天败我，非众人罪也！第无以报效朝廷。”生复招集残兵，整顿军旅，身先士卒。众乃奋身戮力，与敌鏖战，无不一[以]当百。倭夷大败。生喜曰："不意天兵之果锐也如此！”倭夷遂遣使，称臣求和。生恐有变，许之，奏凯而还。

上得捷音，天颜大悦，谓宋景曰："以羸败之兵，入危险之地，而能克敌，皆卿之荐举得其人也。”景稽首拜曰：“愚臣无（知）[琛]之明敏果断，举选得人。”上曰：“古有社稷之臣，今琛近之矣！”

生引兵由玄武门，上[坐]召生入丹陛。上慰劳之，曰：“克战之功，出于卿也！”生拜曰：“陛下顺行天道，御物无私；臣下奉行政令而已。”遂拜生为镇国大将军，赐剑履趋朝；云琼封为赵国夫人，金冠霞（玻）[帔]。夫荣妻贵，近世未有。

夫何盛极有衰，天年不永。洪武七年甲寅岁，十一月初一日壬戌，薨。病亟之夕，执琼手谓曰：“吾负汝矣！路隔幽冥，不复相见也！”急呼家童，燃灯取笔，题诗云：

九泉未肯忘恩爱，一死无由报主恩。
君命妻情俱未了，空留怨气塞乾坤！

琼曰：“君无忧也，不久当相见！”言讫，生卒。

次日，大夫宋景奏闻。上曰：“天何夺吾伯玉之速也！”命礼部官，具衾椁，拟以王礼祭之，曰：明仁忠烈武安王。

越十五日丙子，琼亦以忧思，不进饮食而卒。敕合葬于采石之阳。越一月，御祭，墓碑丹书，命陶凯篆额，宋景作序。

有子二人：长曰明德，[娶]尚平公主；次子明烈，（娉）[聘]廖禹之女。

是为之记。

伉俪相期寿百年，谁知一旦丧黄泉，
云琼节义非容易，伯玉姻缘岂偶然！
配获鸾凤真得意，敬同宾友不虚传。
关雎风化今重见，特为殷勤著简编。

风月相思记终。

张子房慕道记

入话：

梦中富贵梦中贫，梦里欢娱梦里嗔。
闹热一场无个事，谁人不是梦中人？

话说汉朝年间，高祖登基，驾坐长安大国。忽一日，设朝，聚集文武两（斑）[班]，九卿四相。各人奏事以毕。（斑）[班]部中转过一人，紫袍金带，执简当胸，出（斑）[班]奏曰："我王万岁！微臣看得近今天下太平，风调雨顺，万民乐业。臣欲要慕道修行，不知我王意下如何？"

高祖问曰："卿因何要入山慕道？"

张良答曰："臣见三王苦死，不能全终。"

高祖曰："那三王？"

张良曰："是齐王韩信，大梁王彭越，九江王英布。元来这三王，忠烈直臣，安邦定国。臣想昔日楚王争战之时，身不离甲，马不离鞍；悬弓插箭，挂剑悬鞭；昼夜不眠，日夜辛苦，这般猛将尚且一命归阴，何况微臣。岂不怕死？"

高祖曰："卿莫非[嫌]官小职低，弃却寡人？岂不闻刚刀虽快，不斩无罪之人？”

张良曰：“岂无罪过！臣思日月虽明，（倘）[尚]不照覆盆之下，三王向如此乎？”

高祖曰：“齐王韩信，他有罪过，如何苦死？卿不知其情，寡人有诗为证：

> 韩信功劳十代先，夜斩诗祖赫赵燕。
> 长要损人安自己，有心要夺汉朝天。

张良诉说已罢，微微冷笑，便道：“我王岂不闻古人云：‘君不正，臣投外国；父不正，子奔他乡。’我王失其政事，不想褒州筑坛拜将之时。我王不信，有诗为证：

> 韩信遭逢吕后机，不由天子只由妃。
> 智赚未央宫内死，不想褒州拜将时。

高祖曰：“卿，韩信、彭越、英布三人有怨寡人之心。”

张良答曰：“臣自有诗为证：

> 韩信临危剑下亡，低头无语怨高皇。
> 早知死在阴人手，何不当初顺霸王。”

张良言曰：“微臣眼前不见三人，一心只要慕道。”

高祖曰：“卿，你作官中第一，极品随朝，身穿紫罗袍，腰悬白玉带，口餐珍羞百味，因甚却要归山慕道？”张良曰：“臣见三王遭诛，臣怀十怕。”

高祖曰：“卿那十怕？”

张良曰：“赦臣之罪，微臣敢说。”

（朕）[高祖] 曰："赦之。"

良曰："听臣所说，有诗为证：

一怕火院锁牢缠，二怕家眷受熬煎，
三怕病患缠身体，四怕有病服药难，
五怕气断身（忘）[亡] 死，六怕有难哭皇天，
七怕采木花棺椁，八怕牢中展却难，
九怕身葬荒郊外，十怕萧何律上亡。"

张良曰："我王，倘若无常到来，如何躲得？"

高祖曰："卿，你正好荣华富贵，却要受冷耽饥。"

张良曰："皇若不信，有词为证：

慕道逍遥，修行快乐，粗衣淡饭随时着，草履麻鞋无拘束。不贪富贵荣华，自在闲中快乐。手内提着荆（蓝）[篮]，便入深山采药。去下玉带、紫袍，访友携琴取乐。"

高祖曰："卿要归山，你往那里修行？"

张良曰："臣有诗存证：

放我修行拂（柚）[袖] 还，朝游峰顶卧苍田。
渴饮蒲萄香醪酒，饥餐松柏壮阳丹。
闲时观山游野景，闷来潇洒抱琴弹。
若问小臣归何处？身心只在白云山。"

高祖曰："卿意要去修行，久后寡人有难，要卿扶助朝纲，协立社稷。"

张良回答曰："臣有诗存证：

十年争战定干戈，虎斗龙争未肯和。
虚空世界安日月，争南战北立山河。
英雄良将年年少，血染黄沙岁岁多。
今日辞君臣去也，驾前无我待如何！”

高祖曰："如今天下太平，正好随伴寡人，在朝受荣华富贵，却要耽寒受冷，黄齑淡饭，修行慕道！”

张良听说："有诗为证：

两轮日月疾如梭，四季光阴转眼过。
省事少时烦恼少，荣华贪恋是非多。
紫袍玉带交还主，象简乌靴水上波。
脱却朝中名与利，争名夺利待如何！”

高祖曰："不要卿管职事，早晚随伴寡人，意下如何？”

张良曰："臣有诗存证：

荣华富贵终无久，仔细思量白发多。
为人不免无常到，人生最怕老来磨。”

高祖曰："卿若年老，寡人赐你俸米，月支钱钞，四季衣服，封妻荫子，有何不可？”

张良曰："蒙赐衣、钱、米，老来如何替得？有词存证：

老来也，百病熬煎。一口牙疼，两臂风牵。腰驼难立，气急难言。吃酒饭，调痰倒转；饮茶汤，口角流涎。手冷如钳，脚冷如砖。似这般百病，直不得两个沙模儿铜钱。”

高祖曰："卿一心既要入山慕道，寡人管你四季道粮并衣服、鞋袜。”

张良曰：“臣有诗为证：

日月如梭架不捞，时光似箭斩人刀。
清风明月朝朝有，火院前程无下梢。
日月韶光随时转，太阳真火把人熬。
你强我弱争名利，不免阎王走一遭。”

高祖苦劝，张良不允。“且回相府，明日再来商议。”

张良辞驾出朝，吟诗一首：

游遍江湖数百州，人心不似水长流。
受恩深处宜先退，得意浓时便可休。
莫待是非来灌耳，从前恩爱反为仇。
不是微臣归山早，服侍君王不到头。

张良拜辞，出朝回家。

高祖曰：“众文武百官，寡人苦劝张子房不听。”遂令百官领圣旨，往张良相府，劝他回心转意：“丞相，主人留你，‘不要入山修行，在家出家，朝暮随伴寡人，道粮、衣服、钱米，每月供俸。’却不是好？”

张良曰：“臣想韩信、彭越、英布，争江山，夺社稷，累建大功。如今功劳却在何处？”张良不允。众官又劝：“丞相，如今天下太平，官封极品，位至三公，朝中享荣华富贵，如何归山慕道？”

张良呵呵大笑：“有诗为证：

汉世张良散楚歌，八千兵散走奔波。
霸王只为江山死，悔不当初过界河。

万里江山朝皇帝，八方宁（净）[静] 罢干戈。
因甚子房归山早，恩深倒惹是非多。”

众文武百官苦劝不从，各回去了。

张良送众官，回到相府，辞了老夫人：“我今欲要入山慕道。”老夫人便道：“丞相，你每日受享龙楼凤阁，耳听山呼万岁，吃珍羞，饮御酒，端的是：

春眠红锦帐，夏卧碧纱厨，两双红烛引，一对美人扶。如何却要归山慕道？旷野荒郊，孤身独自；冬夏衣服道粮谁管？闷来有谁消愁？只在家中修行。”

张良见说：“有诗为证：

兔走鸟飞不暂闲，古今兴废已千年。
才见婴儿并幼女，不觉苍颜白鬓边。
慕道修真还苦行，游山玩景炼仙丹。
闲时便把琴来操，闷看猿猴上树巅。”

老夫人听说：“丞相如今高官极品，富贵荣华；一人之下，万人之上，朝则同欢，暮则同乐；不肯受用，情愿入山慕道。耽寒受冷，忍饥受饿，那时悔之晚矣！”

张良不允，留诗一首：

生死轮回几万遭，迷人不省半分毫。
贪心似草年年长，造罪如山渐渐高。
不去佛前求忏悔，贪迷火院受煎熬。
若人不行平等事，三途地狱苦难逃。

老夫人道：“丞相，你却修行去了，家中儿女未曾婚配，男孤女只。待等家事已完，那时未迟。”张良答曰：“倘若大限到来，身归泉世，命染黄沙，如何留得？”张良即便题诗一首：

一日无常万事休，半床席卷不中留。
忧愁恋儿年纪小，爱子贪妻不到头。
使尽机关争名利，魂离魄散做骷髅。
人人尽是痴呆汉，难免荒郊卧土丘。

张良说罢而去。

高祖传旨，遂令把门官军：“不要放出张丞相，若不辞朕，怎敢便去？”高祖正说之间，张良将冠带、袍服、象简、乌靴，朱红盘内托来，放于五凤楼前，私行去了。高祖差人四下追赶捕获，寻至数日，杳无踪迹。只见朱红盘内，有诗为证：

懒把兵书再展开，我王无事斩贤才。
腰间金印无心挂，拂袖白云归去来。
两手拨开名利锁，一身跳出是非街。
不是微臣归山早，怕死韩信剑下灾！

高祖自从去了张良，每日思想悬悬，放心不下。朝门外大张黄榜：“有人得知张良下落者，封其官职。”忽有一樵夫，分开人众，前来揭榜，入朝：“奏上我王万岁，臣见张丞相却在白云山修行慕道。”高祖听罢，心中大喜，龙颜甚悦，即排銮驾，前往白云山前，寻访一遭。行至一日，只见茅庵一所，不见张良，令人来到名山，有诗为证：

白云山前字两行，张良留下劝人方：

红颜爱色抽心死，紫草连枝带叶亡。
蜂采百花人食蜜，牛耕荒地鼠餐粮。
世上三般冤屈事：月缺花残人少亡。

高祖念诗已罢，不见张良，眼中垂泪，吟诗一首：

君王亲自驾临山，不见贤臣空到庵。
日映桃花侵目艳，风吹竹叶透人寒。
炉内烧丹灰未冷，壁上题诗墨未干。
棋盘踪迹端然在，子房何处把身安？

高祖吟诗已罢，不见张良，仰天长叹。回驾，行至半山，忽见张良渔鼓简子，口唱道情，仙鹤绕舞，野鹿衔花，前来接驾。高祖一见张良，龙颜大喜，作诗一首：

十度宣卿九不朝，关心路远费心劳。
明知你有神仙法，点石成金不用烧。
朝中缺少擎天柱，单等贤臣挂紫袍。
卿若转心回朝去，寡人世界得坚牢。

张良听说："面奏我王，臣誓不回，只在山中修行（办）[慕]道。我王不信，微臣有诗一首：

闲时山中采药苗，不愿朝中挂紫袍。
高祖咬牙封雍齿，汉王滴泪斩丁公。
萧何稳坐为丞相，韩信安邦命不牢。
不是微臣嫌官小，犯了王法不肯饶。"

张良："奏上我王万岁得知，韩信、英布、彭越三人，争南夺北，个个死于剑下。我王不信，有诗为证：我去归山脱离灾，韩信遭计倒尘埃。因为我王无正道，吕后定计斩英才。”

高祖曰：“卿不比在前浑浊之时。”

张良答曰：“我王若要回朝，请我王到茅庵，献清茶一盏。”张良引驾，正行之间，前面一个仙童，指化一条大涧，横担独木高桥一根，请高祖先行。高祖恐怕木滚，不敢行过。张良拂袖而过此桥，吟诗一首：

桥上横担松一根，不知那是造桥人？
独木怎过龙驹马，深水难行伴侣人。
百条龙尾空中挂，千根大（莽）[蟒]涧边存。
虽然不是神仙法，（赫）[吓]得人心不敢行。

这涧中碧沉沉水，波浪千层阻隔，高祖龙车不能前进。张良见了，呵呵大笑，吟诗一首：

范蠡归湖脱紫襕，子房修道不回还。
心猿牢锁无根树，意马牢栓不放闲。
辞文官来别武将，功名二字两分单。
不是微臣归山去，免被云阳剑下丹。

高祖苦劝张良不回，心中忧闷，眼泪恓惶。张良就于涧边拜辞高祖，吟诗二首：

张良交印与高皇，范蠡归湖别越王。
二人不嫌官职小，只怕江山不久长，
向后莫听吕后语，君王失政损忠良。
万丈火坑抛撒了，一身跳出是非场。

张良收心归山，普劝世人，作诗一首：

普劝阎浮贤大良，世间莫要把名扬。
无常那怕公侯子，不怕文官武将强。
不俱男女收心早，大限来时手脚忙。
学得子房归山去，免向阎王论短长。

卷三

阴骘积善

入话：

燕门壮士吴门豪，竹中注铅鱼隐刀。
感君恩重与君死，太山一击若鸿毛。

唐德宗朝有[个]秀才，南剑州人，姓林，名积，字善甫。为人聪俊，广览诗书，九经、三史，无不通晓，更兼为事梗直。在京师太学读书，给假在家，侍奉母亲之病。母病愈，不免再往学中，(离)[免]不得暂别母亲，相辞亲戚、邻里，教当直王吉，挑着行李，迤逦前进。在路但见：

或过山林，听樵歌于云岭；又经别浦，闻渔唱于烟波。或抵乡村，却遇市井。才见绿杨垂柳，影迷(已)[几]处之楼台；那堪啼鸟落花，知是谁家之院宇？行处有无穷之景致，奈何说不尽之驱驰。

饥餐渴饮，夜住晓行，无路登舟。不只一日，至蔡州，到个去处。天色[已]晚，但见：

> 十（色）[里]俄（分）[惊]黑雾，九天云里星移。八方[滴][商]旅，归店解卸行李；北斗七星，隐隐遮归天外。六海钓叟，系船在红蓼滩头；五户山边，尽总牵牛羊入圈，四边明月，照耀三清。边廷两塞动寒更，万里长天如一色。

天色晚，两个投宿于旅邸。小二哥接引，拣了一间宽洁房[子]，当直的安顿了担杖。林善甫稍歇，讨了汤，洗了脚，随分吃了些个晚食。无事闲坐则个，不觉早点灯，（交）[叫]当直安排宿歇，来日早行。当直王吉（下了宿），在床前打铺自睡。

且说林善甫脱了衣裳也去睡，但觉物瘾其背，不能睡着。壁上有灯，尚犹未灭，遂起身揭起荐席看时，见一布囊。囊中有一锦囊，其中有大珠百颗，遂收于箱箧中。当夜不在话下。

到来朝，天色晓，但见：

> 晓雾装成野外，残霞染就荒郊。耕夫陇上，朦胧月色（时）[将]沉；织女机边，幌荡金乌欲出。牧牛儿尚睡，养蚕女（由）[犹]眠。樵舍外犬吠，岭边山寺犹未起。

天色晓，起来洗漱罢，系裹毕，（交）[叫]当直一面安排了行李，林善甫出房（中）来，问店主人："前夕甚人在此房内宿？"店主人说道："昨夕乃是一客商。"林善甫见说："此乃吾之故友也，因俟[我]失期。"看着那店主人道："此人若回来寻时，可使他来京师上庠贯道斋，寻问林上舍，名积，字善甫。千万！千万！不可误事！"说罢，还了房钱，相揖作别了去。

当直的前面挑着行李什物，林善甫后面行，迤逦前进。林上舍善甫不放心，恐店主人忘了，遂于沿路上。令当直王吉，于墙壁粘贴手榜，云：

某年、某月、某日，有剑浦林积假馆上庠，有故人元珠，可相访于贯道斋。

不只一日，到于学中，参了假，仍旧归斋读书。

且说张客到于市中，取珠欲货，（不）[方]知失去。吓得魂不附体，道："苦也！苦也！我生受数年，只选得这包珠子。今已失了，归家，妻子、孩儿如何肯信！"再三思量，不知于何处（去失）[失去]，只得再回[去]，沿路店中寻讨。直寻到林上舍所歇之处，问店小二时，店小二道："我却不知你失去物事。"张客道："我歇之后，有甚人在此房中安歇？"店主人道："我便忘了。从你去后，有个客人来歇一夜了，绝早便去，临行时吩咐道：'有人来寻时，可千万使他来京师上庠贯道斋，问林上舍，名积。'"

张客见说[的]言语跷蹊，口中不道，心下思量："莫是此人收得我之物？"当日，只得离了店中，迤逦再取京师路[上来]。见沿路贴着手榜，[数]中有"元珠"之句，略略放心。不只一日，直到上庠，未去歇泊，便来寻问。学对门，有个茶坊，但见：

花瓶高缚，吊挂纸囗。壁间名画，皆则唐朝吴道子丹青；瓯内新茶，尽点山居玉川子佳茗。风流上灶，盏中点出百般花；结棹佳人，柜上挑茶千种韵。

张客入茶坊坐，吃茶了罢，问茶博士道："那个是林上舍？"茶博士见问，便道："姓林的甚多，不知[是]那个林上舍？"（店小二）[张客]说："贯道斋，名积，字善甫。"茶博士见说："这个便是贯道斋的官人。"张客见说道[是]好人，心下又放下二三分。（小二）[张客]说："上舍多年个远亲，不相见，怕忘了，若来时，相指引则个。"正说不了，茶博士道："兀的出斋来的官人便是。他在我家寄衫帽。"

张客见了，不敢造次。林善甫入茶坊，脱了衫帽。张客方才向前，看着林上舍唱个喏，便拜。林上舍见道："男儿膝下有黄金，如何拜人？"那时林上舍不识他，道："有甚事？但说。"张客簌簌地泪下，哽咽了说不得。歇定，便把这上件事一一细说一遍。林善甫见说，便道："不要慌！物事在我处。我且问你则个，里面有甚么？"张客道："布囊中有锦囊，内有大珠百颗。"林上舍道："都说得是。"带他去安歇处，取物交[还]，张客看见了道："这个便是。不愿都得，但只觅得一半归家，养膳老小，感戴恩德不浅！"林善甫道："岂有此说！我若要你一半时，须不沿路粘贴手榜，(交)[教]你来寻。只是此物非是小可事，官凭文引，私凭要约。若便还你，恐后无以为凭。你可亲书写一幅领状来领去。"张客再三不肯都领，情愿只领一半。林善甫坚执不受。如此数次相推，张客见林上舍再三再四不受，免不得去写一张领状来，与林上舍。上舍看毕，收了领状，双手付那珠子，还那张客，(交)[叫]张客："你自看仔细，我不曾动你些个。"张客感戴洪恩不已，拜谢而去。

张客将珠子一半，于市货卖。卖得那钱，舍在有名佛寺斋僧，就与林上舍建立生祠供养，报(达)[答]还珠之恩。

不说张客自去。林善甫后来一举及第。怎见得？诗曰：

> 林积还珠古未闻，利心不动道心存。
> 暗施阴德天神助，一举登科耀贵名。

上舍名及第，位至三公，养子长成，历任显官。正是：

> 积善有善报，作恶有恶报，积善之家，必有余庆，积不善之家，必有余殃。

正是：

祸福无门人自招，须知乐极有悲来。
夜静玉琴三五弄，金风动处月光寒。
除非是个知音听，不是知音莫与弹。
黑白分明造化机，谁人会解劫中危？
分明指与（常）[长]生路，争奈人心着处迷！

陈巡检梅岭失妻记

入话：

独坐书斋阅史篇，三真九烈古来传。
历观天下崎岖峤，大庾梅岭不堪言。
君骑白马连云栈，汝驾孤舟乱石滩，
扬鞭举棹休相笑，烟波名利大家难。

话说大宋徽宗宣和三年上春间，黄榜招贤，大开选场。去这东京汴城内，虎翼营中，一秀才姓陈，名辛，字从善，年二十岁。故父是殿前太尉。这官人不幸父母早亡，只单身独自，自小好学，学得文武双全。正是：文欺孔孟，武赛孙吴。五经三史，六韬三略，无有不晓。新娶得一个浑家，乃东京金梁桥下张待诏之女，小字如春，年方二八，生得如花似玉：比花花解语，比玉玉生香。夫妻二人，如鱼似水，且是说得着：不愿同日生，只愿同日死。

这陈辛一心向善，常好斋供僧道，一日，与妻言说："今黄榜招贤，我欲赴选，求得一官半职，改换门闾，多少是好。"如春答曰："只恐你命运不通，不得中举。"陈辛曰："我正是'学成文武艺，货与帝王家。'"不数日，去赴选场，偕众伺候挂榜，旬日之间，金榜题名，已登三甲进士。上赐琼林宴，宴罢谢恩。御笔除授广东南雄沙角镇巡检司巡检。回家，说与妻如春道："今我蒙圣恩，除做南雄巡检之职，就要走马上任。我闻广东一路，千层峻岭，万叠高山，路途难行，盗贼烟瘴（及）[极]多；如今便要收拾前去，如之奈何？"如春曰："奴一身嫁与官人，只得同受甘苦；如今去做官，便是路途险难，只得前去，何必忧心。"陈辛见妻如此说，心下稍宽。正是：

青龙与白虎同行，吉凶事全然未保。
天高寂没声，苍苍无处寻；
万般皆是命，半点不由人。

当日，陈巡检唤当直王吉，吩咐曰："我今得授广东南雄巡检之职，争奈路途险峻，好生艰难。你与我寻一个使唤的，一同前去。"王吉领命，往街市寻觅，不在话下。

却说陈巡检吩咐厨下使唤的："明日是四月初三日，设斋，多备斋供，不问云游全真道人，都要斋他，不得有缺。"

不说这里斋主备办，且说大罗仙界有一真人，号曰紫阳真（人）[君]，于仙界观见陈辛奉真斋道，好生志诚，今投南雄巡检，争奈他妻有千日之灾，叫一真人，化作道童："听吾法旨，权与陈辛作伴当，护送夫妻二人。他妻若[遇]妖精，你可护送。"

道童听旨，同真君到陈辛宅中，与陈巡检相见。礼毕，斋罢，真君问陈辛曰："何故往日设斋欢喜，今日如何烦恼？"陈辛叉手告曰："听小生诉禀：今蒙圣恩除南雄巡检，争奈路远，实难行（程），又无兄弟，心怀千里，因此忧闷也。"真人曰："我有这个道童，唤做罗童，年纪虽小，有些能处。今日权借与斋官，送到南雄沙角镇，便着他回来。"夫妻二人拜谢曰："感蒙尊师降临，又赐道童相伴，此恩难报。"真君曰："贫道物外之人，不思荣辱，岂图报答！"拂袖而去了。

陈辛曰："且喜添得罗童做伴。"收拾琴剑书箱，辞了亲戚邻里，封锁门户，离了东京十里长亭，五里短亭，迤逦在路道：

村前茅舍，庄后竹篱。村醪香透磁缸，浊酒满盛瓦瓮。架上麻衣，昨日芒郎留下当；酒（市）[帘]大字，乡中学究醉时书。李白闻言休驻马，刘伶知味且停舟。小桥曲涧野梅芳，茅舍竹篱村犬吠。

陈巡检骑着马，如春乘着轿，王吉、罗童挑担书箱、行李，在路少不得饥餐渴饮，夜住晓行。罗童心中自忖："我是大罗仙中大慧真人，今奉紫阳真君法旨，（交）[教]我跟陈巡检去南雄沙角镇去。吾故意装风做痴，（交）[教]他不识咱真相。"（随）[遂]乃行[走]不动，上前退后。如春见罗童如此嫌迟，好生心恼，再三要赶回去。陈巡检不肯，恐（误）[违]背了真人重恩。罗童正行在路，打火造饭，哭哭啼啼不[肯]吃。陈巡检与如春孺人定要赶罗童回去，罗童越[要]（风）[疯]，（要）叫"走不动"。王吉搀扶着行，不五里叫"腰疼"。（笑）[大]哭不止。如春说与陈巡检："当初（止）[指]望得罗童用，今日不曾得他半分之力，不如（交）[教]他回去。"陈巡检不合听了孺人言语，打发罗童回去，有分交[教]如春争些个做了失乡之鬼。正是：

鹿迷郑相应难辨，蝶梦周公未可知。
神明不肯说明言，凡夫不识大罗仙。
早知留却罗童在，免（交）[教]洞内苦三年。

当日打发罗童回去，且得耳根清净。陈巡检[夫妻]和王吉三人[前行]。

且说梅岭之北，有一洞，名曰申阳洞。洞中有一怪，号曰（白申公）[申阳公]，乃猢狲精也。弟兄三人：一个是通天大圣，一个是弥天大圣，一个是齐天大圣。小妹便［是］泗洲圣母。

这齐天大圣，神通广大，变化多端，能降各洞山魈，管领诸山猛兽。兴妖作法，摄偷可意佳人；啸月吟风，醉饮非凡美酒。与天地齐休，日月同长。这齐天大圣在洞中观见岭下轿中抬着一个佳人，娇嫩如花似玉，意欲娶他，乃唤山神吩咐："听吾号令，便化客店，你做小二哥，我做店主人。他必到此店投宿，更深夜静，摄此妇人入洞中。"山神听令，化作一店，申阳公变作店主，坐在店中。

却好至黄昏时分，陈巡检与孺人如春并王吉至梅岭下，见天色黄昏，路逢一店，唤"招商客店"。王吉向前去敲门。店小二问曰："客长有何勾当？"王吉答道："我主人乃南雄沙角巡检之任，到此赶不着馆驿，欲借店中一宿，来早便行。"申阳公迎接陈巡检夫妻二人入店，头房安下。申阳公说与陈巡检曰："老夫今年八十余岁，今晚多口劝官人一句：前面梅岭，好生僻静，虎狼劫盗（及）［极］多，不如就老夫这里安下孺人，官人自先去到任，多差弓兵人等来取不好？"陈巡检答曰："小官三代将门之子，通晓武艺，常怀报国之心，岂怕狼虎盗贼！"申公情知难劝，便不敢言，自退去了。

且说陈巡检夫妻二人到店房中吃了些晚饭，却好一更。看看二更，陈巡检先上床脱衣而卧，只见就中起一阵风。正是：

> 风穿珠户透帘栊，灭烛能交蒋氏雄。
> 吹折地狱门前树，刮起（风）［丰］都顶上尘。

那阵风过处，吹得灯半灭则复明，陈巡检大惊，急穿衣起来看时，就房中不见了孺人张如春。开房门叫得王吉，那王吉睡中叫将起来，不知头由，（荒）［慌］张失势，陈巡检说与王吉："房中起一阵狂风，不见了孺人张氏。"主仆二人急叫店主人时，叫不应了，仔细看时，和店房都不见了，（和）［连］王吉也（乞）［吃］一惊，看时，二人立在荒郊野地上，止有书箱、行李并马在面前，并无灯火；客店、店主人，皆无踪迹。只因此夜，直（交）[教]陈巡检三年不见孺人之面，未知久后如何。正是：

千千丈琉璃井里，（番）[翻]为失脚夜行人。
雨里烟村雾里都，不分南北路程途。
多疑看罢僧繇画，收起丹青一轴图。

陈巡检与王吉听谯楼更鼓，正打四更。当夜月明星光之下，主仆二人，前无客店，后无人家，惊得魂飞天外，魄散九霄。只得（交）[教]王吉挑了行李，自跳上马，月光之下，依路径而行。在路[上]，巡检知是申公妖法："化作客店，摄了我妻去，（自）从古至今，不见闻此异事。"巡检一头行，一头哭："我妻不知着落！"迤逦而行，却好天明。王吉劝官人："且休烦恼，理会正事，前面梅岭，望着好生险峻崎岖，凹凸难行，只得捱过此岭，且去沙角镇上了任，却来打听，寻取孺人不迟。"陈巡检听[了]王吉之言，只得勉强而行。

且说申阳公摄了张如春，归于洞中，惊得魂飞魄散，半晌醒来，（泪两行）[两行泪]下。元来洞中先有一娘子，名唤牡丹，亦被摄在洞中日久，向前来劝如春不要烦恼。申公说与如春："娘子，小圣与娘子前生有缘，今日得到洞中，别有一个世界。你吃了我仙桃、仙酒、胡麻饭，便是长生不死之人。你看我这洞中仙女，尽是凡间摄将来的。娘子休闷，且共你兰房同室云雨。"如春见说，哀哀痛哭。告申公曰："奴奴不愿洞中快乐，长生不死，只求早死。若说云雨，实然不愿！"申公见他如此，自思："我为他春心荡漾，他如今烦恼，未可归顺。其妇人性执，若逼令他，必定寻死，却不可惜了这等端妍少貌之人？"乃唤一妇人，名唤金莲，洞主也是日前摄来的，在洞中多年矣！申公吩咐："好好劝如春，早晚好待他。将好言语诱他，等他回心。”

金莲引如春到房中，将酒食管待。如春酒也不吃，食也不吃，只是烦恼。金莲、牡丹二妇人再三劝说：“你既被摄到此间，只得无奈何。自古道：‘在他矮檐下，怎敢不低头！’”如春告金莲云：“姐姐，你岂知我今生夫妻分离，被这老妖半夜摄将到此，强要奴家云雨，决不依随，只求快死，以表我贞洁。古云：‘(列)[烈]女不更二夫。’奴今宁死而不受辱！”金莲[说]：“‘要知山下事，请问过来人。’这事我也曾经来。我家在南雄府住，丈夫富贵，也被申公摄来洞中五年。你见他貌恶，当初我亦如此，后来惯熟，方才好过。你既到此，只得没奈何随顺了他罢！”如春大怒，骂云：“我不似你这等淫贱，贪生受辱。枉为人在世，泼贱之女！”金莲云：“好言不听，祸必临身！”遂自回报申公，说：“新来佳人，不肯随顺，恶言诽谤，劝他不从。”申公大怒而言：“本待将铜锤打死这个贱人，如此无礼！为他花容无比，不忍下手。如此，交付牡丹娘子，你管押着他。将这贱人剪发齐眉，蓬头赤脚，罚去山头挑水，浇灌花木，一日与他三顿淡饭。”牡丹依言，将张如春剪发齐眉，赤脚，把一(付)[副]水桶[与他]。如春自思：“我今情愿挑水。(守)[争]奈本欲投岩涧中而死，倘有再见丈夫之日。”不免含泪挑水。正是：

宁可洞中挑水苦，不作贪淫下贱人。世路山河险，石门烟雾深。年年上高处，未肯不伤心。

不说张氏如春在洞中受苦。且说陈巡检与同王吉自离东京，在路两月余，至梅岭之北，被申阳公摄了孺人去，千方无计寻觅。王吉劝官人且去上任，巡检只得弃舍而行，乃望前面一村酒店，巡检到店门前下马，与王吉入店，买酒饭吃了，算还酒饭钱，再上马而去。见一个草舍，乃是卖卦的，在梅岭下，招牌上写：“杨殿干，请仙下笔，吉凶有准，祸福无差。”陈巡检到门前，下马离鞍，入门与杨殿干相见已毕。殿干问：“尊官何来？”陈巡检将昨夜遇申公之事，从头至尾，说了一遍。杨殿干焚香请圣，陈巡检跪拜，祷祝昨夜遇申公摄了孺人之事。只见杨殿干请仙圣，降笔判断四句诗曰：

千日逢灾厄，佳人意自坚。
紫阳来到日，镜破再团圆。

杨殿干断曰：“官人且省烦恼，孺人有千日之灾，三年之后，再遇紫阳，夫妇团圆。”陈巡检自思：“东京曾遇紫阳真人借罗童为伴，因罗童呕气，打发他回去，此间相隔数千里路，如何得紫阳到此？遂乃心中少宽，还了卦钱，谢了杨殿干，上马同王吉并众人上梅岭来。

陈巡检看那岭时，真险峻。陈巡检并一行过了梅岭，直（交）[教]陈巡检：

施呈三略六韬法，威镇南雄沙角营。
欲问世间烟瘴路，大庾梅岭苦心酸。
山中大象成群走，吐气巴蛇满地攒。

这巡检过了梅岭，岭南二十里，有一小亭，名唤做接官亭。巡检下马，入亭中暂歇。忽见王吉报说：“有南雄沙角镇巡检衙弓兵人等，远来迎接。”陈巡检唤入，参拜毕。过了一夜。次日，同共弓兵吏卒走马上任。至于衙中，升厅，众人参贺（以）[已]毕。

陈巡检在沙角镇做官，且是清正严谨。光阴似箭，正是：

窗外日光弹指过，席前花影坐间移。

倏忽在任，不觉一载有余，差人打听孺人消息，并无踪迹。端的：好似石沉东海底，犹如线断纸风筝。

陈巡检为因孺人无有消息，心中好闷，思忆浑家，终日下泪。正思念（间）张如春之际，忽弓兵上报："相公，祸事！今有南雄府府尹（府）札来报军情：'有一强人，姓杨名广，绰号镇山虎，聚集五七百小喽罗，占据南林村，打家劫舍，杀人放火，百姓遭殃。札付巡检，火速带领所管一千人马，关领军器，前去收捕，毋得迟误！'"陈巡检听知，火速收（什）[拾]军器、鞍马、披挂已了，引着一千人马，迳奔南林村来。

却说那南林村镇山虎正在寨中饮酒，小喽罗报说："官军到来！"急上马持刀，一声（罗）[锣]响，引了五百小喽罗，前来迎敌。陈巡检与镇山虎并不打话，两马相交。那草寇怎敌得陈巡检过，斗无十合，一矛刺镇山虎于马下，枭其首级，杀散小喽罗，将首级回南雄府，当厅呈献，府尹大喜，重赏了当，自回巡检衙，办酒庆贺已毕。只因斩了镇山虎，真个是：

威名大振南雄府，武艺高强众所钦。
亭亭孤月照行舟，寂寂长江万里流，
乡国不知何处好？云山漫漫遣人愁。

这陈巡检在任，倏忽却早三年官满，新官交替，陈巡检收（什）[拾]行装，与王吉离了沙角镇，两程并作一程行。相望庾岭之下，红日西沉，天色已晚，陈巡检一行人，望见远远松林间，有一座寺。王吉告官人："前面有一座寺，我们去投宿则个。"陈巡检勒马向前，看那寺时，额上有"红莲寺"三个大金字。巡检下马，同一行人入寺。元来这寺中长老，名号旃大惠禅师，佛法广大，德行清高，是个古佛出世。当日行者报与长老："有一过往官人投宿。"长老[交][教]行者相请。巡检入方丈，参见长老。礼毕，长老问："官人何来？"陈巡检备说前事。“万望长老慈悲，指点陈辛寻得孺人回乡，不忘重恩。”长老曰：“官人听禀，此怪是白猿精，千年成器，变化难测。你孺人性（真）[贞]烈，不肯依随，被他剪发赤脚，挑水浇花，受其苦楚。此人号曰申阳公，常到寺中，听说禅机，讲其佛法。官人若要见孺人，可在我寺中住几时，等申阳公来时，我劝化他回心，放还你妻，如何？”陈巡检见长老如此说，心中喜欢，且在寺中歇下。正是：

端的眼观旌节旗，分明耳听好消息。
五里亭亭一小峰，上分南北与西东。
世间多少迷路客，一指还归大道中。

陈巡检在红莲寺中，一住十余日，忽一日，行者报与长老：“申阳公到寺来也。”巡检闻之，躲于方丈中屏风后面。只见长老相迎。申阳公入方丈，叙礼毕，分位而坐。行者献茶，茶罢，申阳公告长老曰：“小圣无能断除爱欲，只为色心，迷恋本性，谁能虎项解金（令）[铃]？”长老答曰：“尊圣要解虎项金铃，可解色心本性。色即是空，空即是色，一尘不染，万法皆明。莫怪老僧多言相劝，闻之你洞中，有一如春娘子，在洞三年。他是（真）[贞]烈之妇，可放他一命还乡，此便是断却欲心也。”申阳公听罢，回言长老：“小圣心中正恨此人，罚他挑水三年，不肯回心。这等愚顽，决不轻放。”陈巡检在屏风后听得说，正是：

心头一把无明起，怒气咬碎口中牙。

陈巡检大怒，拔出所佩宝剑，（匹）[劈]头便砍。申阳公用手一指，其剑自着身。

申阳公曰：“吾不看长老之面，将你粉骨碎身。此冤必报！”道罢，申阳公别了长老，自去了，自洞中叫张如春在面前，欲要剖腹取心，害其性命，得牡丹、金莲二人救解，依旧挑水浇花，不在话下。

且说陈巡检不知妻子下落也罢，[既晓得在申阳洞中，心下倍加烦恼。]在红莲寺方丈中，拜告长老："怎生得见我妻之面？"长老曰："要见不难，老僧指一径路，上山去寻。"长老叫行者引巡检去山间寻访。行者自回寺。

只说陈辛去寻妻，未知寻得见寻不见。正是：

风定始知蝉在树，灯残方见月临窗。
夫妻会合是前缘，堪恨妖魔逆上天。
悲欢离合千般苦，烈女真心万苦传。

当日，陈巡检带了王吉，一同行者，到梅岭山头，不顾崎岖峻险，走到山岩潭畔，见个赤脚挑水妇人，慌忙向前看时，正是如春。夫妻二人抱头而哭，各诉前情，莫非梦中相见，一一告诉。如春说："昨日申公回洞，几乎一命不存！"巡检乃言："谢红莲寺长老指路来寻，不想却好遇你，不如共你逃走了罢！"如春道："走不得。申公妖法广大，神通莫测，他若知我走，赶上[时]，和官人性命不留！我闻申公平日只怕紫阳真君，与官人降仙笔诗亦同，官人可急回寺去，莫待申公知之，其祸不小。"

陈巡检只得弃了如春，归[寺]中拜谢长老说："已见娇妻，言申公只怕紫阳真君。他在东京曾与陈辛相会，今此间鸾远，如何得他来救？"长老（则）[见]他如此哀告，乃言："等我与你入定去看，便见分晓。"长老（交）[教]行者焚香，入定去了；一晌，入定回来，说与陈巡检曰："当初紫阳真人与你一个道童，你到半路赶了他回去。你如今便可往，急走三日，必有报应。"陈巡检见说，（衣）[依]其言，急急步行出寺。迤逦行了两日，并无踪迹。

且说紫阳真人在大罗仙镜，与罗童曰："吾三年前，那陈巡检去上任时，他妻合有千日之灾，今已将满。吾怜他养道修真，好生虔心，吾今与汝同下凡间，去梅岭救取其妻回乡。"罗童听旨，一同下凡，（而）往广东路上行来。

这日，却好陈巡检撞见真君同罗童远远而来，乃急急向前跪拜，哀告曰："真君，望救度弟子妻张如春，被申阳公妖法摄在洞中三年，受其苦楚，望真君救难则个！"真君笑曰："陈辛，你可先去红莲寺中等，我便到也。"陈辛拜别，先回寺中，备办香案，迎接真君救难。正是：

从空伸出拿云手，救出天罗地网人。
法箓持身不等闲，立身起业有多般。
千年铁树开花易，一旦酆都出世难。

陈巡检在寺中等了一日，只见紫阳真君行至寺中，端的道貌非凡，长老直出寺门迎接，入方丈叙礼毕，分宾主坐定。长老看紫阳真君端的有神仪八极之表，道貌堂堂，威仪凛凛，陈巡检拜在真君面前，告曰："望真君慈悲，早救陈辛妻张如春性命还乡，自当重重拜答深恩！"真君乃于香案前，口中不知说了几句言语，只见就方丈里起一阵风，但见：

无形无影透人怀，二月桃花被绰开。
就地撮将黄叶去，入山推出白云来。

那风过去，只见两个红忔兜巾天将出现，甚是勇猛，这两员神将朝着真君声喏道："吾师有何法旨？"紫阳真君曰："快与我去申阳洞中擒拿齐天大圣前来，不可有失！"两员天将去不多时，将申公一条铁索锁着，押到真君面前。申公跪下。紫阳真君判断，喝令天将将

（押）申公入酆都天牢问罪；（交）[教] 罗童入申公洞中，将众多妇女各各救出洞来，各令发付回家去讫。张如春与陈辛夫妻再得团圆，向前拜谢紫阳真人。真人别了长老、陈辛，与罗童冉冉腾空而去了。

这陈巡检将礼物拜谢了长老，与一寺僧行（已）[别] 了。收拾行李轿马，王吉并一行从 [人]，离了红莲寺，迤逦在路。不则一日，回到东京故乡，夫妻团圆尽老、百年而终。正是：

虽为翰府名谈，编作今时佳话。

话本说彻，权作散场。

五戒禅师私红莲记

入话：

禅宗法教岂非凡，佛祖流传在世间。
铁树花开千载易，坠落阿鼻要出难。

话说大（采）宋英［宗］治平年间，去这浙江路宁海军钱塘门外，南山净慈孝光禅寺，乃名山古刹。本寺有二个得道高僧，是师兄、师弟，一个唤做五戒禅师，一个唤做明悟禅师。

这五戒禅师，年三十一岁，形容古怪，左边瞽一目，身不满五尺。本贯西京洛阳人，自幼聪明，举笔成文，琴棋书画，无所不通。长成出家，禅宗释教，如法了得，参禅访道。俗姓金，法名五戒。

且问：何谓之五戒？第一戒者，不杀生命。第二戒者，不偷盗财物。第三戒者，不听淫声美色。第四戒者，不饮酒茹荤。第五戒者，不妄言（起）［造］语。此谓之五戒。

忽日，云游至本寺，访大行禅师，禅师见五戒佛法晓得，留在寺中，做了上色徒弟。不数年，大行禅师圆寂，本寺僧众立他做住持，每日打坐参禅。

那第二个唤做明悟禅师，年二十九岁。生得头圆耳大，面阔口方，眉清目秀，丰彩精神，身长七尺，貌类罗汉。本贯河南太原府人氏，俗姓王，自幼聪（惠）[慧]，笔走龙蛇，自幼参禅访道，出家在本（寺）[处]沙陀寺，法名明悟。后亦云游至（海宁）[宁海]军，到净慈寺来访五戒禅师。禅师见他聪明晓事，就留于本寺做师弟。二人如一母所生，且是好。但遇着说法，二人同升法座，讲说佛经。不在话下。

忽一日，冬尽春初，天道严寒，阴云作雪，下了两日。第三日，雪霁天晴，五戒禅师清早在方丈禅椅上坐，耳内远远的听得小孩儿啼哭声，当时便叫身边一个知心腹的（一个）道人，唤做清一，吩咐道："你可去山门外各处看有甚事，来与我说。"清一道："长老，落了两日雪，今日方晴，料无甚事。"长老道："你可快去，看了来回话。"清一推托不过，只得走到山门边。那时天未明，山门也不曾开，叫门公开了山门，清一打一看时，（乞）[吃]了一惊，道："善哉！善哉！"正所谓：

日日行方便，时时发道心。
但行平等事，不用问前程。

当时清一见山门（开）[外]，松树根雪地上，一块破席，放一个小孩儿在那里，口里道："苦哉！苦哉！甚人家将这个孩儿丢在此间，不是冻死，便是饿死！"走向前仔细一看，却是五六个月一个女[孩]儿，将一个破衲头包着，怀内揣着个纸条儿，上写生年、月、日、时辰。

清一口里不说，心下思量："古人有云：'救人一命，胜造七级浮屠。'"连忙走回方丈，禀（仗）[复]长老道："不知甚人家，将个五六个月女孩儿，破衣包着，撇在山门外松树根头。这等寒天，又无人来往，怎的做个方便，救他则个？"长老道："善哉！善哉！清一，难得你善心。你如今抱了回房，早晚把些粥饭与他，（畏）[喂]养长大，把与人家，救他性命，胜做出家人。”

当时清一急急出门去，抱了回方丈中，把（着）[与]长老看。[长老]道：“清一，你将那纸条儿[与]我看。”清一递与长老，长老看上[面]（却）写道：“今年六月十五日午时生，小名红莲。”长老吩咐清一：“好生抱去房里，养到五七岁，把与人家去，也是好事。”清一依言，抱到千佛殿后一带三间四椽平屋房中，放些火在火囤内烘他，取些粥喂了。似此日往月来，藏在空房中，无人知觉，一向，长老也忘了。不觉红莲已经十岁。清一见他生得（青）[清]秀，诸事见便，藏匿在房里，出门锁了，入门关了，且是谨慎。

光阴似箭，日月如梭，倏忽这红莲女（长年）[年长]一十六岁。这清一如自生的女[儿]一般看待。虽然女子，却只打扮如男子，衣服、鞋袜，头上头发，前齐眉，后齐项，一似个小头陀。且是生得清楚。在房内茶饭针线，清一（止）[指]望对个女婿，要他养老送终。

一日，时遇六月炎天，五戒禅师忽想十数年前之事，洗了浴，吃了晚粥，径走（来）[到]千佛阁后来。清一道：“长老希行。”长老道：“我问你，那年抱的红莲，如今在那里？”清一不敢隐匿，引长老到房中，一见[红莲]（乞）[吃]了一惊，却是：

分开八块顶阳骨，倾下半桶冰雪来！

长老一见红莲，一时差讹了念头，邪心遂起，嘻嘻笑道：“清一，你今晚可送红莲到我卧房中来，不可有误，你若依我，我自抬举你。此事切不可泄漏，只（交）[教]他做个小头陀，不要（交）[教]人识破他是女子。”

清一口中应允，心内想道：“欲待不依长老，又难；依了长老，今夜去房中，必坏了女身。千难！万难！”长老见清一应不爽利，便道：“清一，你锁了房门，跟我去房里去。”清一跟了长老，径到房中。长老去衣箱里取出十两银子，把与清一，道：“你且将这些[银子]去用。我明[日]与你讨道度牒，剃你做徒弟。你心下如何？”清一道：“多谢长老抬举！”只得收了银子，别了长老，回到房中，低低说与红莲道：“我儿，却才来的，是本寺长老，他见[了]你，心中喜爱你。今等夜（净）[静]，我送你去伏事长老。你可小心仔细，不可有误！”红莲见父亲如此说，便应允了。

到晚，两个吃了晚饭。约莫二更天气，清一领了红莲，径到长老房中，门窗无些阻当。原来长老有两个行者在身边伏事，当晚吩咐：“我要出外闲走乘凉，门窗且未要关。”因此无阻。长老自在房中，等清一送红莲来，候至（三）[二]更，只见清一送小头陀来房中。长老接入房内，吩咐清一：“你到明日此时，来领他回房去。”清一自回房中去了。

且说长老关了房门，灭了琉璃灯，携住红莲手，一将将到床前，（交）[教]红莲脱了衣服。长老向前一搂（搂住），搂在怀中，抱上床去。却便似：

> 戏水鸳鸯，穿花鸾凤。喜孜孜，连理并生；美甘甘，同心带绾。恰恰莺声，不离耳畔，津津甜唾，笑吐舌尖。杨柳腰，脉脉春浓；樱桃口，微微气喘。星眼朦胧，细细汗流香玉体；酥胸荡漾，涓涓露滴牡丹心。一个初侵女色，（由）[犹]如饿虎吞羊；一个乍遇男儿，好似渴龙得水。可惜菩提甘露水。倾入红莲两（办）[瓣]中。

当日长老与红莲云收雨散，却好五更。天将明，长老思一计，怎生藏他在房中。房中有口大衣厨，长老开了锁，将厨内物件，都收（什）[拾]了，却（交）[教]红莲坐在厨中，吩咐道：“饭食，我自将来与你吃，可放心宁耐则个。”红莲自是女孩儿家，初被长老淫勾，心中也喜，躲在衣厨内，把锁锁了。

少间，长老上殿诵经，毕，入房，闩了房门，将厨开了锁，放出红莲，把饮食与他吃了，又放些果子在厨内，依先锁了。至晚，清一来房中，领红莲回房去了。

却说明悟禅师当夜在禅椅上入定回来，慧眼已知五戒禅师差了念头，犯了色戒，淫了红莲，把多年清行直抛弃 [了]。“我今劝省他，不可如此。”也不说出。至次日，正是六月尽，门外撇骨池内，红白莲花盛开。明悟长老令行者采一朵白莲花，将 [回] 自己房中，取一（枝）[花] 瓶插了，（交）[教] 道人（被）[备] 杯清茶在房中，（交）[教] 行者去请五戒禅师：“我与他赏莲花，吟诗谈话则个。”

不多时，行者请到五戒禅师。两个长老坐下。明悟道：“师兄，我今日见莲花盛开，对此美景，折一朵在瓶中，特请吾兄吟诗（清）[谈] 话。”五戒道：“多蒙清爱。”行者捧茶至。茶罢，明悟禅师道：“行者，取文房四宝来。”行者取至面前。五戒道：“将何物为题？”明悟道：“便将莲花为题。”[五戒] 长老捻起笔来，便写四句诗道：

一枝菡萏瓣儿张，相伴蜀葵花正芳。
红榴似火复如锦，不如翠盖芰荷香。

长老诗罢。明悟道：“师兄有诗，小僧岂得无言语乎？”落笔便写四句。诗曰：

春来桃杏柳舒张，千花万蕊斗（分）[芬] 芳。
夏赏芰荷真可爱，红莲争似白莲香？

明悟长老依韵诗罢，（阿阿）[呵呵] 大笑。

五戒听了此言，心中一时解（语）[悟]，面皮红一回，青一回，便转身辞回卧房，对行者道：“快与我烧桶汤来洗浴！”行者连忙烧汤，与长老洗浴罢，换了一身新衣服，取张禅椅到房中，将笔在手，拂[开]一张纸（开）。便写八句《辞世颂》，曰：

吾年四十七，万法本归一。
只为念头差，今朝去得急。
传与悟和尚，何劳苦相逼？
幻身如雷电，依旧苍天碧！

写罢《辞世颂》，交焚一炉香在面前，长老上禅椅上，左脚压右脚，右脚压左脚，合掌坐化。行者忙去报与明悟禅师。禅师听得，大惊，走到房中看时，见五戒师兄已自坐化去了，看了面前《辞世颂》，道："你好却好了，只可惜差了这一着，你如今虽是个男子身，长成不信佛、法、僧三宝，必然灭佛谤僧，后世却坠落苦（仑）[轮]，不得皈依佛道。深可痛哉！真可惜哉！你道你走得快，我赶你不着不信。"当时，也（交）[教]道人烧汤，洗浴，换了衣服，到方丈中，上禅椅跏趺而坐，吩咐徒众道："我今去赶五戒和尚，汝等可将两个龛子（成）[盛]了，放三日，一同焚化。"嘱罢，圆寂而去。

众僧皆惊："有如此异事。"城内城外听得本寺两个禅师同日坐化，各皆惊讶。来烧香礼拜，布施者，人山人海，男子妇人，不计其数。嚷了三日，抬去金牛寺焚化，拾骨撇了。

这清一遂浼人说议亲事，将红莲女嫁与一个做扇子的刘（大）[待]诏为妻，养了清一在家过了[下半]世。

且说明悟一灵真性，直赶至西川眉州眉山县城中，五戒已自托生在一个人家，姓苏，名洵，字明允，号老泉居士，诗礼之人。院君王氏夜梦一瞽目和尚走入房中，（乞）[吃]了一惊，明旦，分娩一子，生得眉清目秀，父母皆喜。三朝满月，百（岁）[日]一周，不在话下。

却说明悟一灵也托生在本处，姓谢名原，字道清，妻章氏亦梦一罗汉，手持一印，来家抄化，因惊醒，遂生一子。年长，取名谢端卿，自幼不肯吃（晕）[荤]酒，只要吃素，一心要出家。父母见他如此心坚，送他在本处寺中做了和尚，法名佛印，参禅问道，如法聪明，是个诗僧，不在话下。

却说苏老泉的孩儿（长年）[年长]七岁，（交）[教]他读书、写字，十分聪明，目视五行书。后至十岁来，五经书史，无所不通。取名苏轼，字子瞻。年十六岁，神宗天子熙宁三年，子瞻往东京应举，一举成名，御笔除翰林院学士。不三年，升端明殿大学士。道号东坡。此人文章（慢）[冠]世，举笔珠玑，为官清廉公正，只是不信佛法，最不喜和尚，自言："我若一朝管了军民，定要灭了这和尚们。"

且说佛印在于开元寺中出家，闻知苏子瞻一举成名，在翰林院学士，特地到东京大相国寺来做住持。

忽一日，苏学士在府中闲坐，忽见门吏报说："有一名和尚要见学士相公。"相公（交）[教]门吏出问："何事要见相公？"佛印见问，于门吏外借纸笔墨来，便写四（句）[字]，送入府去。学士看其四字："诗僧谒见。"学士取笔来，批一笔云："诗僧焉敢谒王（候）[侯]。"交门吏把与和尚。和尚又写四句诗，道：

> 四海尚容蛟龙隐，五湖还纳百川流。
> 问一答十知今古，诗僧特地谒王（候）[侯]。

学士见此僧写、作二者俱好，必是个诗客，遂请入。佛印到厅前（闷）[问]讯，学士起身叙礼，邀坐待茶。学士问："和尚，上刹何处？"佛印道："小僧大相国寺住持。久闻相公誉，欲求参拜。今日得见，大慰所望！"学士见佛印如此言语，问答如流，令院子备斋。佛印已罢，相别回寺。自此，学士与佛印，吟诗作赋，交往。

忽一日，学士被宰相王荆公寻件风流罪过，把学士奏贬黄州安置去了。佛印退了相国寺，径去黄州，住持甘露寺，又与苏学士相友至厚。

后哲宗登基，取学士回朝，除做临安府太守。佛印又退了甘露寺，直到临安府灵隐寺住持，又与苏东坡为诗友。在任清闲无事，忽遇美景良辰，去请佛印到府，或吟诗，或作赋，饮酒尽醉方休。或东坡到灵隐寺，闲访终日。两个并不怠倦。

盖因是佛印监着苏子瞻，因此省悟前因，敬佛礼僧，自称为东坡居士。身上礼衣，皆用茶合布为之。在于杭州临安府，与佛印并龙井长老辨才、智果寺长老南轩，并朋友黄鲁直、妹夫秦少游，此人皆为诗友。

这苏东坡去西湖之上造一所书院，门栽杨柳，园种百花，至今西湖号为苏堤杨柳院。又开建西湖长堤，堤上一株杨柳一株桃。后有诗为证：

苏公堤上多佳景，惟有孤山浪里高。
西湖十里天连水，一株杨柳一株桃。

后元丰五年，神宗天子取子瞻回京，升做翰林学士、经筵讲官。不数年，升做礼部尚书、端明殿大学士。告老致仕还乡，尽老而终，得为大罗天仙。佛印禅师圆寂在灵隐寺了，亦得为至尊古佛。二人俱得善道。

虽为翰府名谈，编入《太平广记》。

刎颈鸳鸯会

入话：

眼意心期卒未休，暗中终拟约秦楼。
光阴负我难相偶，情绪牵人不自由。
遥夜定怜香蔽膝，闷时应弄玉搔头。
樱桃花谢梨花发，肠断青春两处愁。

丈夫只手把吴钩，欲斩万人头；如何铁石打成心性，却为花柔？
君看项籍并刘季，一怒使人愁；只因撞着虞姬戚氏，豪杰都休。

上诗、词各一首，单说着“情”“色”二字。此二字，乃一体一用也。故色绚于目，情感于心；情色相生，心目相视。虽亘古迄今，仁人君子，弗能忘之。晋人有云：“情之所钟，正在我辈。”慧远曰：“顺觉如磁石遇针，不觉合为一处。无情之物尚尔，何况我终日在情里做活计耶？”

如今（则）[只]管说这“情”“色”二字则甚？

且说个临淮武公业，于咸通中，任河南府功曹参军。爱妾曰非烟，姓步氏，容止纤丽，弱不胜绮罗；善秦声，好诗弄笔。公业甚嬖之。比邻乃天水赵氏（弟）[第]也，亦衣缨之族。其子赵象，端秀有文学。忽一日，于南垣隙中，窥见非烟，而神气俱丧，废食思之。遂厚赂公业之阍人，以情告之。阍有难色，后为赂所动，令妻伺非烟（闻）[闲]处，具言象意。非烟闻之，但含笑而不答。

阍媪尽以语象。象发狂心荡，不知所如，乃取薛涛笺，题一绝于上。诗曰：

绿暗红稀起暝烟，独将幽恨小庭前。
沉沉良夜与谁语？星隔银河月半天。

写讫，密缄之，祈阍媪达于非烟。非烟读毕，吁嗟良久，向媪而言曰："我亦曾窥见赵郎，大好才貌，今生薄福，不得当之。尝嫌武生粗悍，非青云器也。"乃复酬篇，写于金凤笺。诗曰：

画檐春燕须知宿，兰浦双鸳肯独飞？
长恨桃源诸女伴，等闲花里送郎归。

封付阍媪，（会）[令]遗象。象启缄，喜曰："吾事谐矣！"但静室焚香，时时虔祷以候。

越数日，将夕，阍媪促步而至，笑且拜，曰："赵郎愿见神仙否？"象惊，连问之。传非烟语曰："功曹今夜府直，可谓良时。妾家后庭即君之前垣也。若不[渝]约好，专望来仪，方可候晤。"语罢，既曛黑，象乘梯而登，非烟已（令）[置]重榻于下。既下，见非烟艳妆盛服，迎入室中，相携就寝，尽缱绻之意焉。及晓，象执非烟手，曰："接倾城之貌，挹希世之人，已誓幽明，永奉（劝）[欢]狎。"言讫，潜归。

兹后不盈旬日，常得一期于后庭矣，展幽彻之思，罄宿昔之情，以为鬼鸟不知，人神相助，如是者周岁。

无何，非烟数以细过，挞其女奴。奴衔之，乘间尽以告公业。公业曰："汝慎勿扬声，我当自察之！"后常至直日，乃密陈状请（暇）[假]。迨夜，如常入直，遂潜伏里门。俟暮鼓既作，蹑足而回，循墙至后庭，见非烟方倚户微吟，象则据垣斜睇。公业不胜其忿，挺前欲擒象。象觉，跳出。公业持之，得其半襦，乃入室，呼非烟诘之。非烟色动，不以实告。公业愈怒，缚之大柱，鞭（楚）[挞]血流。非烟但云："生则相亲，死亦无恨！"遂饮杯水而绝。

象乃变服易名，远窜于江湖间，稍避其锋焉。可怜：

雨散云消，花残月缺！

且如赵象知机识务，（事）[离]脱虎口，免遭毒手，可谓善悔过者也。于今又有个不识窍的小二哥，也与个妇人私通，日日贪欢，朝朝迷恋，后惹出一场祸来，尸横刀下，命赴阴间，致母不得侍，妻不得顾，子号寒于严冬，女啼饥于永昼，静而思之，着何来由！况这妇人不害了你一条性命了？真个：

蛾眉本是婵娟刃，杀尽风流世上人。

权做个笑耍头回。

说话的，你道这妇人住居何处？姓甚名谁？元来是浙江杭州府武林门外落乡村中，一个姓蒋的生的女儿，小字淑珍。生得甚是标致：脸衬桃花，比桃花不红不白；眉分柳叶，如柳叶犹细犹弯。自小聪明，从来机巧，善描龙（于）[而]刺凤，能剪雪以裁云。心中只是好些风月，又饮得几杯酒。年已及笄，父母议亲，东也不成，西也不就。每兴凿穴之私，常感伤春之病。自恨芳年不偶，郁郁不乐。垂帘不卷，羞教紫燕双（双）[飞]；高阁慵凭，厌听黄莺并语。

未知此女儿时得偶素愿？因成商调《醋葫芦》小（合）[令]十篇，（击）[系]于事后，少（迷）[述]斯女始末之情。奉劳歌伴，先听格律，后听芜词：

> 湛秋波，两剪明；露金莲，三寸小。弄春风，杨柳细身腰；比红儿，态度应更娇。他生的诸般奇妙，纵司空见惯也魂消！

况这蒋家女儿，如此容貌，如此伶俐，缘何豪门巨族，王孙公子，文士富商，不行求聘？却这女儿心性有些蹺蹊，描眉画眼，（付）[傅]粉施朱，梳个纵鬓头儿，着件叩身衫子，做张做势，乔模乔样，或倚槛凝神，或临街献笑，因此闾里皆鄙之。所以迁延岁月，顿失光阴，不觉二十余岁。

隔邻有一儿子，名叫阿巧，未曾出幼，常来女家嬉戏，不料此女（以）[已]动不正之心有日矣。况阿巧不甚长成，父母不以为怪，遂得通家，往来无间。一日，女父母他适，阿巧偶来。其女相诱入室，强合焉。忽闻扣户声急，阿巧惊遁而去。女父母至家，亦不知也。且此女欲心如炽，久渴此事，自从情窦一开，不能自已，阿巧回家，惊气冲心而殂。女闻（之）[其]死，哀痛弥极，但不敢形诸颜颊。

奉劳歌伴，再和前声：

> 锁修眉，恨尚存；痛知心，人已亡。霎时间，云雨散巫阳；自别来，几日行坐想。空撇下一天情况，则除是梦里见才郎。

这女儿自因阿巧死后，心中好生不快活，自思量道：“皆由我之过，送了他青春一命。”日逐蹀躞不下。倏尔又是一个月来，女儿晨起梳妆，父母偶然视听其女颜色精神，语言恍惚。老儿因谓妈妈曰：“莫非淑珍做出来了？”（除）[殊]不知其女春色飘零，蝶粉、蜂黄都退了；韶华狼籍，花心、柳眼已开残。妈妈、老儿互相埋怨了一会，“只怕亲戚耻笑。常言道：‘女大不中留’留在家中，却如私盐包儿，脱手方可。不然，直待事发，弄出丑来，不好看。”那妈妈和老儿说罢，央王嫂嫂作媒，将高就低，添长补短，发落了罢。

一日，王嫂嫂来，说嫁与近村某二郎为妻。且某二郎是个农庄之人，又四十多岁，只图美貌，不计其他（也）。过门之后，两个颇说得着。瞬忽间十有余年，某二郎被他彻夜盘弄衰惫了，年将五十之上，此心已灰，奈何此妇正在妙龄，酷好不厌，仍与夫家西宾有事。某二郎一见，病发身故。这妇人眼见断送两人性命了。

奉劳歌伴，再和前声：

> 结姻缘，十数年；动春情，三四番。萧墙［祸］起片时间。到如今，反为难上难，把一对鸾凤惊散，倚栏干，无语泪偷弹。

那某大郎斥退西宾，择日葬弟之柩。这妇人不免守孝三年。其家已知其非，着人防闲；本妇自揣于心，亦不敢妄为矣。朝夕之间，受了多少的熬煎，或饱一顿，或缺一餐，家人咸视为敝帚也。将及一年之上，某大郎自思：“留此无益，不若逐回，庶免辱门败户。”遂唤原媒，眼同将妇罄身赶回。本妇如鸟出笼，似鱼漏网，其余服饰，亦不［计］较也。

妇抵家，父母只得收留，那有好气待他，如同使婢。妇亦甘心忍受。

一日，张二官过门，因见本妇，心甚悦之。俾人说合，求为继室。女父母允诺，恨不推将出去。且张二官是个行商，多在外，少在内，不曾打听得备细，就下盒盘羊酒，涓吉成亲。这妇人不去则罢，这一去，好似：猪羊奔屠宰之家，一步步来寻死路！

是夜，画烛摇光，粉香喷雾。绮罗筵上，依旧两个新人；锦绣衾中，各出一般旧物。

奉劳歌伴，再和前声：

喜今宵，月再圆；赏名园，花正芳。笑吟吟，携手上牙床；恣交欢，恍然入醉乡。不觉的浑身通畅，把断弦重续两情偿。

他两个自花烛之后，日则并肩而坐，夜则叠股而眠，如鱼藉水，似漆投胶。一个全不念先夫之恩（念）[爱]，一个那曾题亡室之音容。妇羡夫之殷富，夫怜妇之（半）[丰]仪。两个过活了一月。一日，张二官人早起，吩咐虞候收拾行李，要往德清取账。这妇人怎生割舍得他去？张二官人不免起身，这妇人（籁籁）[簌簌]垂下泪来。张二官人道："我你既为夫妇，不须如此。"各道保重而别。

别去又早半月光景。这妇人是久旷之人，既[成]佳配，未尽畅怀，又值孤守岑寂，好生难遣，觉身子困倦，步至门首闲望，对门店中一后生，约三十已上年纪，资质丰粹，举止闲雅，遂问随侍阿满，阿满道："此店乃朱（理）秉中开的。此人和气，人称他为朱小二哥。"妇人问罢，夜饭也不吃，上楼睡了。楼外乃是官河，舟船歇泊之处。将及二更，忽闻（梢）[艄]人嘲歌声隐约，记得后两句曰：

有朝一日花容退，双手招郎郎不来。

妇人自此复萌觊覦之心，往往倚门独立。朱秉中时来调戏。彼各相慕，（自）[目]成眉语，但不能一叙款曲为恨也。

奉劳歌伴，再和前声：

美温温，颜面肥；光油油，鬓发长。他半生花酒肆颠狂，对人前扯拽都是谎。全无有风云气象，一谜里窃玉与偷香。

这妇人羡慕朱秉中不已，只是不得（辏）[凑]巧。一日，张二官讨账回家，夫妇相见了，叙些间阔的话。本妇似有不悦之意，只是（免）[勉]强奉（呈）[承]，一心倒在朱秉中身上了。张二官在家，又住了一个月之上，正值仲冬天气，收买了杂货赶节，赁船装载，到彼发卖之间，不甚称意，把货都赊与人上了，旧账又讨不上手，俄然逼岁，不得归家过年，预先寄些物事回家支用不题。

且说朱秉中因见其夫不在，乘机去这妇人家贺节。留饮三五杯，意欲做些暗昧之事，奈何来往之人，应接不暇，取便约在灯宵相会。秉中领教而去。捻指间，又届十三日试灯之夕。于是：

户户鸣锣击鼓，家家品（吹）竹弹丝。游人队队踏歌声，仕女翩翩垂舞袖，鳌山彩结，嵬峨百尺矗晴空；凤篆香浓，缥缈千层笼绮陌。闲庭内外，溶溶宝烛光辉；杰阁高低，烁烁华灯照耀。

奉劳歌伴，再和前声：

奏箫（条）[韶]，一派鸣；绽池莲，万朵开。看六街三市闹攘攘，笑声高，满城春似海。期人在灯前相待，几回（家）[价]又恐燕莺猜。

其夜，秉中老早的更衣着靴，只在街上往来。本妇也在门首抛声衒俏。两个相见暗喜，准定目下成事。不期伊母因往观灯，就便探女。女扃户邀入参见，不免留宿。秉中等至夜分，闷闷归卧。次夜如前，正遇本妇，怪问如何爽约，挨身相就，止做得个“吕”字儿而散。

少间，具酒奉母，母见其无情无绪，向女（而）[言]曰：“汝如今迁于乔木，（凡）[只]宜守分，也与父母争一口气。”岂知本妇已约秉中等了二夜了，可不是鬼门上（贴）[占]卦？平旦，买两盒饼馓，雇顶轿儿，送母回了。

薄晚，秉中张个眼慢，钻进妇家，就便上楼。本妇灯也不看，解衣相抱，曲尽于飞。然本妇平生相接数人，或老或少，那能造其奥处？自经此合，身酥骨软，飘飘然，其滋味不可胜言也。且朱秉中日常在花柳丛中打交，深谙十要之术。那十要？

一要滥于撒镘，二要不算工夫，三要甜言美语，四要软款温柔，五要乜斜缠帐，六要施（呈）[逞]枪法，七要（妆）[装]（声）[聋]做哑，八要择友同行，九要串杖新鲜，十要一团和气。若狐媚之人，缺一不可行也。

再说秉中已回，张二官又到，本妇便害些“木边之目”，“田下之心”，要好，只除相见。

奉劳歌伴，再和前声：

报黄昏，角数声；助凄凉，泪几行。论深情，海角未为长；难捉摸，这般心内痒。不能够相偎相傍，恶思量萦损九回肠。

这妇人自庆前夕欢娱，直至佳境，又约秉中晚（西）[些]相会，要连歇几十夜，谁知张二官家来，心中气闷，就害起病来，头疼、腹痛、骨热、身寒。张二官颙望回家将息取乐，因见本妇身子不快，倒（带）[戴]了一个愁帽，遂请医调治，倩巫烧献，药必亲尝，衣不解带，反受辛苦似在外了。

且说秉中思想，行坐（遑）[不]安，托故去望张二官，称道：“小弟久疏趋侍，昨闻荣回，今特拜谒，奉请明午于蓬舍少具鸡酒，聊与兄长洗尘。幸勿他却！”翌日，张二官赴席。秉中出妻女奉劝，大醉扶归。已后还了席，往往来来。本妇但闻秉中在座，说也有，笑也有，病也无。倘或不来，就呻吟叫唤，邻壁厌闻。张二官指望便好，谁知日渐沉重。本妇病中，但瞑目，就见向日之阿巧支手某二郎偕来索命，势甚狞恶。本妇惧怕，难以实告，惟向张二官道：“你可替我求问，几时脱体？”如言，径往洞虚先生卦肆，卜下卦来，判道：“此病大分不好，有横死老幼阳人（在）[死]命为（祜）[祸]。非今生，乃宿世之冤。今夜就可办备福物、酒果、冥衣各一分，用鬼宿渡河之次，向西铺设，苦苦哀求，庶有少救。不然，不可也。”

奉劳歌伴，再和前声：

（椰榆）[揶揄]来，（若）[苦]怨咱；朦胧着，便见他。病恹恹，害的眼儿花；瘦身躯，怎禁没乱杀？则说不和我干罢，几时节离了两冤家！

张二官正依法祭祀之间，本妇在床又见阿巧和某二郎击手言曰：“我辈已诉于天，着来取命。你央后夫张二官再四恳求，意甚虔恪，我辈且容你至五五之间，待同你一会之人，却假弓长之手，与你相见。”言讫，欻然不见了。本妇当夜似觉精爽些个。后看看复旧，张二官喜甚不题，却见秉中旦夕亲近，馈送迭至，意颇疑之，（尤）[犹]未为信。一日，张二官入城催讨货物，回家进门，正见本妇与秉中执手联坐。张二官倒退扬声，秉中迎出相揖。他两个亦不知其见也。话说的张二官当时见他殷勤，已自生疑七八分了，今日（辏）[撞]个满怀，（辏）[凑]成十分。张二官自思量道：“他两个若犯在我手里，教他死无葬身之地！”遂往德清去做买卖，到了德清，（以）[已]是五月初一日，安顿了行李在店中，上街买一口刀，悬挂腰间，至初四日，连夜奔回，匿于他处，不在话下。

再题本妇渴欲一见，终日去接秉中。秉中也有些病在家里。延至初五日，阿满又来请赴鸳鸯会，秉中勉强赴之。楼上已张筵水陆矣：盛两盂煎石首，贮二器炒山鸡。酒泛菖蒲，糖烧角黍。其余肴馔蔬果，未暇尽录。两个逐相轰饮，亦不顾其他也。

奉劳歌伴，再和前声：

绿溶溶，酒满斟；红焰焰，烛半烧。正中庭，花月影儿交；直吃得，玉山时自倒。他两个贪欢贪笑，不提防门外有人瞧。

两个正饮间，秉中自觉耳热眼跳，心惊肉战，欠身求退。本妇怒曰："怪见终日请你不来，你何轻贱我之甚！你道你有老婆，我便是无老公的？你殊不知我做鸳鸯会之主意。夫此二鸟，飞鸣宿食，镇常相守；尔我生不成双，死作一对。"昔有韩凭妻美，郡王欲夺之，夫妻[皆]自杀。王恨，两冢瘗之。后冢上（二）[生]连理树，上有鸳鸯，悲鸣飞去。此两个要效鸳鸯比翼交颈，不料便成语谶。况本妇甫能剛圂得病好，就便荒淫无度，正是：

偷鸡猫儿性不改，养汉婆娘死不（改）[休]。

再说张二[官]提刀在手，潜步至门，梯树窃听，见他两个戏谑歌呼，历历在耳，气得按捺不下，打一砖去。本妇就吹灭了灯，声也不则了。连打了三块，本妇教秉中先睡："我去看看便来。"阿满持烛前行，开了大门，并无人迹。本妇叫道："今日是个端阳佳节，那家不吃几杯雄黄酒？"正要骂间，张二官跳将下来，喝道："泼贱！你和甚人夤夜吃酒？"本妇（呼）[吓]得战做了一团，只说："不！不！不！"张二官乃曰："你同我上楼一看，如无，便罢！（荒）[慌]做甚么？"本妇又见阿巧、某二郎一齐都来，自分必死，延颈待尽。秉中赤条条惊下床来，匍匐，口称："死罪！死罪！情愿将家私并女奉报，哀怜小弟母老妻娇，子幼女弱！"张二官那里准他？则见刀过处：

一对人头落地，两腔鲜血冲天。

当初本妇卧病，已闻阿巧、某二郎言道："五五之间，待同你一会之人，假弓长之手，再与相见。”果至五月五日，被张二官杀死。“一会之人”，乃秉中也。

祸福未至，鬼神必先知之，可不惧欤！故知士矜才则德薄，女衒色则情放。若能如执盈，如临深，则为端士、淑女矣。岂不美哉？唯愿率土之民，夫妇和柔，琴瑟谐协；有过则改之，未萌则戒之，敦崇风教，未为晚也。

在座看官，要备细，请看叙大略，漫听秋山一本《刎颈鸳鸯会》。又调《南乡子》一阕于后。

奉劳歌伴，再和前声：

见抛砖，意暗猜；入门来，魂已惊。举青锋过处丧多情，到今朝你心还未省！送了他三条性命，果冤冤相报有神明。

词曰：

春云怨啼鹃，玉损香消事可怜。一对风流伤白刃，冤，冤。惆怅劳魂赴九泉。抵死苦留连，想是前生有业缘。景色依然人已散，天！天！千古多情月自圆。

正所谓：

当时不解恩成怨，今日方知色是空。

杨温拦路虎传

入话：

阔（含）[舍]平野断云连，苇岸无穷接楚田。
翠苏苍崖森古木，坏桥危磴走飞泉。
风生谷口猿相叫，月上青林人未眠。
独倚阑干意难写，一声邻笛旧山川。

话说杨令公之孙，重立之子，名温，排行第三，唤做杨三官人，武艺高强，智谋深粹。长成几冠，娶左班殿值太尉冷镇之女为妻。择定良时吉日，娶那冷太尉宅院小娘子归，花烛宴会。可谓是：

箫鼓喧天，笙歌聒地。画烛照两行珠翠，星娥拥一个婵娟。鼓乐迎来，绣房深处，果谓名不虚传。这冷氏体态轻盈，俊雅仪容。楚鸣云料凤髻，上峡岫扫蛾眉。刘源桃凝作香腮，庾岭梅印成粉额。朱唇破一点樱桃，皓齿排两行碎玉。弓鞋窄小，浑如衬水金莲；腰体纤长，俏似摇风细柳。想是嫦娥离月殿，犹如仙女下瑶台。

这杨官人自娶冷□氏之后，行则同行，坐则并坐，不觉过了三年五载。一日，出街市闲走，见一个（挂）[卦]肆，名牌上写道："未卜先知。”那杨三官人不合去买了一卦，占出许多事来，言道："作怪！作怪！”杨三官人说了年、月、日、时，这先生排下卦，大笑一声，道："这卦爻动，必然大凶。破财、失脱、口舌，件件有之。卦中主腾蛇入命，白虎临身，若出百里之外，方可免灾。”

这杨三官人听得先生说这话，心中不乐。度日如年，饮食无味，恹恹成病。其妻冷氏见杨三官人日夜忧闷，便启朱唇，露皓齿，问杨三官人道："日来因何忧闷？”杨三官人把那“未卜先知”先生占卦的事，说与妻子。冷氏听罢，道："这先生既说卦象不好，我丈夫不须烦恼，我同你去东岳还个香愿，祈禳此灾，便不妨。”杨三官人道："我妻说得也是。”次日，同妻禀辞父母，并丈人冷太尉，便归房中，收拾担杖，安排路费，摆布那暖轿、马匹，即时出京东门。少不得饥餐渴饮，夜住晓行。不在话下。迤逦行到一个市井，唤做仙居市，（取）[去]东岳不远，但见天晚：

> 烦阴已转，日影将斜。遥观（鱼）[渔]翁收缯罢钓归家，近睹处处柴扉半掩。望远浦几片帆归，听高楼数声画角。一行塞雁，落隐隐沙汀；四五只孤舟，横萧萧野岸。路上行人归旅店，牧童骑犊转庄门。

天色已晚，杨三官人同那妻子和当直去客店，解一房歇泊。到得三更，被一伙强盗劫入店来，那贼是甚么人：大林木编成寨栅，涧下水急作泉流。霹雳火性气难当，城头上勇身便跳。刀见金时时拈弄，天河水夜夜观瞻。月黑搜寻钗钏金，风高放起山头火。那一伙强人劫入店来。当时杨三官人一时无准备，没军器在手，被强人捽住，用刀背剁铡，喑气一口，僻然倒地。正是：

> 假饶千里外，难躲一时灾。

那杨三官人，是三代将门之子，那里怕他强人，只是当下手中无随身器械，便说不得，却被那强人入房，挟了杨三官人妻子冷氏夫人，和那担杖什物，却有一千贯细软金珠富贵，都被那强人劫去。杨官人道："我是将门之家，却被强人劫了，我如今却有何面目归去？"

当时杨三官人受这一口气，便不奈烦，没出豁得，便离了这客店，来县里投奔刘家客店安歇，自思量道："我当初夫妻二人出来，如今独自一身，(交)[教]我归去不得！我要去官司下状，又没个钱！"身体觉得病起来，在店中倒了半个月。后来幸得无事。出那店来，行去市心，见一座茶坊，入去坐地，只见茶博士叫道："官人，吃茶吃汤？"那杨三官人道："吃茶也不争，只是我没茶钱。"茶博士道："官人吃茶也不妨。"茶博士点茶来。这茶是：

溪岩胜地，乘晓露剪拂云芽；玉井甘泉，汲清水烧汤烹下。赵州一碗知滋味，清入肌肤远睡魔。

那杨三官人吃茶罢，茶博士问道："官人是那里人？"杨三官人道："我是东京人。"茶博士道："官人莫不病起来？"杨温道："然也。"茶博士道："官人，你没钱，如何将息？我(交)[教]官人(撰)[赚]百十钱，把来将息，你却肯也不肯？"杨三官人道："好也，谢你周全。"茶博士道："我这茶坊主人却是市里一个财主，唤做杨员外，开着金银铺，又开质库，这茶坊也是他的；若有人来唱个喏告他，便送钱与他。这员外……"讲来，说由未了，只见员外入茶坊来。正是：

着意栽花栽不活，等闲插柳却成阴。

那杨三官人也曾作诗一首道：

财散人离后，无颜反故京，不因茶博士，怎得显其名。

那杨员外吃饭了，过茶坊闲坐。茶博士便努嘴。杨三官人与杨员外唱个喏，员外回头。杨官人又唱一个喏，员外还了礼。那官人是个好人，好举止，待开口则声，说不出来。那茶博士又决嘴道："你说！"那员外说："官人无甚事？"那官人半晌了才说得出来，道是："客人杨温是东京人，特来上岳烧香。病在店中，要归京去，又无盘缠，相恳尊官周全杨温回京则个。"

那员外听得，便（交）[教]茶博士取钱来数。茶博士抖那钱出来，数了，使索子穿了，有三贯钱，把零钱再打入竹筒去，员外把三贯钱与杨三官人做盘缠回京去。正是：

将身投虎易，开口告人难。

才人有诗说得好：

求人须求大丈夫，济人须济急时无。
渴时一点如甘露，醉后添杯不若无。

那杨三官人得员外三贯钱，将梨花袋子袋着了这钱，却待要辞了杨员外与茶博士，忽然远远地望见一伙人，簇着一个十分长大汉子。那汉子生得得人怕，真个是：

身长丈二，腰阔数围。青纱巾，四结带垂；金帽环，两边耀日。绽丝袍，束腰衬体；鼠腰兜，柰口漫裆。锦搭膊上尽藏雪雁，玉腰带柳串金鱼。有如五通菩萨下天堂，好似那灌口二郎离宝殿。

这汉子坐下骑着一匹高头大马，前面一个拿着一条齐眉木棒，棒头挑着一个银丝笠儿，滴滴答答走到茶坊前过，一直奔上岳庙中去，朝岳帝生辰。

那杨员外对着杨三官人说不上数句，道是："明日是岳帝生辰，你每是东京人，何不去做些杂手艺？明日也去朝神，也叫我那相识们大家周全你，(撰)[赚]二三十贯钱归去。"那杨三官人道："温(是)[世]事不会。"茶博士道："官人，你好朴实头！"杨官人却问道："适来骑马的是甚么人？"员外道："这人是个使棒的，姓李名贵，浑名叫做山东夜叉。这汉上岳十年，打尽天下使棒的，一连三年无对，今年又是没对，那利物，有一千贯钱，都属他。对面壁上贴的是没对榜子。"那杨温道："复员外，温在家，世事不会，只会使棒，告员外，周全杨温则个，肯共社头说了，(交)[教]杨温与他使棒，赢得他后，这一千贯钱出赐员外。"员外道："你会使棒。"杨温道："温会使棒。"员外道："你会使棒，你且共我使一合棒，试探你手段则个。你赢得我，便举保你入社，与你使棒。"

员外(交)[教]茶博士："关了茶坊门，今日不开了。"茶坊茶博士即时关了。杨温随员外入来后地，推开一个固角子门，入去看，一段空地。那杨三官人道："好也！这坡空地，只好使棒！"员外道："你弱我健。"且唤茶博士买一角酒、二斤肉来，交杨温吃。那官人吃了酒和肉，(交)[教]茶博士也吃些。员外道："茶博士，去取棒来。"

茶博士去不多时，只见将五条杆棒来，撇在地上。员外道："你先来拣一条。"杨官人觑一觑，把脚打一踢，踢在空里，却待脱落，打一接住。员外道："这汉为五条棒，只有这条好，被他拣了。"员外道："要使旗鼓。"那官人道："好，使旗鼓！"员外道："使旗来！"杨官人使了一个旗鼓。茶博士拣棒才开，两条棒起，斗不得三两合，早输了一个人。正是：

未曾伸出拿云手，莫把蓝柴一样看。

那官人共员外使棒，杨温道："我不敢打着，打着了不好看。"使两三合了，员外道："拽破，你那棒有节病。"那杨温道："复员外，如何有节病？"员外道："你待打不打，是节病；你两节鬼使，如何打得人？"杨温道："复员外，员外架，你棒迟，我棒快，特地棒倒；待员外隔时，棒才落。"古人所谓：

烂柯仙客妙神通，一局曾经几度春。
自出洞来无敌手，得饶人处且饶人。

员外道："我正要你打着我。我喜欢你打来，不妨两个再使。"杨温道："打着了不好看。"

两个正使，则听得门口有人敲门，茶博士唱个喏，马都头（门）[问]道："员外在那里？"茶博士道："在里面使棒。"马都头道："你看！我道你休使棒，他却酷爱。"都头走入来，共员外厮叫了。杨官人向前来唱个喏，马都头似还不还一个喏。马都头道："员外可知道庵老，元来你这般刷子。"员外道："不是。他要上岳，共山东夜叉李贵使棒。我见他说，共他使看。"马都头道："这汉要共李贵使棒！嗏，你却如何赢得他？不被他打得疾患，也得你不识李贵。我兀自请他，问他腾倒棒法。"

杨官人口里不道，肚内思量："叵耐这汉忒欺负我。"马都头道："我乃使棒部署，你敢共我使一合棒？你赢得我时，我却（交）[教]你共山东夜叉李贵使棒；如赢不得我，你便离了我这里去休！"杨官人道："我敢共都头使棒。"

员外间棒，都头拿一条棒起，做了一个旗鼓。杨官人也做一个旗鼓，道："都头，一合使，是两合使？"都头道："只一合。"间棒起，两个不三合，不两合，只一合地使。所谓：

两条硬棒相迎敌，宁免中间无损伤；
手起不须三两合，须知谁弱与谁强。

马都头棒打杨官人，就幸则一步，拦腰便打。那马都头使棒，则半步一隔，杨官人便走。都头赶上使一棒，（匹）[劈]头打下来，杨官人把脚侧一步，棒过和身也过，落夹背一棒，把都头打一下伏地，看见脊背上肿起来。杨官人道："都头使得好，我不是刷子！"都头起来，着了衣裳，道："好，你真个（为）[会]。"正是：

好手手中呈好手，红心心里中红心。

马都头道："我去说与众社里人，（交）[教]来请你！"马都头自去。

员外道："哥哥，你真个会！适才是你饶我，马都头恁地一条棒，兀自奈何你不得，我如何奈何得你？只在我茶坊里歇，我把物事来将息你，把两贯钱去还了人却来。"杨官人便出茶坊，来店中还了房钱并饭钱，却来茶坊里。茶博士道："官人，你却（交）[有]恁的本事。我这员外，件件不好，只好两件：厮扑、使棒。"

到明日，吃饭了，正与员外吃茶，只见二十人入茶坊来，共员外厮叫道："我们听得，有一个要共山东夜叉李（责）[贵]使棒，（交）[教]他出来则个！"员外道："在这里坐地便是。"那官人唱了喏，道："客人杨三官便是。"数中一个道："便是他要共山东夜叉李贵使棒。"那官人道："都头，昨夜莫怪。"都头道："是我欺负他了。被打了一棒，却是他（为）[会]。"众社官把出三（伯）[佰]贯钱来，道：“杨三哥，你把来将息。”杨官人谢了，众人都去。

三月二十七日，节级部署来见员外，员外叫道：“哥哥，我去上岳。”次日，杨官人打扮朝岳。到岳庙前一观，果谓是：

> 青松影里，依稀见宝殿巍峨；老桧阴中，仿佛侵三门森耸。百花掩映，一条道路无尘；翠竹周围，两下水流金线。离（楼）[娄]左视，望千里如在目前；师旷右边，听幽做直同耳畔。草参亭上，炉内焚百和名香；祝献台前，案上放灵神杯筊，朝闻木马频嘶，暮听泥神唱喏。

杨三官人到这岳庙烧香，参拜了献台上社司部署。众社官都在献台上，社司道：“李贵今年没对。”李贵道：“唱三个喏与东岳圣帝，谢菩萨保护。”觑着本社官，唱一个喏，道：“李贵今年无对，明年不上山。不是李贵怕了不上山，及至上山又没对头，白拿这利物，惶恐！惶恐！”又一个唱喏与上山下山的社官。唱喏了，那李贵遂回头勒那两军使棒：“谁敢与爷爷做对？”众人不敢则声。那使棒的三上五落。李贵道：“你们不敢与我使棒，这利物属我。”李贵道：“我如今去拿了利物。”

那献台上，人丛里，喝一声道：“且住！且住！这利物不属你！”李贵吃了一惊，抬起头一看，却是一个承局出来道：“我是西京杨承局，来这里烧香，特地来看使棒。你却共社官厮说要白拿这利物。你若赢得我，这利物属你；你输与我，我便拿这利物去。我要和你放对，使一合棒，你敢也不敢？”李贵道：“使棒各自闻名，西京那有杨承局会使棒？”部署道：“你要使棒，没人央考你，休絮！休絮！”社司读社毕，部署在中间间棒。这承局便是杨三官人，共部署马都头曾使棒，则瞒了李贵。李贵道：“教他出来！”

杨三官把一条棒，李贵把一条棒，两个放对使一合。杨三是行家，使棒的叫做腾倒，见了冷破，再使一合。那杨承局一棒，劈头便打下来，唤做大捷。李贵使一扛隔，杨官人棒待落，却不打头，入一步则半步一棒，望小腿上打着，李贵叫一声，辟然倒地。正是：好鸡无两对，快马只一鞭。李贵输了，杨温就那献台上说了四句诗，道是：

> 天下未尝无敌手，强中犹自有强人。
> 霸王尚有乌江难，李贵今朝折了名。

只因杨温读了四句诗后，撩拨得献 [台] 上有三十来个子弟，却是皇亲国戚，有钱财主，都是李贵师弟，看见师父输了，焦燥，一发都上来要打那承局。元来寡不敌众，弱难胜强，那杨温当时怎的计较：

> 有指爪劈开地面，为腾云飞上青霄。
> 若无入地升天术，目下灾殃怎地消。

众子弟正奔来要打那杨温，却见数中杨员外道："不可打他，这四山五岳人看见，不好看。只道我这里欺他，后番难赛这社。若要打他，下山去到杨玉茶坊里了，却打他未迟。"众人道："员外也说得是。"

这杨承局归到杨玉茶坊，把利物入茶坊后地房里去了。众子弟道："员外，你交他出来，我们打他，与我师父报仇！"杨员外入后房里，叫杨三官人："他们众人要打你。且说你几岁了？"杨温道："今年二十四岁了。"杨员外道："我却三十岁，较长六岁，我做你哥哥。你肯拜我为哥哥么？我救你这一顿拳踢。"杨温自思量道："我要去官司下状（娶）[取] 妻，便结识得一个财主，也不枉了。"便告员外道："我先出去，你随我来。"

员外[道]:“适来在台上使棒的杨玉叔叔兄弟，且望诸位阁略则个！”众人道:“你何不早说？既是令弟，请他出来与我们厮见则个。”员外叫:“杨三哥，你与众官员子弟相见。”杨官人出来，唱三个喏。众人还礼，道是:“适间莫怪。少间，师父李贵自来相谢。”

不多时，李贵入茶坊来，唱了一个喏，道是:“李贵几年没对，自是一个使棒的魁手，今日却被官人赢了。官人想不是一样人，必是将门之子。真个恁的好手段！李贵情愿下拜。”杨官人道:“不消恁的。”却把些利物送与李贵。李贵谢了自去。杨玉员外道:“我弟只在我这里住。”

当日，杨员外和杨温在金银铺坐地，也是早饭罢，则见一个大汉，骑一匹马，来金银铺前下马，唱喏道:“复员外，太公不快，(交)[教]来请员外回来则个！”那汉说了，上马便去，杨温认得:当夜被劫，是这厮把着火把。欲待(辕)[转]身出柜，(身)来捉那厮，三步近。两步远，那厮马快，走了。杨员外道:“兄弟，你看着铺，我回去见我爹则个，五七日便来。”杨三官人道:“复仁兄，温要随仁兄去走一遭，叫公公则个。”员外道:“你去不得。我爹爹心烦利害人，则好休去。”杨温道:“铺中许[多]财物，不敢在此。”杨玉道:“我把你不妨，便有甚的要紧？”杨温道:“复仁兄，容温同去。”员外道:“你苦苦要去时，随你去也不妨。”

两个一人一匹马，行到一个所在，三十里，是仙居市，到得一座庄子。看那庄时:

青烟渐散，薄雾初收。远观一座苔山，近睹千行(围)宝盖。团团老桧若龙形，郁郁青松如虎迹。三冬无客过，四季少人行。蓦闻一阵血(醒)[腥]来，元是强人居止处。盆盛人鲜酱，私盖铸香炉。小儿做戏弄人头，媳妇拜婆学劫墓。

二人到庄前下马，庄里人报:“太公，员外来也！”那大伯在草厅

（工）[上]坐，道："(交)[教]他来见我。"杨玉入去，唱喏了，大伯道："孝顺儿子来也。这几日道路如何？"杨玉道："复爹爹，有买卖。"那大（何）[伯]正说话里，见厅下一个人，问儿子道："厅下这人是谁？"杨玉道："(伏)[复]爹爹，是一客人杨三哥。这汉子得上献台使棒，赢得山东夜叉李贵！"大伯见了，即时焦燥道："叫庄客与我缚了他！"当时，杨温恰似蛟龙出水，虎豹投崖。古人曾有诗云：

祸出师人口，休贪不义财。
会思天上计，难免目下灾。

大伯叫庄客缚了杨温，当时却得杨玉搭救，道："众人不动手，都退去。"杨玉道："且告爹爹，这汉会使棒，了得！"大伯道："他如何奈何得山东夜叉李贵？我后生时，共山东夜叉使棒，也赢他不得。这厮生得恁的，如何赢得李贵？想这厮必是妓弟家中闲汉。你去他家，使钱不归，我叫你归，那行（着）[首]怕你不去，使他跟着你。"员外道："(伏)[复]爹爹，此人不是闲汉，[使棒]真个了得！"大伯将员外转上草厅上去，说与庄客："(交)[教]他在客店里歇。"庄客引杨温去。

那杨温去店房里，坐定了，道："这大伯是个作怪人，这员外也不是平人。我浑家则是在这[里]！"[不多]时，见一个妇女问杨玉道："孩儿，你须知你爹是个不近道理的人，你没事带他来则甚？"员外道："告妈妈：他自要来。杨玉只（交）[教]他在金银店里，他不肯，定要跟将来。"两口说到房门边，正入房中来。那妇女把些酒肉道："你且吃些酒和肉，不须烦恼，不妨事。大伯自是恁地生受。"说罢，杨玉同娘都去了。

多时间，只听得有来报道："复公公：大王使人在这里。(交)

[教]传语公公，见修山寨未了，问公公（那）[挪]借北侃旧庄，权屯小喽罗；庄中米粮搬过，不敢动一粒。修了山寨，却还公公。一道请公公和员外过来则个。大王新近夺得一个妇女，乃是客人的老婆，且是生得好，把来做扎寨夫人。请公公员外过来则个。”大伯道：“（交）[教]传与他，我明日日中过来。”小喽罗即时便去。

那杨温听得，喜从天降，笑逐颜开，道：“我浑家却在这北侃旧庄强人处。这大伯也不是平人。”等到次日天晓，怎见得：

残灯半灭，海水初潮，窗外曙色才分，人间仪容可（辩）[辨]。

正是：

一声鸡叫西江月，五更钟撞满天星。

只见东方亮，灵鸡叫，天色大晓，杨玉出来客房里叫：“杨三哥，你去休。我三五日便归。”杨温道：“告仁兄，借一条棒防路。此间取县有百三十里来，路中多少事，却恁的空手，去不得。”杨员外把一条棒与杨温。那杨温接了，辞员外先去。

杨温离他庄，行个一里路，去向深草丛里去藏着身，觑着杨青大伯去庄。不多时，则见二人骑两匹马来，杨温放过去了。杨温思量道：“我又不认得北侃旧庄，则就随他去便了。”前一匹马是大伯杨青，绰号唤做秃尾虎；后面是杨员外。杨温随他行得二里来田地，见一所庄院，但见：

冷气侵人，寒风扑面。几（手）[间]席屋，门前炉灶造馒头；无限作□，后厦常存刀共斧。清晨日出，（油）[犹]然死火荧荧；未到黄昏，古涧悲风悄悄。路僻何曾人客到，山深时听杀人声。

杨青共杨玉到庄前，下马入去。这杨温却离庄有得半里田地，寻个草中躲了，那两人入得庄中，细腰虎杨达，下首是冷氏夫人，对席是杨青，杨青下首是杨玉，分四人坐定。杨玉看这妇人，生得意（思）[态]自然，必是好人家女子。怎见得：

云鬓轻梳蝉远，翠眉淡拂春山。朱唇缀一颗樱桃，皓齿排两行碎玉。花生丹脸，水剪双眸。意态自然，精神更好。

正是：

杀人壮士回头觑，入定法师着眼看。

杨玉道："好个妇人，大王也不枉了！"那杨达道："公公、员外，在此无可相待，略吃三五碗酒，一道庆贺扎寨夫人。一并说过：就借公公北侃旧庄，米谷搬过一边，不敢动一粒，修完山寨了毕，即便出还，不敢久住。"大伯道："不妨，便是一家的人一般。"

那杨温却离他庄，更远得半里来田地，思量道："我妻却在这里，我若还去告官，几时取得？不如且捉手中一条棒，去夺将来！"古人所谓：

下坡不走快，难逢上天，同壁落（落）入地，共返黄泉。

杨温怎忍得住，只得离了深草丛中，出那大路来，忽然又遇二三十个喽罗，拦住杨温道："你是甚人？因何到此？"杨温道："我是客人，迷路到此，得罪乞恕！"小喽罗道："这里不是你去处，你自放了手中棒，便饶你！"杨温那里肯放，便要拿起与他厮斗，不知后面几个小喽罗赶上，把一条索子，将杨温缚了，远远地前去一个庄所。这座庄：

园林掩映茅舍，周回地肥桑枣。绕篱栽嫩草，牛羊连野牧。
桥下碧流寒水，门前青列奇峰。耕锄人满溪边，春播声喧屋下。

正是：

野草闲花香满路，那知不是武陵家。

杨温吃那小喽罗缚将去，到这庄前，正所谓：

脱了天罗，又逢地网。

小喽罗走报庄中大王。只见大王正坐在草厅上桌，一口大刀在身边，便唤："拥他来，问（它）[他]则个！"手下人便拥杨温，立于厅下。大王问道："你姓甚名谁？为何到此？直说来情，宥汝无罪！"杨温道："(伏)[复]大王：我乃西京人，姓杨名温，是杨令公之曾孙，祖是杨文素，父是杨重立，今来同妻子上岳烧香，在仙居市被人劫去妻子。今却在这庄□侧北侃旧庄细腰虎杨达处。温亦探知动静，特地要去夺取妻子回归。温是将门之子，绰号拦路虎，大王曾知否？今来受擒于此，有罪请诛，无罪请恕！"大王道："久闻大名，今幸拜识。"便令左右解了索，请上厅对坐，请罪曰："我乃重立舍人帐下小卒，姓陈名（十）[千]，后因狼狈，不得已而落草。今见将军，乃是我恩人，却在此被劫，自当效力相助！"正是：

路见不平，拔剑相助。

那陈千便安排些酒，请杨温吃了，便带一百余人，同奔那北侃旧庄。则见那杨达和那杨青、杨玉、冷氏夫人，四位在那里吃酒。被杨温拿一条棒，突入庄去，就草厅上，将手中棒觑着杨达，劈面一棒，搠（番）[翻]打倒杨达，叫取妻子出来。即时，杨达睁起眼来，将部下一二百人，小喽罗，赶上：

半千子路，五百金刚，人人有举鼎威风，个个负拔山气概，石刃无非能锭，介胄尽使浆金。

杨温见强人赶上，他又叫取妻子在一边，抵敌未得，却荷得陈千许多人马，前来迎敌。斗经三两合，陈千人马败走。元来是杨达人多，陈千人少。杨温同妻子与陈千人马，一向奔走，后面杨达又一面赶来，杨温那时：

会思天上无穷计，难免今朝目下灾。

正奔走之间，只听得一棒锣声响来，杨温打一看时，却是县司弓手五十来人，出巡到此。为头弓手却是马都头。杨温便与马都头唱个喏，把从前事说了一遍，马都头便说与部下弓手，同陈千人马，再回身去迎敌。

那细腰虎杨达当头斗敌，杨温出来与战，战不得一合，一棒打倒杨达。

自此，杨温和那妻子归京，上边[关]立一件大大功劳，直做到安远军节度使，检校少保。可谓是：

能将智勇安边境，自此扬名满世间。

雨窗集上

花灯轿莲女成佛记

入话：

六万余言七幅装，无边妙义广含藏。
白玉齿边流舍利，红莲舌上放毫光。
喉中甘露涓涓滴，灌顶醍醐滴滴凉。
假饶造罪如山岳，只须妙法两三行。

却才白过这八句诗，是大宋皇帝第四帝仁宗作的，单作着赞一部《大乘妙法莲花经》，极有功德。为何说他？自家今日说个女娘子因诵《莲经》得成正果。

这女娘子的父亲，姓张字元善，母王氏。夫妻二人，无一男半女。原是襄阳人氏，家传做花为生，流寓在湖南潭州，开个花铺。平日好善，只好看经念佛，斋僧布施。

二人心中，常常不乐，自思量：“傍中年之寿，不曾生一男半女，如何是了？”每日在门前坐地，只见一个婆婆，双目不明，年纪七旬之上，头如堆雪，朗朗之声，背诵念一部《莲经》，如瓶注水。张待诏道："我夫妻两个，如今四旬之上，无男无女，正好修善。如何得他教我看此卷《莲经》则个？看他许大年纪，在街头吃化，想他也无男无女了。"

如此，这日，叫婆婆来门前，张待诏娘子盛一碗饭，一碗羹，斋这无眼婆婆；遂问道："婆婆，你多少年纪？"婆婆道："老拙七十五岁了。"王氏道："你在那里住？家中有甚人管顾你？你眼见也不见？"婆婆道："老拙无个男只女，在百厮求院子里住。两目青盲，略见些儿，每日出来看经吃化。自（曰）[四]十岁无了丈夫，五十岁坏了眼，平日只爱看经。（道）[到]今看五十余年经了，因此背诵如水。"说罢，王氏道："可怜！可怜！婆婆是这般健便好，倘有些病痛，何人伏侍你？忽一日岁寿终，谁来断送你？我有一句话与你说，不知你肯否？"婆婆道："不知妈妈有甚说话？"王氏道："自从今日起，你搬来我家住，每日只在我家吃饭。量你一个老人家，吃得多少。你便教我看这部《妙法莲花经》。教得我会时，无甚相谢你，待你百年之后寿终，我夫妻二人与你带孝，如母亲一般断送。你意下如何？"婆婆听了，满面笑容，道是："婆子那里得这般福分！若教看经，甚是容易，岂敢指望相谢！但得妈妈收留，实是万幸！"张待诏娘子听说了，大喜，便（交）[教]婆婆归去，百厮求院子内收拾了粗衣破衫便来。

婆婆去不多时，来到张待诏家里住。当下，王氏便烧汤与他洗浴，换了几件洁净衣服与他着，别折一个房（交）[教]他住卧。每日搬茶搬饭与他吃。早晚之间，烧一炷香，一只桌儿上安着经，共婆婆对坐了同看。王氏从来却识字，看着经本读，婆婆背念。一日三，三日九，不则一日，教得夫妻二人，每日看念，如瓶注水。王氏每伏侍婆婆，并无怨心。

自此，一住三年有余，忽然间，婆婆看着王氏道："婆子在此蒿恼三年，今晚去也！"王氏听得，大惊道："婆婆，你在我家，我夫妻二人不曾有甚言语！你从来说道无亲无故，你却那里去？”婆婆笑道：“借你肚皮里安身则个。”王氏笑道：“我却只道个，原来婆婆取笑耍。”当下只是取笑过，各自去睡。

次日侵早，王氏笑道：“婆婆如何不起？”径到房前，推开房门，只见婆婆端然坐化于床上。王氏大惊，出门外和丈夫商议。只得买个龛子盛了，留了七日，做些功果与他。以毕，抬将出来，众邻相送，至山林边烧化了。第三日，收拾骨（植）[殖]葬了，不在话下。

王氏自从没眼婆婆死后，便觉腹中有孕，渐渐腹大。看看十月满足，忽日，傍三更时分，肚内阵阵疼来。张待诏去神前烧香点烛祷告：“不在是男是女，保护快生快养。”（顾）[雇]个妇人伏侍了。

张待诏许下愿心，拜告神明，觉道自己困倦，便去床边，略合眼，只见白头婆子从外（而）[面]笑将入来，便望房里去。张待诏随后[跟]入来，被门槛一绊，一交惊将觉来，却是梦里，听得鼓打三更，自思量道：“怪哉！我道明白的事，却是梦里！”说（由）[犹]未了，只听得呀呀地小儿哭响，连忙看时，（已自妻子）[妻子已自]分娩了。又得快（顾）[雇]来的妇人伏侍。张待诏见是个女儿，却和那没眼婆婆一般相似。当下，张待诏甚是喜欢。当日过了，第三[日]，做了三朝。看看满月，不在话下。

光阴似箭，日月如梭，渐渐长成。一周取名，思量婆婆的看经事，取名莲女。又早七年之期，这女子件件聪明，见经识经，见书识书，邻近又有一个学堂，教此女子入学读书，不过一年，经史皆通。其实奇异。父母惜如珠玉。

夫妻二人，每日斋僧布施，随喜看经，在家做些花朵。只听得街坊人热闹，又听得鼓钹声喧，张待诏出门问：“做甚么鼓钹响？”有人道：“能仁寺长老惠光禅师引众僧来抄化斋粮，因此闹热。”不在话下。

且说莲女在学堂内读书，听得鼓钹响，走出学堂看。一看，见能仁寺长老惠光禅师坐在轿上，与众僧沿街抄化披疏，只见莲女猛然抢上前来，用手扯住惠光禅师，学人启问："堂头大和尚，我有一转语，敢问和尚则个。"道："龙女八岁，献宝珠，得成佛道；奴今七岁，无宝珠，得成佛否？"莲女道罢，只见惠光禅师不（荒）[慌]不忙，便道："何不投院子里来，此处又无法座？"莲女道："我不理会得，只还我问头来。"以手扯住长老衣服，扯下轿来，扯得长老团团转。

满街人都嚷起来，惊动张待诏。正与妻在门前做生活，听得人嚷，走出街上打一看，只见有人说道："待诏，你的女儿有些风了，扯住和尚，向他讨甚么问头，故此作嚷。"待诏见说，连忙走去，分开人众打一看，果是女儿扯住长老，急忙便道："我女儿有些风，看我面，莫要责他！"一头说，抱了女儿，便走回家。当下，众人都散了，长老上了轿，于路抄化去了。

且说莲女，爷抱回家，娘吃了一惊，道："女儿，下次休得如此，被人耻笑！"（似）[自]此之后，又过三五日，忽然不见莲女。诸处无寻处。

原来莲女在学堂里听得法鼓，却是能仁寺长老讲经说法，一径走入寺中，一看，果然长老升座说法。莲女分开人众，直到法座下，高声问曰："龙女八岁，献宝珠，得成佛道；奴今七岁，无宝珠，得成佛否？"莲女道罢，长老不答，乃手划一个圆象，言曰："你还见么？"莲女见了，正欲再问，只见："张待诏你女儿又去能仁寺问长老。"连忙赶去，抱了便走回家，道："你如今风了，被人笑耻。"

自此之后，年去月来，再不交女儿入学，每日只在家做些花卖，做生活了过。不觉时光似箭，日月如梭。年去月来，看看长成十六岁，生得端妍（少）[妙]貌，有十分颜色。忽然时遇元宵，家家点放花灯，不拘男子、妇人，都上街看灯。不在话下。

当日正是正月十五日元宵，邻近有几家老成的妇人，相呼相唤看灯，因此叫女儿同去。于是众簇着，迤逦长街游看。真个好灯！怎见得：

笙箫盈耳，丝竹括街。九衢灯火灿楼台，三市绮罗盈巷陌。花灯万盏，只疑吹下满天星；仕女双携，错认降凡王母队。灯下往来翠女，歌中相斗绮罗人。几多骏骑嘶明月，无限香车碾暗尘。

当下，莲女和街坊妇人女子往来观看花灯，来到能仁寺前，扎个鳌山，点放诸般异样灯火，山门大开，看灯者不分男女，挨出拥入。莲女见[了]也不顾街坊妇女，挨将入去看灯。真个好灯：三门两廊，有万盏花灯，照耀如同白日。

莲女和众人相挨，失了街坊妇女。妇女不见了莲女，却走到观音堂前，只见两个和尚铺着白蓝，抄化钱买[灯]油。莲女挨向前，看着和尚道："和尚，和尚，我问你：能仁寺中许多灯，那一碗最明？"和尚见问得跷蹊，便回言道："佛殿上灯最明。"莲女又问曰："佛灯在佛前，心灯在何处？"道罢，和尚答不出来，只叫："却非！却非！"被莲女抢上前，去和尚头上削两个栗暴，削得火光（送赞）[迸溅]。和尚捧了头叫苦："呀！呀！这小娘子（到）[倒]好硬手！我不曾相犯你，你如何便打我？"莲女道："还我问头来！"

和尚都（波）[跑]了去告长老。莲女又到佛殿上，见两个和尚在那里，便两只手扯住，问道："能仁寺许多灯，那一碗最明？"那和尚猛可地乞他捽住，连忙应他："只有佛殿上灯最明。"莲女又问道："佛灯在佛前，心灯在何处？"莲女道罢，和尚答不来，只叫："却非！却非！"被莲女抢上前去。和尚道："我不理会得。"莲女道："你不理会得，要你如何？"放了一只手，看着和尚脸上，只一拍，打个大耳光。

和尚被打，去告长老。长老听得道："不须你（门）[们]说，我自知了。这魔头又来了恼我！"连忙叫侍者擂鼓升法座。又有那好事多口的道："小娘子！长老升法座，你可去问他。"

莲女见说，一气走来法座下。众僧都随着。惠光禅师在法堂上，年纪高大，十分精神，端的是罗汉圣僧。怎见得：

双眉垂雪，碧眼横波。衣披六幅烈火鲛绡，柱杖九环锡杖。霜姿古貌，有如南极老人星；鹤骨松形，好似西方长寿佛。料应圆寂光中客，定是楞严会上人。

惠光长老坐定，用慧眼一观，见莲女走到法座下，合掌却欲要问。长老不等他开口，便厉声叫曰："且住！你受我四句偈言：

衲僧不用看他灯，自有灵光一点明。
今日对君亲说破，尘尘刹刹放光明。"

道罢，莲女听了，便答四句：

十方做个灯球子，大地将为蜡烛台。
今日我师亲答问，不知那个眼睛开？

道罢，又曰："你还我灯么？"长老答曰："照天照地，天地俱明。"莲女又问曰："照一席大众也无？能令众人明否？"长老答曰："着！然，然，然！"莲女又问道："照见几个？"长老答曰："照见一个、半个。"莲女问曰："一个是谁，半个是谁？"长老道："一个是我，半个是你。"莲女曰："借吾师法座来，与你讲法。"长老曰："且去寻个汉子来还债。"道罢，莲女通红了脸。众人都和起来。有等不省得的，便骂道："这和尚许大年纪，说这等的话！"有一等晓得的，便道："是禅机，人皆不知。"

正如此说，只见同来的妇人、女子入法堂来，寻见了莲女，领了，道："何处不觅到。若是不见你时，（交）[教]我（门）[们]回去，怎的见你爹娘？”说罢，众妇女簇拥回来。却不说寺中之事，各人叫了“安置”，散了。

这日之后，莲女只在门前做生活，若有人来买花，便去卖，再不闲管。

这莲女渐渐生长得堪描堪画，从来道：“女大十八变。”这女娘子方年一十七岁，（十八岁）大有颜色，张待诏点一铺茶请街坊吃，与女儿上头。上头之后，越觉生得好。怎见得：精神潇洒，容颜方二八之期；体态妖娆，娇艳有十分之美。凤鞋稳步，行苔径，衬双足金莲；玉腕轻抬，分花阴，露十枝春笋。胜如仙子下凡间，不若嫦娥离月殿。这莲女一十七岁，长得如花似玉，每日只在门首卖花，闲便做生活。

街坊有个人家，姓李，在潭州府里做提控，人都称他做押录。却有个儿子，且是聪明俊俏，人都叫他做李小官人。见这莲女在门前卖花，每日看在眼里，心虽动，只没理会处。年方二十八岁，未曾婚娶，每日只在莲女门前走来走去。有时与他买花，买花不论价，一买一成。或时去闲坐地，看做生活，假托熟，问东问西，用言撩拔他。不只一日。李小官思思想想，没做奈何，废寝忘餐，也不敢和父母说，因此害出一样证候，叫做“想思病”。看看的恹恹黄瘦了，不间便有几声咳嗽。每日要见这莲女，没来由，只是买花。买花多了，没安处，插得房中满壁都是花。一日三，三日九，看看病深，着了床不能起。父母见了心（荒）[慌]，便请太医调治服药，不能痊可。

你道这病怕人？乃是情色相牵。若两边皆有意，不能完聚者，都要害倒了，方是谓之“相思病”；若女子无心，男子执迷了害的，不叫做“相思病”，唤做“骨槽风”。今日李小官却害了此病，正是没奈何处。如何见得这病怕人？曾有一只词儿说得好。正是：

四百四病人可守，唯有相思难受。不疼不痛恼人肠，渐渐的（交）[教]人瘦。愁怕花前月下，最苦是黄昏时候。心头一阵痒将来，便添得几声咳嗽。

且说李小官人想这莲女，害得着了床，父母（荒）[慌]了，有妈妈来看他，只见房里满壁的花，都插着异样奇花，也不晓他意，又不好问他。思量半晌，便问他道："原何有这许多花朵？"小官言答："妈妈，你不知，我买来供奉和合、利市哥哥的。"娘道："你是胡说，便做供养，也不消得许多，必有缘故。你有甚么事，实对我说。"小官只不肯说，别了面皮，朝里壁睡了。

妈妈只得出来，与丈夫商量，使叫奶子来，吩咐："你去房里款曲，可问他是何原故。"奶子道："不消吩咐，我自有个道理，哄漏其情回复。"

奶子说罢，便入房里来，将药递与小官吃，自言自语道："官人这病跷蹊，你实对我说，我自有个道理方便你处。你不要瞒我，这病思量老婆了，气血不和，以致害得如此。"那小官见说，道："奶子莫笑我，实不相瞒你，我有一件事，只是难说。"奶子道："说不妨，此间别无一人。"小官人道："只为一个冤家，恼得我过活不得。"奶子道："又是苦呀！却是甚么冤家？莫不是负命欠钱的冤家？"小官人道："不是这个，都只为我们隔壁，过三五家，张待诏有个做花的女儿叫做莲女，十分中我意，因他引动我心，使我神魂荡漾，废寝忘餐，日夜思之。你不见我房里插满花枝？因此上起。"奶（了）[子]听了，呵呵大笑，道："有何难哉！我与员外、妈妈商量了，完成此事——这一段姻缘。"

道罢，出房来堂前，见了押录妈妈，把件事说了一遍。李押录道："妈妈，如何是好？他是做花的手艺人，我是押录，不是门当户对。"妈妈道："要孩儿好，只得将高就低。倘若不依他，孩儿有些失（所）[错]，悔之晚矣！"

李押录见妈妈说，只得将就应允了，便请两个官媒来，商议道：

"你两个与我去做花的张待诏家议亲。"二人道："领钧旨。"便去。走到隔壁张待诏家，与他相见了，便道："我两个是喜虫儿，特来讨茶吃，贺喜事。"张待诏[道]："多蒙顾管，且请坐。"吃茶罢，便问："谁家小官人？"二人道："隔壁李押录小官人。"张待诏道："只是家寒，小女难以攀陪。"二人道："不妨。"张待诏道："只凭二位。"二人道："他不嫌你家。你若成得这亲事，他养你家一世，不用忧柴忧米了。"夫妻二人见说，甚喜，就应允了。

两个媒婆别了出门，回报李押录。押录见回复肯了，大喜，随择一日下财纳礼，奠雁传书，选拣吉日成亲。小官人见应承之后，百病皆散，将息复旧，唇红齿白。

不觉时光似箭，日月如梭，早是半年之上日期。李押录着两个媒人到张宅说亲："近新冬日子，十五日好。"这张待诏有一般做花的相识，都来与女儿添房，大家做些异样罗帛花朵，插在轿上左右前后，"也见得我花里行肆。"不在话下。

到当日，李押录使人将轿子来，众相识把异样花朵插得轿子满红。——因此，至今留传"花灯轿儿"。今人家做亲皆因此起。

当时轿子到门前，众人妆（果）[裹]得锦上添花，请莲女上轿，抬到李宅门前歇了。司公茶酒传会，排列香案。时辰到了，司公念拦门诗赋，口中道："脚下慢行！脚下慢行！请新人下轿！"遂念诗曰：

> 喜气盈门，欢声透户，珠帘绣幕低[垂]。拦门接次，只好念新诗。红光射银台画烛，氤氲香喷金猊。料此会，前生姻眷，今日会佳期。喜得过门后，夫荣妇贵，永效于飞。生五男二女，七子永相随。衣紫腰金，加官转职，门户光辉。从今（喜气后）[后喜气]成双尽老，福禄永齐眉。

念毕："请新人脚下慢（请）行。"时辰将傍，不见下轿，司公又念赋曰：

瑞气氤氲，祥云缭绕，笙歌一派声齐。门阑喜庆，仿佛坠云霓。画烛花随红影；沉檀满热金猊。香风度，迎仙客唱，迎仙客乐遏云低。喜得过门后，夫荣妻显，永效于飞。男才过子建，女貌赛西施。寿比南山，福如东海，佳期。从今后，儿孙昌盛，个个赴丹墀。

司公念毕诗赋，再请新人下轿。三回五次，不见莲女下轿，司公怕[错]过时辰，便叫张待诏妈妈，自向前请新人下轿。

妈妈见说，走到轿子边，隔帘子低叫："我儿，时辰正了，可下轿下来！"说罢，里面也不应，妈妈见不应，忍不住，用手揭起帘子，叫几声"我儿"，又不应。看莲女鼻中流下两管玉箸来，遂揭了销金盖头，用手一摇，见莲女端然坐化而死。只见怀中揣着一幅纸，妈妈拿了，放声大哭，把将去众人看，上面有四句《辞世颂》，曰：

我本林泉物外人，偶将两脚踏红尘。
明公若肯兴慈造，便是当年身外身。

当日，众人都惊呆了，道："不曾见！不曾见！真个难得！"李押录夫妻也没做理会处，小官人也惊呆了，道："只是我没福！"张待诏[道]："只得抬到我家，买口棺材断送他，也不枉了我家出个善知识。"李押录道："使不得！既嫁了我家，生是我家人，死是我家鬼。如何又扛回去？我自断送。"两边和气了，只见街坊立满人，都来看，有来礼拜的，也有合掌的。

正如此之间，只见一簇人，围着一乘四人轿子，那和尚分开人众，高声在一柄青凉伞下，扛着轿子叫道："你两家不要(荒)[慌]！也不要争！断送这娘子，也不是你两家人，正是老僧徒弟。我僧房中有龛子，扛一个来盛了，看老僧与他下火，点化这女子，去好处安身。"说罢，众皆道："好！不是这佛来，如何计结。"张待诏夫妻二人磕头礼拜道：“我师，望乞指我女儿到好处去！”

说罢，惠光禅师急令从人回寺，抬了龛子，至李押录门首，扶莲女入龛子，找去能仁寺法堂内停了。做了三日功果。至第五日，扛去本寺后化人场。当时，李［张］二家都来做斋，拜了长老。长老讨条凳子立了，打个圆像与莲女下火，念下火文，曰：

> 可惜当年二八春，不沾风雨共微尘。如何两脚番身去，虚作阎浮一世人？如今花已谢，移根别处新。百骨头上生火焰，九重台上现金身。曹娥（女）十四投江，名传天下；龙女八岁成佛，声动十方。这两个女子，风流怎比莲女俏，惜未嫁早死，已知色是空。可惜未成花烛洞房，且免得儿啼女哭。
>
> 咄！
>
> 一段祥云成两足，逍遥直到梵王宫。

惠光长老念罢，须臾，火着化了，把骨殖送在寺中。

张待诏夫妻二人亦然弃欲出家。不过三年，夫妻二人成双坐化而去。

善有善报，莲女即是无眼婆婆后身，子母一门，俱得成其正果。作善的俱以成佛，奉劝世人：看经念佛不亏人。

曹伯明错勘赃记

入话：

二八佳人巧样妆，洞房夜夜换新郎。
两条玉腕千人枕，一颗明珠万客尝。
做出百般娇体态，生成一片歹心肠。
迎新送旧多机变，假作相思泪两行。

话说大元朝至正年间，去那北路曹州东平府管下东关[里]，有一客店。这店主姓曹，双名伯明，年三十岁。浑家亡化，止留下个孩儿，年十岁，叫做驴儿。

这曹州城里，有一个妓者，唤做谢小桃，年二十二岁，生得千娇百媚，是个上厅行首。伯明与他来往一年有余。伯明一心爱小桃，要娶他为妻，那小桃口里应允，终是妓者心不一。原来他自有个孤老，唤做倘都军，与他相处五年。小桃一心要嫁他，争奈倘都军没钱，因此还接客。

不想伯明痴心要他，一日，来城里和姑娘商议，原来姑娘死了姑夫，与儿子开着饭店。当见侄儿来家，同坐说话。伯明言："姑娘，我今妻已死多年，家中无人，如今行首谢小桃要嫁我，我亦要（取）

[娶]他，特地说与姑娘知之。”姑娘道：“侄儿不可（取）[娶]他！他是花门柳户之人，心不一的，别娶个良家的妇女。”

这伯明不听姑娘说，作别回家，自使钱备礼，立婚书，讨了谢小桃回家为妻。只因不信姑娘口，争些死[于]非命。正是：

> 金风未动蝉先觉，暗送无常死不知。

古语云：

> 两脸如香饵，双眉似曲钩。
> 吴王遭一钓，家国一齐休！

这曹伯明与谢小桃相聚，过了两个月余。忽[一]日，倘都军来望谢小桃，小桃低低说与倘都军道：“我和你要做夫妻容易。这曹伯明每日五更出去接客，只是不在家多。你去五更头，等他来时，打死了他，咱两个永远做夫妻，却不是好？”倘都军见说，大喜道：“姐姐此计太妙！”辞别去了。不在话下。

却说五更头有个剪径的，唤做独行虎宋林，白日不敢出来，只是五更半夜行走。一日，去一家偷得些东西（驼）[驮]着，正走到五更头，撞见曹伯明。伯明大喝一声道：“你是甚人？”宋林道：“你是甚人？”伯明道：“我是东关里开客店的曹伯明。”宋林曰：“曹伯明，没事便休，若事发，不放了你！”道罢去了。

过了数日，忽一日，曹伯明到五更头接客。是冬日，到得五里地时，纷纷雪下。等了一会，雪下没客到，迎风（胃）[冒]雪走回。行得没一里，路上被个包袱一绊倒。伯明（扒）[爬]起来，见了包袱，自思：“若是有钱的，（那）[拿]了，（由）[犹]自可；那没钱的，（那）[拿]了，忧愁病死。”便乃叫曰：“前面客人脱下包袱！”

叫了十数声，没人来往，雪又下得大，天色已晚，只得（跎）[驮]了包袱回家。敲门，小桃开门，见了包袱，便问道："那里的东西？"伯明道："娘子，我和你合该发迹。才走到五里头，见雪大没客来，走回来，被这包袱绊一交，起来叫人时，没人来往，我只得（跎）[驮]回和你受用。常言道：人无横财不富，马无夜料不肥。也是天赐与我，你收过。"

有分（交）[教]伯明惹得烦恼。正是：

争似不来还不往，也无欢喜也无愁。

古人有云：

天听寂无声，茫茫何处寻？
非高亦非远，都只在人心。

话分两头。却说曹州州尹升厅，忽东平府发文书来取曹州东关里开客店的曹伯明正身到来，急唤张千："你可去捉拿曹伯明来！"无多时，到阶前跪下。州尹问："你如何吓诈[贱]赃，（跎）[驮]回家去，从实招来！"伯明告："相公，小人不曾拿人东西。"州尹（交）[教]打。当拖（番）[翻]在地，打了二十下，打得皮开肉绽，鲜血淋淋，伯明不肯招认。欲道再问，只见谢小桃（跎）[驮]着包袱，来州厅上出首，告道："数日前，曹伯明不知那里（跎）[驮]这包袱来家，不知是谁的，妇人特来出首。"伯明道："你这烟花泼妇，如此歹心！我和你是夫妻，你和别人做一路屈害我！"州尹大怒，言："赃计有了，如何不招？"伯明再三苦告："相公，小人在五里路接客，雪里拾提这包袱（跎）[驮]回，并不知贼盗事情。"州尹不听，六问三推，伯明受不过这苦楚，只得哭告。谢小桃假意哭道："我怕你乞打，将包袱出首。你便招了罢！”伯明骂曰：“泼贱人，你害我死！”

州尹（交）[教]将伯明枷了，封了赃，做了文书，解上东平府去。有分（交）[教]个人去数千里外去安身立命。正是：

老龟烹不烂，移祸在枯桑。

当日，两个公人押伯明到姑娘门首。伯明告姑娘曰：“当初不信姑娘口，今日被这娼妓与别人做路陷我，我将儿子寄在姑娘处，我若死后，望姑娘抬举侄孙则个。”姑娘安排酒食，请了侄儿和两个公人。[两个公人]解曹伯明并赃物、文卷，到府厅交割了，讨了回文自回。

蒲左丞问：“曹伯明，你如何吓诈贼赃，从实供说！”伯明告言：“相公明镜，小人在五里头拾得包袱，并不知贼情。”蒲左丞言：“现有贼首宋林已打死，他告你吓诈他赃物。赃物现存，如何赖得？”伯明再三哭告：“小人为讨娼妇谢小桃为妻，致有今日屈害。望相公做主！”蒲左丞听了言语，心中疑（或）[惑]：“此事难断，且监，差人去曹州拿谢小桃来，有分得洗清了曹伯明冤屈。”正是：

报应本无私，影响皆相似，
要知祸福因，但看所为事。

却说公人径来曹州，拿了谢小桃到府。蒲左丞（交）[教]带谢小桃，上厅来跪下。蒲左丞言：“你这娼妇，快快实说！你与何人有奸，排害曹伯明？说得是实，饶你罪名；若一句不实，先打死你这淫妇！”谢小桃抵赖，不肯招说。蒲左丞（交）[教]：“揪下打一百，打死了罢！”当下拖（番）[翻]，打了十下。小桃熬疼不过，告言：“相公，委的与倘都军来往情密，后被曹伯明娶了妾，因此与倘都军设计，（交）[教]宋林将赃物放于地下，待伯明（跎）[驮]回家陷害，要谋妾为妻。只此是实。”

蒲左丞急差四个公人火速来曹州拿了都军，把淫妇收监，一并问罪。只因去（那）[拿]倘都军，有分（交）[教]谢小桃入官为奴。正是：

凶恶若还无报应，天地神明必有私。

次日，捉到倘都军，押至厅前跪下。蒲左丞不问事情，叫：“（姓）[先]打一百黄荆，却问。”当时打得倘都军皮开肉绽，鲜血淋淋。

蒲左丞（交）[教]取曹伯明、谢小桃出来，当厅判断。两个跪在一边，倘都军跪在一边。蒲左丞令倘都军供招：“生情发意，欲谋曹伯明性命”，一一供招。蒲左丞执笔，判这倘都军杖三十，刺配三千里牢城，不许还乡。谢小桃罚入官为奴。曹伯明公名无事，发落宁家。

曹伯明拜谢蒲左丞神明报应。曹伯明回家，父子依旧开客店，过了生世。正是：

画龙画虎难画骨，知人知面不知心。

错认尸

入话：

世事纷纷难竟陈，知机端不误终身；
若论破国亡家者，尽是贪花恋色人。

话说大宋仁宗皇帝明道元年，这浙江路宁海军——即今杭州是也。在城众安桥北首 [观音庵] 有一个商人，姓乔，名俊，字彦杰，祖贯钱塘人。自幼年丧父母，长而魁伟雄壮，好色贪淫。娶妻高氏，各年四十岁。夫妻不生得男子，止生一女，年一十八岁，小字玉秀。至亲三口儿，止有一仆人，唤做赛儿。

这乔俊看来有三五万贯资本，专一在长安、崇德收丝，往东京卖了，贩枣子、胡桃、杂货回家来卖，一年有半年不在家。门首（交）[教] 赛儿开张酒店，雇一个酒大工，叫做洪三，在家造酒。其妻高氏（常）[掌] 管日逐出进钱钞一应事务。不在话下。

明道二年春间，乔俊在东京卖丝已了，买了胡桃、枣子等货，船到南京上新河泊。正 [要] 行船，因风阻 [了]。一住三日，风胜大，开船不得。忽见邻船上有一美妇，生得肌肤似雪，髻挽乌云。乔俊一见，心甚爱之，乃问访于（稍）[艄] 工："你船中是甚么客人？

（原）[缘]何有宅眷在内？”（稍）[艄]工答言：“（此言此）[是]建康府周巡检病故，今家小扶灵柩回山东去，这年小的妇人乃是巡检之侍妾也。官人问他做甚？”乔俊言：“（稍）[艄]工，你与我问巡检夫人，若肯将此妾与人，我情愿与（也）[他]多些（才）[财]礼，讨此人为妾，说得此事成了，我把五两银子谢你。”

（稍）[艄]工遂乃下船（仓）[舱]里去，问老夫人道：“小人告夫人，跟前这个小娘子，肯嫁与人否？”见说言无数句，话不一席，有分（交）[教]这乔俊（取）[娶]了这个妇人为妾，直使得：

> 一家人口因他丧，万贯家资一旦休。两脸如香饵，双眉似铁钩。吴王遭一钓，家国一齐休。

老夫人当时对（稍）[艄]工道：“你有甚好头脑说他？若有人要（取）[娶]他，就应承与他，只要一千贯文，便嫁与他。”（稍）[艄]公便言：“邻船上有一贩枣子客人，要（取）[娶]一个二娘子，特（交）[教]小人过船来，与夫人说知。”夫人便应（成）[承]了。

（稍）[艄]工回复乔俊说：“夫人肯与你。”乔俊听说，大喜，即便开箱，取出一千贯文，便交（稍）[艄]公送过夫人船上去，夫人接了，说与（稍）[艄]公，（交）[教]请乔俊过船来相见，乔俊换了衣服，径过船来，拜见夫人。夫人问了乡贯、姓氏、明白了，就叫侍妾近前，吩咐道：“相公已死，家中儿子利害。我今做主，将你嫁与这个官人为妾，即今便过乔官人船上，去宁海郡大马头去处，快活过了生世。你可小心伏侍，不可托大！”其妇与乔俊拜辞了老夫人。夫人与他一个衣箱物件之类，却送过船去。乔俊取五两银子谢了（稍）[艄]工。

乔俊心中十分欢喜，乃问其妇：“你的名字叫做甚么？”其妇乃言：“我叫做春香，年二十五岁。”当晚就船中与春香同铺而睡。

次日天晴，风息浪平，大小船只，一齐都开。乔俊也行了五七日，早到（此）[北]新关，歇船上岸，叫一乘轿子抬了春香，自随着，径入武林门里，来到自家门首，下了轿，打发了轿子去了。

乔俊引春香入家内来，自先走入家里去，与高氏相见，说知此事，出来引春香入去参见。其妻见了春香，焦躁起来："丈夫，你既娶来了，我难以推故。你只依我两件事，我便容你。"乔俊道："你且说，那两件事？"高氏启口说出，直（交）[教]乔俊：有家难奔，有国难投！正是：

没兴赊得店中酒，灾来撞着有情人。
佳人有意郎君俏，红粉无情浪子村。
妇人之语不宜听，分门割户坏人伦。
勿信妻言行大道，男子纲常有几人？

当下，高氏说与丈夫："你今已（取）[娶]来了，你可与他别住，不许你放他在家里。"乔俊听得，言："容易，我自赁房屋一间与他住过。"高氏又说："自从今日为始，我再不与你做一处。家中钱本、什物、首饰、衣服，我自与女儿两个受用，不许你来讨，你依得么？"乔俊沉吟了半晌，心里道："欲待不依，又难过日子。罢！罢！"乃言："都依你。"高氏不语。

次日起早，去搬货物、行李回家，就央人赁房一间，在铜钱局前，今对贡院是也。拣个吉日，乔俊带了周氏，点家火，一应什物完备，搬将过去，住了三朝两日，归家走一次。

光阴似箭，日月如梭，不觉半年有余，乔俊收丝已完，打点家中柴米之类，吩咐周氏："你可（柰）[耐]净，我出去，多只两月便回。如有急事，可回去大娘家里说知。"道罢，径到家里说与高氏："我明日起身去后，多只两月便回。倘有事故，你可照管周氏，看夫妻之面。”女儿道：“爹爹早回。”别了妻女，又来新住处，打点明早起程。此时是九月间，出门搭船，登途去了。

一去两个月，周氏在家，终日倚门而望，不见丈夫回来。看看又是冬景至了。其年大冷，忽一日晚，彤云密布，纷纷扬扬，下一天大雪，高氏在家思忖：“丈夫一去，因何至冬时节，只（故）[管]不回？”说与女儿道：“这周氏寒冷，赛儿又病重，不久身亡。乃叫洪三将些柴米、炭木、钱物，送与周氏。

周氏见雪下得大，闭门在家哭泣，只听得敲门，只道是丈夫回来，（荒）[慌]忙开门，见了洪大工挑着东西进门。周氏乃言：“大工，大娘、大姐一向好么？”大工答言：“大娘见大官人不回，（计）[记]挂你无盘缠，（交）[教]我送柴米、钱钞与你用。”周氏见说，回言道：“大工，你回家去，多多拜上大娘、大姐！”此时，大工别了，自回家去。

次日午[牌]时分，周氏门首又有人敲门。周氏道：“这等大雪，又是何人敲门？”（不）[只]因这人来，有分（交）[教]周氏再不能与乔俊团圆。

> 世间好物不坚牢，彩云易散琉璃脆。
> 贤愚痴蠢出天才，巧厌多能拙厌呆。
> 正是闭门屋里坐，端使祸从天上来。

当日雪下得越大，周氏在房中向火，忽听得有人敲门，起身开门看时，见一人，头带破头巾，身穿旧衣服，便问周氏道：“嫂子，乔俊在家么？”周氏答道：“自从九月出去，还未回”。其人言：“我是他里长，今来差乔俊去海宁砌江塘，做夫十日，歇二十日，又做十日。他既不在家，我替你们寻个人，你出钱雇他去做工。”周氏答言：“既如此，只凭你（交）[教]人替了，我自还你工钱。”

里长相别出门，次日饭后，领一个后生，（方年）[年方]二十岁，与周氏相见。里长说与周氏："此人是上海县人，姓董，名小二，自小他父母俱丧，如今专靠与人家做工过日。每年只要你三五百贯钱，冬夏做些衣服与他穿。我看你家里又无人，可（顾）[雇]他在家不妨。"周氏见说，心中欢喜，道："委实我家无人走动。"看其人，是个良善本分人，遂谢了里长，留在家里。

至次日，里长来叫去海宁做夫，周氏取些钱钞与小二，跟着里长去了十日回来，这小二在家里，小心谨慎，烧香扫地，件件当心。

且说乔俊在东京卖丝，与一个上厅行首沈瑞莲来往，倒身在他家使钱，因此，留恋在彼，全不管家中妻妾，只恋花门柳户，逍遥快乐。那知家里赛儿病了两个余月死了，高氏叫洪三买具棺木，扛出城外化人场烧了。高氏立性贞洁，自在门前卖酒，无有半点狂心。

不想周氏自从安了董小二在[家]，到有心看上他，有时做夫回家，热羹热饭搬与他吃。小二见他家无人，勤谨做活。这周氏如常涎邓邓的眼引他。这小二也有心，只是不敢上前。

一日，正是十二月三十日夜，周氏（交）[教]小二去买些酒果、鱼肉之物过年。到晚，周氏叫小二关了大门，去灶上（荡）[烫]一注子酒，切些肉，做一盘，安排火盆，点上了灯，就[摆]在房内床面前[桌儿上]。小二在灶前烧火，周氏轻轻的叫小二道："你来房里来，将些东西去吃。"小二千不合，万不合，走入房内，有分（交）[教]小二死无葬身之地。正是：

只因酒色财和气，断送堂堂六尺躯。
童仆人家不可无，岂知撞了不良徒！

分明一段跷蹊事，瞒却堂堂大丈夫。此时，周氏叫小二到床前，便道："小二，你来！你来！我和你吃两杯酒，今夜就和你做了夫妻，好么？”小二道：“不敢！”周氏骂了两三声：“蛮子！”周氏双手把小二抱到床边，[挨肩]而坐，便将小二扯过，怀中解开主腰儿，（交）[教]他摸胸前麻团也似白奶。小二淫心荡漾，便将周氏脸搂过来，将舌尖儿度在周氏口内，任意快乐。周氏将酒筛下，两个吃一个交杯盏。两人合吃五六杯。周氏道：“你在外头歇，我在房内也是自歇，寒冷难熬。你今无福。不依我的口。”小二跪下[道]：“感承娘子有心，小人亦有意多时了，只是不敢说。今日娘子抬举小人，此恩杀身难报。”二人说罢，解衣脱带，就做了夫妻。一夜快乐，不必说了。

天明，小二先起来，烧汤，洗碗，做饭，周氏方起梳妆、洗面，罢，吃饭。正是：

少女少郎，情色相当。

却如夫妻一般，在家过活。左右邻舍皆知此事，无人闲管。

却说高氏因无人照管门前酒店，忽一日，听得闲人说周氏与小二通奸，放心不下，因此叫洪大工去与周氏说："且搬回家，省得两边家火。"周氏见洪大工说此事，回言道："既是大娘好意，今晚就将家火搬回家去。"洪大工自回家去了。

周氏便叫小二商量："今大娘要我回家，你今却如何？"小二便答："娘子，大娘家里也无人，小人情愿与大娘家送酒走动。一来，只是不好与娘子快乐；不然，就今日（折）[拆]散了。"说罢，两个搂抱着，哭了一回。周氏道："你且安心。我今收拾衣箱、什物，你与我挑回大娘家里。我自与大娘说，留你在家，暗地里与我快乐。且等丈夫回来，再做计较。"小二见说，才放心欢喜，回言道："万望娘子用心！"

当日下午，收拾已了，小二先挑箱笼大娘家来。挨到黄昏，洪大工提个灯笼去接周氏。周氏取其锁，锁了大门，同小二回家。正是：

（非）[飞]蛾投火身须丧，蝙蝠投竿命必倾。

为人切莫用欺心，举头三尺有神明。

若还作恶无报应，天下凶徒人吃人。

当时，小二与周氏到家，见了高氏。高氏道："你如今回到家一处住了，如何带小二归来？何不打发他去了？"周氏道："大娘门前无人照管，不如留他在家使唤，待得丈夫回时，打发他未迟。"高氏是个清洁的人，心中想道："在我家中，我自照管着他，有甚皂丝麻线？"遂留下，交他看店、讨酒坛，一应都会得。

不觉又过了数月，周氏虽和小二有情，终久不比自住之时，两个任意取乐。

一日，周氏见大娘说起小二诸事勤谨，又本分，乃言："大娘（和）[何]不将大姐招小二为婿，却不便当？"大娘听得，大怒，骂道："你这贱人，好无志气！我女儿招（顾）[雇]工人为婿？"周氏不敢言语，乞这大娘骂了三四日。大娘只倚着自身正大，全不想周氏与他通奸，故此要将女儿招他，若还思量此事，只消得打发了小二出门，后来不见得自身同女打死在狱，灭门之事。

且说小二自三月来家，古人云："一年长工，二年家公，三年太公。"不想乔俊一去不回，小二在大娘家一年有余，出入房屋，诸事托他，便做乔家公，欺负洪三。或早或晚，见了玉秀，便将言语调戏他，不则一日，不想玉秀被这小二奸骗了，其事周氏也知，只瞒着大娘。

似此又过一月，其时是六月半，天道大热，玉秀在房内洗浴。大娘走入房中，看见女儿奶大，（乞）[吃]了一惊，待女儿穿了衣裳，叫这女儿到面前，问道："你乞何人弄了身体，这奶大了？你好好实说，我便饶你。"玉秀推托不过，只得实说："我被小二哄了。"高氏跌脚叫苦："这事都是这小婆娘做一路，坏了我女孩儿。此事怎生是好？"欲待声张起来，又怕嚷动人知，苦了女儿一世之事。当时沉吟了半晌，眉头一（纵）[蹙]，计上心来："只除害了这蛮子，方才免得人知。"

不觉又过了（一）[两]月，忽值八月中秋节到，高氏（交）[教]小二买些鱼肉、果子之物，安排家宴。当晚，高氏、周氏、玉秀在后园赏月，叫洪三和小二别在一边吃。高氏至夜三更，叫小二，赏了两大碗酒。小二不敢推辞，一饮而尽，不觉大醉，倒了。洪三也有酒，自去酒房里睡了。这小二只因酒醉，中了高氏计策，当夜便是：

东岳新添枉死鬼，阳间不见少年人。

当时，高氏使女儿自去睡了，便与周氏说："我只管家事买卖，我那知你与这蛮子通奸。你两个做一路，故意（交）[教]他奸了我的女儿，丈夫回来，（交）[教]我怎的见他分说？我是个清清白白的人，如今讨了你来，被你玷辱我的门风，如何是好？我今与你，只得没奈何害了这蛮子的性命，神不知，鬼不觉。倘丈夫回来，你与我女儿俱各免得出丑，各无事了。你可去将条索来。"

周氏初时不肯，被高氏骂道："都是你这贱人与他通奸，因此坏了女儿，你还恋着他！"周氏（乞）[吃]骂得没奈何，只得去房里取了麻索，递与大娘。大娘接了，将去小二脖项下一绞。原来妇人家手软，缚了一个更次，绞不死。小二叫起来。高氏急无家火在手边，（交）[教]周氏去灶前捉把劈柴斧头，把小二脑门上一斧，脑浆流出，死了。

高氏与周氏商量："好却好了，这死尸须是今夜发落便好。"周氏道："可叫洪三起来，将块大石缚在尸上，驮去丢在新桥河里水底去了，待他尸首自烂，神不知，鬼不觉。”

高氏大喜，便到酒作坊里，叫起洪大工来。大工走入后园，看见了小二尸首，道："祛除了这害，最好。倘留他在家，大官人回来，也有老大的口面。”周氏道："你可趁天未明，把尸首驮去新河里，把块大石缚往，坠下水里去，若到天明，倘有人问时，只说（到）[道]：‘小二偷了我家首饰、物件，夜间逃走了。’他家又无人来寻望，如今且除了一害。”

洪大工驮了尸首，大娘将灯照出门去。此时有五更时分，洪大工驮到河边，掇块大石，绑在尸首上，丢在河内，直推开在中心里。这河有丈余深水，当时沉下水底去了，料道永无踪迹。洪大工回家，轻轻的关了大门。大娘子与周氏各回房内睡了。

高氏虽自清洁，也欠些聪明之处，错干了此事，既知其情，只可好好打发了小二出门，便了此事。今来千不合，万不合将他绞死，后来自家被人首告，打死在狱，灭门绝户。

且说洪大工睡至天明，起来开了酒店，大娘子依旧在门前卖酒。玉秀眼中不见了小二，也不敢问。周氏自言自语，假意道："小二这厮无礼，偷了我首饰、物件，夜间逃走了。”玉秀自在房里，也不问他。那邻舍也不管他家小二在与不在。高氏一时害了小二性命，疑决不下，早晚心中只恐事发，终日忧（问）[闷]过日。正是：

要人知重勤学，怕人知事莫做。

却说武林门外清湖闸边，有个做靴的皮匠，姓陈名文，一妻程氏五娘，夫妻两口儿止靠做靴鞋度日。此时是十月初旬，这陈文与妻争论，一口气走入门里蒲桥边皮市里买皮，当日不回，次日午后也不回。程五娘心内慌起来。又过了一夜，亦不见回，独自一个在家烦恼。

将及一月，并无消息，这程五娘不免走入城里问人。径到皮市里来，问买皮店家，皆言："一月前何曾见你丈夫来买皮？莫非死在那里了？"有多口的道："你丈夫穿甚衣服出来？"程五娘道："我丈夫头（带）[戴]万字头巾，身穿着青绢一口钟，一月前说来皮市里买皮，至今不见信息，不知何处去了！"众人道："你可城内各处去寻，便知音信。"程五娘谢了众人，绕城中逢人便问，一日并无踪迹。

过了两日，吃了早饭，又入城来寻问。不端不正，走到新桥上过，正是：事有凑（斗）[巧]，物有（故）[偶]然。只见河岸上有人喧哄，说道："有个人死在河里，身上穿领青衣服，泛起在桥下水面上。"程五娘听得说，连忙走到河岸边，分开人众一看时，只见水面上漂浮一个死尸，穿着青衣服，远远看时，有些相像。程氏就（乃）大哭道："丈夫缘何死在水里？"看的人都呆了。程氏又（乃）[哀]告众人："那个伯伯肯与奴家拽过我的丈夫尸首到岸边，奴家认一认看。奴家自奉酒钱五十贯。"

当时有一个破落户，（叫名）[名叫]王酒酒，专一在街市上帮闲打哄，赌骗人财。这厮是个泼皮，没人家扎他，当时也在那里，（看）[听]程五娘许说五十贯酒钱，便乃向前道："小娘子，我与你拽过尸首来岸边，你认看。"五娘哭罢，道："若得伯伯如此，深恩难报！"这王酒酒见只过往船，便跳上船去，叫道："（稍）[艄]公，你可住一住，等我替这个小娘子拽这尸首到岸边！"当时王酒酒拽那尸首来。王酒酒认得乔家董小二的尸首，口里不说出来，只交程氏认看。只因此起，有分（交）[教]高氏一家死于非命。直叫：

高氏俱遭囹圄苦，好色乔郎家业休。
闹里钻头热处歪，遇人猛惜爱钱财；
谁知错认尸和首，惹出冤家祸患来。

此时，王酒酒在船上将竹篙推那尸到岸边来，程氏看时，见头面破肉却被水浸坏了，全不认得。看身上衣服，却认得是丈夫的模样。号号大哭，告言王酒酒道："烦伯伯同奴去买口棺木来（成）[盛]了，却又作计较。"

王酒酒便随程五娘（道）[到]褚堂仵作李团头家，买了棺木，叫了两个火家，来河下捞起尸首，盛（了）[于]棺内，就在河岸边存着。那里新桥下无甚人家住，每日只有船只来往。

程氏取五十贯钱[谢]了王酒酒。王酒酒得了钱，一径来到高氏酒店门前，以买酒为名，便对高氏说："你家（原）[缘]何打死了董小二，丢在新（河桥）[桥河]内，如今泛将起来，你道一场好笑！那里走一个来错认做丈夫尸首，买具棺木盛了，改日却来安葬！"大娘子道："王酒酒，你莫胡言乱语，我家小二偷了我首饰、衣服在逃，追获不着，那得这话！"王酒酒道："大娘子，你不要赖！瞒了别人，不要瞒我。你今送我些钱钞买求我，便等那妇人错认了去，你若白赖不与我，我就去本府首告，叫你（乞）[吃]一场人命官司。"高氏听得，便骂起来："你这破落户，千刀万剐的贼，不长（俊）[进]的乞丐！见我丈夫不在家，今来诈我！"王酒酒被骂，大怒，便投一个去处，有分叫乔家一门四口性命——能杀的妇人，（道）[到]底无志气，胡乱与他些钱钞，也不见得此事：

雪隐鹭鸶飞起见，柳藏鹦鹉语方知。一毫之恶，劝人莫作；衣食随缘，自然快乐。

当时，高氏千不合，万不合，骂了王酒酒这一顿。被那厮走到宁海郡安抚司前，叫起屈来。安抚相公正直厅上押文书，叫左右叫至厅下，问道："有（因）[何]屈事？"王酒酒跪在厅下，告道："小人姓王名青，钱塘县人，今来首告：邻居有一乔俊，出外为（营）[商]

未回，其妻高氏与妾周氏，一女玉秀，与家中一雇工人董小二有奸情。不知怎的缘故，把董小二谋死，丢在新桥河里，如今泛（来）[起]。小人去与高氏言说，反被本妇百般辱骂。他家有个酒大工，叫做洪三，敢是同心谋害[的]，小人不甘因此上叫屈。望相公明镜昭察！”安抚听罢，着外郎录了王青口词，押了公文，差两个牌军押着王青去捉拿三人并洪三，火急到厅。

当时，公人径到高氏家，捉了高氏、周氏、玉秀、洪三四人，关了大门，取锁锁了大门，同到安抚司厅上。一行人跪下。相公是蔡州人，姓黄[名]正大，为人奸狡，贪滥酷刑，问高氏：“你家董小二何在？”高氏道：“告[相公]：小二拐物在逃，不知去向。”吏人道：“要知明白，只问洪三，便知分晓。”

安抚遂将洪三拖翻拷打，两腿五十黄荆，血流满地。打熬不过，只得招道：“董小二先与周氏有奸，后搬回家，奸了玉秀。高氏知觉，恐丈夫回，辱灭了门风，于今[年]八月十五日夜，赏中秋月，（交）[教]小的同小二两个在一边吃酒。我两个都醉了，小的怕失了事，自去酒房内睡了。到五更时分，只见高氏、周氏来酒房门边，叫小的去后园内，只见小二尸首在地。小的驮去丢在河内，回家，小的问高氏因由。高氏（被）[备]将前事说道：‘二人通同奸骗女儿，倘或丈夫回日怎的是好？我今出于无奈，因（此）[是]赶他不出去，又怕说出此情，只得用麻索绞死了。’小的是个老实的人，说道：‘看这厮忒无理，也袪除了一害。’小的便将小二尸首，驮在新桥河边，用块大石缚在他身上，沉在水底下，只此便是实话。”

安抚见洪三招状明白，点指画字。二妇人见洪三已招，惊得魂不附体。玉秀抖做一块，安抚叫左右将三个妇人过来供招。玉秀只得供道：“先是周氏与小二有奸，母高氏收拾回家，将奴调戏，奴不从。后来又调戏，奴又不从，将奴强抱到后园，奸骗了奴身。到八月十五日，（如）[备]果吃酒赏月，母高氏先叫阿奴去房内睡了，并不知小二死亡之事。”安抚又问周氏：“你既与小二有奸，缘何将女孩儿坏了？你好好招成，免至受苦！”周氏两泪交流，只得从头一一招了。安抚又问高氏：“你（原）[缘]何谋杀小二？”[高氏]抵赖不过，从头招认了，都押下牢监了。

安抚俱将各人供状立案，次日，差县尉一人，带领仵作行人，押了高氏等去新河桥下检尸。

当日闹动城里城外人都得知，男子妇人，挨肩擦背，不计其数，一齐来看：

险道神脱了衣裳，这场话榜不小。
乔俊贪淫不可论，故交妻女受奸情，
只因酒色亡家国，岂见诗书误好人？

却说县尉押着一行人，到新河[桥]下，打开棺木，取出尸首检看明白，将尸放在棺内。县尉带了一干[人]回话：“董小二尸虽是斧头打碎顶门，麻索绞痕见在。”安抚叫左右将高氏等四人，各打二十下，俱是昏晕复醒，取一面长枷，将高氏枷了，周氏、玉秀、洪三俱用铁索锁了，押下大牢内监了。王青随衙听候。

且说那皮匠妇人也知得错认了，再也不来哭了，思量起来，一场惶恐，（已）[几]时不敢见人。这话且不说。

再说玉秀在牢中，汤水不吃，次日死了。又过了两日，周氏也死了。洪三看看病重，狱卒告知安抚，安抚令官医医治，不痊而死。止有高氏，浑身发肿，（棒）[棒]疮疼痛，熬不得，饭食不吃，服药无用，也死了。可怜不勾半个月日，四个都死在牢中，狱卒通报，知府与吏商量：“乔俊久不回家，妻妾在家谋杀人命，本该偿命，凶身人等俱死。具表申奏朝廷，方可决断。”

不则一日，圣旨一到，开读道：“凶身俱（以）[已]身死，将家私抄扎入官。小二尸首，又无苦主亲人［来领］，烧化了罢。”当时安抚即差吏去打开乔俊家大门，将细软钱物尽数入官，烧了董小二尸首。不在话下。

却说乔俊合当穷苦，在东京沈瑞莲家，全然不知家中之事。住了两年，财本使得一空，被虔婆常常发语道：“我女儿恋住了你，又不能接客，怎的是了？你有钱钞，将些出来使用；无钱，你自离了我家，等我女儿接些客人。终不成饿死了我一家罢？”

乔俊是个有钱过的人，今日无了钱，被虔婆赶了数次，眼中泪下，寻思要回乡，又无盘缠。那沈瑞莲见乔俊泪下，也哭起来，道：“乔郎，是我苦了你。我有些日前（趱）［攒］下的零碎钱，与你做盘缠，回去了罢。你若有心，到家取得些钱，再来走一遭。”乔俊大喜，当晚收拾了旧衣服，打了一个衣包，沈行首取出三百贯文，把与乔俊打在包内，别了虔婆，驮了衣包，手提了一条棍棒，又辞了瑞莲。两个不忍分别。

且说乔俊于路搭船，不则一日，来到北新关，天色晚了，便投一个相识船家宿歇，明早入城。其船家见了乔俊，（乞）［吃］了一惊，道：“乔官人，你如何恁的不回？一向在那里去了？你家中小娘子周氏与一个雇工人有奸，大娘子取回一家住了，怎的又与女儿有奸。我听得人说，不知争奸也是怎的，大娘子谋杀了雇工人，酒大工洪三将尸放在新桥河内。（得）［待］了两个月，尸首泛将起来，有一个皮匠妇人来错认了。又有人认得是你家雇工人的尸首，首告在安抚司，捉了大娘子、小娘子、你女儿并酒大工洪三到官。拷打不过，只得诏认。监在牢里，受苦不过。如今四人都死了。朝廷文书下来，抄扎你家财产入官。你如今投那里去好？”

乔俊听罢，却似：

分开八片顶阳骨，倾下半桶冰雪来！

这乔俊惊得呆了，半晌语言不得。那船主人排些酒饭与乔俊吃，那里吃得下。两行泪珠如雨，收不住哽咽悲啼，心下思量："今日不想我闪得有家难奔，有国难投，如何是好？"（番）[翻]来复去，过了一夜。次日，黑早起来，辞了船主人，背了衣包，急急奔武林门来。到近着自家对门一个古董店王将仕门首立了，看自家房屋，俱（折）[拆]没了，止有一片荒地。

却好王将仕开门，乔俊放下衣包，向前拜道："老伯伯，不想小人不回，家中如此模样！"王将仕道："乔官人，你一向在那里不回？"乔俊道："只为消折了本钱，归乡不得，并不知家中的消息。"王将仕邀乔俊到家中坐定，道："贤侄听老身说，你去后家中……"如此如此，把从头之事，一一说了。"只好笑一个皮匠妇人，因丈夫死在外边，到来错认了尸。却被王酒酒那厮首告，害了你大妻、小妾、女儿并洪三到官，被打得好苦恼，受疼不过，都死在牢里，家产都抄扎入官了。你如今那里去好？"

乔俊听罢，两泪如倾，辞别了王将仕，上南不是，落北又难，叹了一口气，道："罢！罢！罢！我今年四十余岁，儿女又无，财产妻妾俱丧了，去投谁的是好？"一径走到西湖上第二桥，望着一湖清水便跳，投入水下而死。

这乔俊一家人口，深可惜哉！至今风月江湖上，千古渔樵作话传。

尸首不能入棺归土，这个便是贪淫好色下场头：

如花妻妾牢中死，似虎乔郎湖内亡。
只因做了亏心事，万贯家财属帝王。

董永遇仙传

入话：

典身因葬父，不愧业为佣。
孝感天仙至，滔滔福自洪。

话说东汉中和年间，去（至）[这]淮安润州府丹阳县董槐村，有一人，姓董名永，字延平，年二十五岁。少习诗书，幼丧母亲，止有父亲，年六十余岁。家贫，惟务农工，常以一小车推父至田头树阴下，以工食供父。如此大孝。

时（直）[值]荒旱，井内生烟，树头生火，米粮高贵，有钱没处买。董永心思："离乡百里之外，有一傅长者，专一济穷拔苦，不免去求他。"乃对父曰："如此饥荒，无饭得吃。天色寒冷，孩儿欲去傅长[者]家，借些钱米来过活。"父言："你去，借得与借不得，便回，免（交）[教]我记念。"

董永辞别父亲，三步作两步而行，正是十二月半天气，地冷天寒，西北风大作，腹中又饥，身上又冷，挨着饥寒而走。不想纷纷扬扬，下落一天雪来：

尽道丰年瑞，丰年瑞若何?
长安有贫者，为瑞不宜多。

话分两头。却说傅长者正在家中与妈妈赏雪。这长者见雪下得大，叫院子王仝，去库中取一千贯钱，仓中搬米十石，在门前散施。不问男女，皆得救济。当时董永也来到门首，见散钱米，遂得钱十贯，米一斗，谢了长者，火急回身。正是：

求人须求大丈夫，济人须济急时无。

董永迎风冒雪，拿着钱米回家。其父见儿子回来，喜不自胜，董永将钱买柴米，与父烘火，做饭吃了，看那雪时，到晚来越下得紧。正是：

拳头大块空中舞，路上行人只叫苦。

父子二人过了半月有余。其父因饥寒苦楚成病，忽然一卧不起。董永心中好苦，要请医人调治，又无钱物。指望挨好，不想父亲病得五六日身亡。董永哀哭不止，昏绝几番，端的是：屋漏更遭连夜雨，行船又撞打头风。

董永自父死后，举手无措，寻思："止有我娘舅在东村内住，只得去求他，借些财物买棺木。"当时径到娘舅家，备告丧父无钱之事。娘舅见说，又无见钱，遂将布二匹，绢一匹，借与董永，董永换具棺木回家，盛停在家中，早晚哭泣。日间与人耕种度日，欲要殡葬，又无钱使。

荏苒光阴，不觉过了一年有余，无钱殡送，心思一计："不免将身卖与人佣工，得钱揭折。"当日离家，径投傅长者家，见了院子，央他报说卖身之事。傅长者出厅，叫董永入来，备问其事。董永道：“小人姓董名永，丹阳县董槐村人氏。自幼丧母。今年又丧父，停柩在家，无钱殡葬。今日特告长者，情愿卖身与长者，欲要千贯钱回家葬父，便来长者家佣工三年。望长者慈悲方便！”长者见说，乃言：“你是大孝之人！”便教院子取一千贯钱，付与董永。董永拜别长者出门。正是：

从空伸出拿云手，提起天罗地网人。

董永将钱回家，至次日，雇倩乡人，扛抬棺木，往南山祖坟安葬已毕，过了一夜，次日，收拾随身行李，锁了大门，迤逦便行。行至一株大树下，歇脚片时，不觉睡着在树下。

却说董永孝心，感动天庭。玉帝遥见，遂差天仙织女，降下凡间，与董永为妻，助伊织绢偿债，百日完足，依旧升天。

董永睡着，抬头见一女子，生得：

月里姮嫦无比，九天仙女难描。玉容好似太真娇，万种风流绝妙。行动柳腰袅娜，秋波似水遥遥。金莲小笋生十指，羞花闭月清标。

那女子启一点朱唇，露两行碎玉，向前道个万福，问：“郎君何故在此？”董永答礼，道：“小人姓董名永，董槐村人氏，自幼失母。年前丧父，因停柩在家，不能安葬，因此卖身。葬父已了，今往傅长者家还债。行走困倦，少歇于此。娘子尊问，只得实告。”道罢，两泪交流。仙女道：“元来如此大孝。好（交）[教]官人得知，奴是句容县人。公婆父母皆丧。不幸先夫过世，难以营生，欲嫁一个好心之人，甘当伏事。”董永道：“娘子请便，小人告辞。”仙女道：“今见官人如此大孝，情愿与官人结为夫妇，同到傅家还债。官人心下如何？”董永答道：“多蒙娘子厚情。又无媒人，难以成事。”仙女道：“既无媒人，就央槐树为媒，岂不是好？”

董永再四推却。仙女怒道：“非奴自贱，因见官人是个大孝之人，故此情愿为妻。你到反意推却！岂不闻古人云：‘有缘千里能相会，无缘对面不相逢。’此亦是缘份，何必生疑！”董永无可奈何，只得结成夫妇，携手而行，乃云：“我前日在傅长者面前，只说佣工三年准债。今日见我夫妻二人入门，只恐焦躁。”仙女道：“不妨。我自幼会得织绸绫绵绢，他必喜欢。”

迤逦行到，二人拜见长者，具言同妻织绢之事。长者大喜，便问：“要多少丝？”仙女道：“起首要十斤，一日织十匹。”长者见说：“我不信，难道生百只手？既然如此，我只要你织三百匹纻丝，便放你回去。”当时便与丝十斤，令董永夫妻二人去织，果然一日一夜，织成十匹纻丝，呈上长者，长者并家中大小皆惊：“不曾见如此手快之人。”原来仙女到夜间，自有众仙女下降帮织，以此织得快。

光阴捻指，一月之期，织成纻丝三百余匹，呈上长者。长者大喜，言称：“世间少有这般妇人。”乃问董永：“你妻非是凡人；若是凡人，如何一月织得三百匹纻丝？”董永答道：“实不相瞒，是小人路上相遇此妇人，他见我说孝心之事，他便情愿嫁我，相帮还债。”长者道：“有如此之事！你真是孝心所感。当初说佣工三年，如今止是三月。我与你黄金十两，将去别作生理。”

董永当时拜谢长者，领妻出门。行至旧日槐阴树下，暂歇。仙女道：“当初我与你在此槐树下结亲，如今又三月矣！”不觉两泪交流。董永道：“贤妻何故如此？”仙女道：“今日与你缘尽，（固）[因]此烦恼。实不相瞒，我非是别人，乃织女也。上帝怜你孝意，特差我下降，与你为妻，相助还债，百日满足，奴今怀孕一月，若生得女儿，留在天宫；若生得男儿，送来还你。你后当大贵，不可泄漏天机。”道罢，足生祥云，冉冉而起。董永欲留无计，仰天大哭：“指望夫妻偕老，谁知半路分离！”哭罢，一径回到坟前，又哭一场，结一草庐，看守坟茔。不在话下。

却说傅长者在家无甚事，打开仙女所织之纻丝看时，上面皆是龙文凤样，光彩映日月。长者大惊，不敢隐藏，将此事申呈本府。府尹闻知有如此孝感之事，具表奏上朝廷。汉天子览表，龙颜大悦，曰：“朕即位（已）[以]来，累有孝行之人，未（常）[尝]有如此大孝之人。”遂命近臣修诏书一道，宣董永入朝面君。

即日，天使到润州，府尹着人请董永到府叙礼。董永大惊，拜道：“董永是一介小人，有何（得）[德]能，敢劳大人如此敬重！”府尹道：“不必谦辞。阁下乃大孝之人，天子有表在此。”只见天使取出表来开读，董永与府尹跪听。其表云：

奉天承运皇帝诏曰：为臣者忠，为子者孝，此人道之大敦，立身之大要也。故忠者为邦国之权衡，而孝者乃齐家之珍器也。今据润州府奏鸣董永之孝感，盖起自棘篱之间，而知《孝经》大意。则数居颠沛之际，犹存佣乐之心，此非我国有将兴之机乎？而孝子起于郊野者矣！诏书到日，着董永即便觐阙，量才擢用，岂不有感发将来者？钦哉！钦哉！

董永听罢，望阙谢恩已毕，请天使在驿中安下。董永回家辞别亲邻，到次日，拜别府尹，一同天使起程。正是：

皇恩宣诏往宸京，跃马扬鞭莫暂停。
一色杏花红十里，春风得意马蹄轻。

董永同天使不只一日到京，近臣引见汉天子。天子大喜，封为兵部尚书，莅任为官。不在话下。

却说傅长者因进贡异样纻丝，朝廷亦封为佥判之职。长者有一女儿，名唤做赛金娘子，生得十分容貌，未曾招亲。当日长者与院君商议："何不将赛金招董永为婿，却不是好？"遂央媒人与董永说知此事，董永闻知，十分欢喜，乃言："前者之恩，未曾补报。今又招亲，此恩难忘。"便令媒人拜上傅长者："小生一听尊命。"乃选吉良时，下财纳礼，成亲已毕。正是：

> 清风明月两相宜，女貌郎才天下奇。
> 在天愿为比翼鸟，入地愿为连理枝。

不说董尚书夫妻和睦。且说天宫织女自与董永别后，不觉十月满足，生下一子，已得一月，取名叫做董仲舒，遂自送下界来，与董永抚养。

却说董尚书升厅，只见牌坊下立着一个妇人。董尚书（交）[教]人喝问："那妇人是何人？敢窥望朝臣？"只见仙女高声叫得："忘却织绢之恩，到来喝我？"董永听得，慌忙下厅看时，却是前妻，吃了一惊，相抱而哭，便道："今日有何缘，得遇贤妻下降？手中抱者何人？"仙女道："是你儿子，今日特送还你。"董永拜谢，道："多感贤妻之恩，不知曾取名否？"仙女道："玉帝已取名了，唤做仲舒。"董永大喜，接了孩儿，便道："自别之后，又早一年有余。今日相逢，与你同享荣华，偕老百年。"仙女笑道："相公差了。夫妻自有天数，不可久留。"说罢，云生脚下，冉冉而起。董尚书仰天大哭。只见傅氏夫人听得，出来看时，便问："相公如何烦恼？手中抱者何人？"

董永把上项事说了一遍。夫人大喜，乃命奶子抚养。光阴捻指，正是：

> 乌乱飞，兔不歇，朝来暮往何时彻？女娲会炼补天石，岂会熬胶粘日月？

倏尔已经十余年，董仲舒年登一十二岁。父母教他上学读书，九经书史，无所不通。一日，正在书院中读书，只见同学小儿戏骂仲舒道：“无娘子！”仲舒被骂，不敢回言，径回来，看着董尚书，一把扯住，大哭起来：“不知因何，别人皆骂我做‘无娘子’，今日定要见个明白！定要见我亲娘！”董尚书乃言：“你娘是天宫仙女，如何得见？”仲舒听罢，放声大哭，道：“若见得母亲，便死也瞑目。若说见不得，就撞死在此。”董尚书道：“孩儿不可焦躁！此去长安市上，有一卖卦严君平先生，能知过去未来之事。你可去问他。”

仲舒见说，便将了十文钱，径来问卦。严君平问道：“小官人欲占何卦？”仲舒备言欲见母亲之事：“望先生指引（只）[则]个。”先生看卦已了，乃言：“你母乃天织女，如何得见？”仲舒听罢，哭拜在地：“万望先生指引，死生不忘。”先生道：“难得这（股）[般]孝心。我与你说，可到七月七日，你母亲同众仙女下降太白山中采药，那第七位穿黄的便是。”仲舒道：“不知此去太白山有多少路？”先生道：“约有三千余里。”仲舒道：“我到彼，娘如何肯认我？”先生道：“那穿黄的，你一把扯住，拜哭起来，他便认你。若问何人教你来，切不可说是我！”

仲舒取钱拜谢先生而去，径回府中，见父母，备言：“严先生教我往太白山中见母，今日拜别便行。”董尚书道：“此去太白山三千余里，虎狼极多，孩儿年幼，如何去得？”仲舒道：“便死无恨，去心难留。”董尚书见他拼命要去，只得教老王付与盘缠：“伏事孩儿去。”

当日拜别登程，在路饥餐渴饮，夜住晓行，不只一日，来到一座山下，问人时，正是太白山。行过一重山，只见野鹿含花，山猿献果。又一重山，只见鲜花翠草乱纷纷，瀑布飞流。

此时正是七月七日，忽见一群仙女下来洗药瓶，仲舒便教老王躲过了，慌走上前，看着第七位穿黄的，纳头便拜，扯住了，只叫：“母亲，丢得孩儿（了）[好]苦！”仙女问道：“你是何家孩儿？甚人教你来？”仲舒道：“孩儿便是董仲舒，爹爹教我来拜见母亲。”仙女道："孩儿快回去！此处豺狼伤人，不可久居！"仲舒道："孩儿千山万水到此，如何便打发我回去？"仙女道："虽然母子之情难舍，犹恐天上得知，见罪非轻。你可回去，拜上父亲，善养天年，此必是严君平老子[饶]舌教你来。你可将此金瓶寄与严先生，谢他卦灵。又与你一个银瓶，瓶内有米数合，你将回去，每日只吃一粒，切不可吃多！"说罢，云生脚下，众仙女一齐冉冉而起。仲舒欲要拖住，又去远了，只得仰天大哭。老王听得走来，劝了，挑了行李急回去。

不只一日，已达长安，拜见父母，具说见母之事："多多拜上父亲。寄此金瓶与严先生。此一银瓶。与孩儿戏耍。"

董尚书大喜，便道："既是你[母]寄与严先生的金瓶，不可有违，快寄将去。"

仲舒即时将了金瓶，径往严先生家里来。先生正在门前坐，仲舒拜罢，递上金瓶与先生，道："母亲多多拜上先生，无物相酬，特将此金瓶相谢。"先生接着看时，光彩射（日）[目]，口中不道，心下思量："此物乃世上大宝，人所罕见，乃天宫金静瓶。"（番）[翻]来复去看，把手去开这瓶盖时，吃了一惊。只见从瓶口内飞出一星火来，将上元（觉）[甲]子并知过去未来之书，尽数烧了。这先生手忙脚乱，急救火时，被烟一冲，不想将双目皆冲瞎了，至今流传瞎子背记蠢子之书，自此始。

仲舒惊得目（争）[睁]口呆，急奔回家，将银瓶内米，倾出看时，约有七合，呵呵大笑："母亲教我一日吃一粒，如何得饱？不如将此米一顿煮来吃了。"不想吃饭之后，一日，二日，三日，身已长大魁肥，饭食不吃，亦不饥，没半月光景，身长一丈，腰大十围，自亦心中惊异，夜不安枕，没药可救。

父母见了，大惊。不期其父董永，一者受惊，二者年老多病，一疾乌乎。

这仲舒见父已故，哀痛之甚，备衣衾棺椁，送柩回乡。安葬已了，守孝三年，不思饮食，忽一日，对人言道："前者，母亲与我仙米，我却不知，一顿吃了，不料形体变异。今玉帝差火明大将军宣我上天，封为鹤神之职。每遇壬辰癸巳上天，亥巳酉游归东北方四十四日后，还天上一十六日也。"直至于今，万古千年，在太岁部下为鹤神也。

戒指儿记

入话：

好姻缘是恶姻缘，不怨干戈不怨天。
两世玉箫难再合，何时金镜得重圆？
彩鸾舞后肠空断，青雀飞来信不传。
安得神虚如倩女，芳魂容易到君边。

自家今日说个丞相，家住西京河南府梧桐街兔演巷，姓陈名太常。自是小小出身，历升相位。年将半百，娶妾无子，止生一女，叫名玉兰。那女孩儿生于贵室，长在深闺，青春二八，有沉鱼落雁之容，闭花羞月之貌。况描绣针线精通，琴棋书画，无所不晓。怎见得？有只词名《满庭芳》，单道着女人娇态。其词曰：

香叆雕盘，寒生冰箸，画堂别是风光。主人情重，开宴出红妆。腻玉圆搓素颈，藕丝嫩，新织仙裳。双歌罢，虚檐转月，余韵尚悠扬。　人间何处有？司空见惯，应谓寻（堂）[常]。坐中有，狂客恼乱愁肠。报道金钗坠也，十指露，春笋[纤]长。亲曾见，（金）[全]胜宋玉，想象赋高（堂）[唐]。

劝了后来人：男大须婚，女大须嫁，不婚不嫁，弄出丑吒。

那陈太常倚着当朝宰相，见女儿容貌非常，况兼聪明（志）[智]慧，常与夫人闲坐，说着那小姐的亲事。太常曰："我做到极贵之臣，家财受用的、穿的、吃的，不可胜数，止生得这个女儿，况兼有这般才貌，我若不寻个才貌名目相称的儿郎，枉做了朝中大臣。"

陈太常与媒氏言曰："我家小姐，有三样全的，你可来说；如少一件，徒自劳力。我一要当代臣僚的子，二要才貌相当，三要名登黄甲。有此（之）[三]者，立赘为婿。"因此，往往选择，或有年貌相当，及第，又（有）是小可出身；或有名臣之子，况无年貌相称。

光阴似箭，日月如梭，不觉时值正和二年上元令节，国家有旨，赏庆元宵。鳌山架起，满地华灯。笙箫社火，罗鼓喧天。禁门不闭，内外往来。人人都到五凤楼前，端门之下，插金花，赏御酒，国家与民同乐。自正月初五日起，至二十日止，万姓歌欢，军民同乐，便是至穷至苦的人家，也有欢娱取乐。怎见得？有只词儿，名《瑞鹤仙》，单道着上元佳景：

> 瑞烟浮禁苑。正绛阙春回，新正方（寸）[半]。冰轮桂华满，溢花衢歌市，芙蓉开遍。龙楼两观，见银烛，星（球）[毬]灿烂。卷珠帘，尽日笙歌，盛集宝钗金钏。　　堪羡绮罗丛里，兰麝香中，正宜游玩。风柔夜暖，花影乱，笑声喧。闹蛾儿满路，成团打块，簇着冠儿斗转。喜皇都，旧日风光，太平再见。
>
> 志浅家豪因有福，才高不富为无缘。
> 男儿未遂平生意，知命须当莫怨天。

这四句诗，奉劝[世]间贤愚智勇的人，皆听于命，妄想非为，致有败（忘）[亡]之祸。

话说一个聪明伶俐的才郎，家往兔演巷内，姓阮名华，排行第三，唤做阮三郎。那哥哥阮大与父专在两京商贩，阮二专一管家。那阮三年方二九，一貌非俗，诗词歌赋，般般皆晓，笃好琴箫，结交几个豪家子弟，每日向歌管笑楼，终朝喜幽闲风月。时遇上元宵夜，知会几个弟兄来家，笙箫弹唱，歌笑赏灯。大门前灯光灿烂，画堂上士女佳人，往来喧闹，有不断香尘。

这伙子弟在阮三家吹唱到三更时分，各人四散。阮三送出门，见街上人渐稀少，与众兄弟说道："今宵一喜天宇澄澈，月色如昼，二喜夜深人静，临再举一曲可也。"众人皆执笙箫象板，口儿内吐出金缕清声，吹出那幽窗下沉吟。半响，遗音浏亮，惊动那贵室佳人；聒耳笙簧，惹起孤眠独宿。怎见得：正是：

隔墙须有耳，窗外岂无人？

那阮三家正与陈丞相对衙。衙内小姐玉兰欢耍赏灯，将次要去歇息，忽听得街上乐声缥缈，响彻云际，忙唤梅香，轻移莲步，况夜深内外人睡者多，醒者少，直至大门边，听了一回。（起）[启]一点朱唇，露两行碎玉，暗暗的唤梅香过来，低低的将衷情泄漏。只因这女子贪听乐中情曲，惹起一场人命祸事。

那小姐寂寂暗唤心腹的梅香："你替我去街上，看甚人吹唱？"梅香（心腹）巴不得趋承小姐，听得使唤这事，轻轻的走到街边，认得是对邻子弟，忙转身入内，回复小姐道："对邻阮三官，与几个相识，在他门首吹唱。"那小姐半晌之间，口中不道，心下思量："数日前，我爹曾说阮三点报朝中附马，因使用不到退回家，想便是此人。"

却说那伙子弟又吹了一个更次，各人分头回家。

且说小姐回房，身虽卸却衣襟睡上床，开眼直到天明，欲见此人，无由得睹。

且说天晓，阮三同几个子弟到永福寺中游玩，见士女佳人烧香成队，游春公子去驻留还，穿街过短巷，见几处可意闺人，看几个半老妇人。那阮郎心情荡漾，佳节堪（跨）[夸]。有首诗词，单道着新春佳景。诗曰：

喜胜春幡袅凤钗，新春不换旧情怀。
草根隐绿冰痕满，柳眼藏娇雪影埋。

那阮三郎到晚回家，仍集昨夜子弟，一连吹唱了三夜，或门首小斋内，忽倚门消遣。迤逦至二十，[这一夜，阮三]偶在门侧临街轩内，拿壁间紫玉鸾箫，手中按着宫商徵羽，将时样新词曲调，清清的吹起。吹不了半只曲儿，举目见个侍女自外而至，深深的向前道个万福。阮三停箫问道："你是谁家的姐姐？"那丫环道："我是对邻陈衙小姐特地着奴请官人一见。"那阮三心下思量道："他是个宰相人家，守阍耳目不少，进去路容易，出来的路难。被人（稍）[瞧]见，如问无由，不无自身受辱。"那阮三回复道："我嫌外人耳目多，不好进来，上复小姐。"（必）[毕]竟未知进来与小姐相见也不相见？正是：

雪隐鹭鸶飞始见，柳藏鹦鹉语方知。

那梅香（荒）[慌]忙走入来，低声报与小姐说："阮三官防畏内外人耳目，不敢过来。恐来时有人撞着，小姐不认，拿着不好，因此（交）[教]我上复你。"那小姐想起夜来音韵标格，一时间春心有动，便将手中戒指勒一个金镶宝石戒指儿，付与那梅香："你替我将这件物事，寄与阮三郎，将带他进来见我一见。"

那梅香接得在手，一心忙似箭，两脚走如飞，（荒）[慌]忙来到小轩。阮三官还在那里，那丫环手儿内托出这个物来，观看半晌，口中不道，心下[思量]："我有此物为证，何怕他人？"随即与梅香前后而行。行至二门外，那小姐觑着阮三，目不转睛，那阮郎看女子甚是仔细。（走）[正]欲交言，门外（邀）[吆]喝道："丞相回衙！"

那小姐（荒）[慌] 忙回避归房。阮三郎火速归家内。

自此，想那小姐的像貌，如今难舍。况无心腹通知，又兼闺阁深沉，在家内，出外，但是看那戒指儿，心中十分惨切，无由再见，追忆不已。那阮三虽不比宦家子弟，亦是富室伶俐的才郎，因是相思日久，渐觉四肢羸瘦，以致废寝忘餐，经两月有余，恹恹成病。父母再四严问，并不肯说。

一日，有一个豪家子弟，姓张名远，素与阮三交厚，因见阮三有病月余，心意悬挂，想着那阮三常往来的交情，嗟叹不已。次日早，到阮三家内，询问起居。阮三在卧榻上，听得堂中有似张远的声音，唤仆邀入房内。张远看着阮三面黄肌瘦，咳嗽吐痰，那身就榻床上坐定道：“阿哥，数日不见，如隔三秋。不知阿哥心下，怎么染着这般（悔）[晦] 气？借你手，我看（了）[看] 脉息。”

那阮三一时失于计较，便将左手抬起，与张远脉。那张远左手按着寸关尺部，眼中笑谈自若，（悄）[瞧] 见那阮三手（带）[戴] 着个金嵌宝石的戒指。张远把了脉息，口中不道，心下思量：“他这等害病，还（带）[戴] 着这个东西，况又不是男子（带）[戴] 的戒指，必定是妇女的表记。”低低用几句真言挑出，挑出他真情肺腑。（必）[毕] 竟那阮三说也不说？正是：

人前只说三分话，未可全抛一片心。

那张远道：“阮哥，你手中戒指，是妇女（带）[戴] 的。你这般病症，我与你相交数年，重承不弃，日常心腹，我知你心，你知我意，你可实对我说。”那阮三见张远（参）[猜] 到八九分的（步地）[地步]，况兼是心腹朋友，只得将来历因依，尽行说了。张远道：“哥哥，他虽是个相府的小姐，若无这个表记，便定下牢笼的巧计，诱他相见你，心下未知肯与不肯。今有这物，怎与你成就此事，容易。阮三哥，你可宽心保重。小弟不才，有个图他良策。”只因这人举出，直（交）[教] 那阮三命归阴府。

张远看访回家，转身便到一个去处。那个所在，是：

> 清幽舍宇，寥寞山房。小小的一座横墙，墙内有半檐疏玉。高高殿宇，两边厢，排列金绘天王；隐隐层台，三级内，金妆佛像。香炉内，篆烟不断；烛架上，灯火交辉。方丈里，常有施主点新茶；法堂上，别无尘事劳心意。有几间小巧轩窗，真个是神仙洞府。

昔日人有一首，单道着小庵儿的幽雅。诗曰：

> 短短横墙小小亭，半檐疏玉响（伶伶）[玲玲]。
> 尘飞不到人长静，一篆炉烟两卷经。

小庵内有个尼姑，姓王名守长，他原是个收心的弟子，因师弃世日近，不曾接得徒弟，止有两个烧香、上灶、烧火的丫头。专一向富贵人家布施，佛殿后化铸三尊观音法像。中间一尊完了，缺这两尊，未有施主，这日正出庵门，相遇着那张远。

尼姑道：“张大官何往？”张远答言：“特来。”那尼姑回身请进，邀入幽轩，坐分宾主，茶延请话。尼姑谢道：“向日蒙承舍佛金圣像一尊已完，这二尊还未有施主，望檀越作成，作成！”那张远开言道：“师父，我有个心腹朋友，昨日对我说起师父之事，愿舍这二尊圣像，浼烦干这事，就封这二（定）[锭] 银子在此。”袖儿里将出来，放在香（卓）[桌] 上，如成就得，盖庵盖殿，随师父的意。那尼姑贪财惹事，见了这两（定）[锭] 细丝白银，眉花笑眼道：“大官人，你相识浼我干甚事？”那张远道：“师父，这件事其实是心腹事，一来除是你师父干得，二来况是顺便。可与你到密室说知。”

二人进一小轩内，竹榻前 [坐下]，说甚么话，计较甚么事出来？

正是：

数句拨开君子路，片言提起梦中人。

那张远道："师父，我们家下说，师父翌日遣礼去陈丞相府中，因此特来。我那心腹朋友于今岁正月间，蒙陈丞相小姐使梅香寄个表记来与他，至今无由相会。明日师父到陈衙内接了奶奶，倘到小姐房中，善用一言，接到庵中，与我那朋友一见，便是师父用心之处，况师父与陈衙内外淳熟，故来斗胆。"那尼姑见财起意，将二（定）[锭]银子收了，低低的附耳低言，不过数句，断送了女孩儿的身家，送了阮三郎性命。那张远见许了，又设计奇妙，深深谢了，送出庵门。

不说张远回复阮三，却说尼姑在床上，想了半夜，次日天晓，起来梳洗毕，备办合礼，着女（同）[童]挑了，迤逦来到陈衙，直到后堂歇（子）[了]。那陈太常与夫人见他，十分欢喜道："姑姑，你这一向少见。"尼姑回言："无甚事，不敢擅进。"奶奶道："出家人，我无甚布施，到要烦你拿来与我。"就（交）[教]厨下办斋，过午了去。陈太常在外理事。

少间，夫人与尼姑吃斋，小姐坐在侧边相陪。斋罢，尼姑开言道："我小庵内，今春托赖檀越的福，（量）[募]化得一尊（官）[观]音圣像，涓选四月初八日我佛诞辰，启（首）[建]道场，开佛光明。特来相请奶奶、小姐，万希光降，如蓬荜增辉。"奶奶（说）[听]了道："小姐怎么来得？"那尼姑眉头一（纵）[蹙]，计上心来，道："小僧前日坏腹，至今未好，借解一解。"

那小姐因为才郎，心中正闷，无处可纳解情怀散闷，忽闻尼姑相请，喜不自胜，正要行动，仍听夫人有阻，巴不得与那尼姑私（恣）[下]计较，扛哄丞相、夫人。因见尼姑要解手，随呼个丫环领那尼姑进去，直至闺室。

那尼姑坐在触桶上，道：“小姐，你明日同奶奶到我小庵觑一觑，若何？”那小姐露一点绛唇，开两行碎玉，道：“我来，只怕爹爹、妈妈不肯。”那尼姑甜言美语道：“小姐，数日前有个俊雅的官人，进庵看妆观音圣像，指中褪下个戒指儿来，（带）[戴]在菩萨手指上，祷祝道：‘今生不遂来生愿，愿得来生逢这人！’半日，闲对着那圣像，潸然挥泪。被我再四严问，绝无一语而去。”那小姐见说了，满面非红，道：“师父，那戒指儿是金造的？是银造的？”尼姑回言：“金嵌宝石的。”小姐又问道：“那小官人常来么？”尼姑回道：“不（常）[时]来庵闲观游玩。”小姐道：“那戒指曾带来么？”尼姑又道：“这颗宝石在我这里，金子挖去与雕佛人了。”小姐讨这颗宝石，仔细看了半晌，见鞍思马，睹物思人。只因这颗宝石，惹动闺人情意。正是：

折戟沉沙铁半消，自将磨洗认前朝。
东风不与周郎便，铜雀春深锁二乔。

那小姐认得此物，微微冷笑道：“师父，我要见那官人一见，见得么？”尼姑见说，道：“小姐，那官人也要见小姐一面。”那小姐连忙开了箱儿，取出一个戒指儿与尼姑。尼姑将在手中，觑得分明，笑道：“合与这舍的戒指一般厮像。”小姐道：“就舍与你了。我浼你知会那官人，来日到庵见一见。”尼姑道：“他有心，你有意，只亏了中间的人。既是如此，我有句话与你说。”只因说出这话来，害了那女人前程万里。正是：

鹿迷郑相应难辨，蝶梦庄周未可知。

那尼姑附耳低言："小姐来日到我庵内，倘斋罢闲坐，便可推睡，此事就谐了。"

小姐同尼姑走出房来，老夫人接着，问道："你两个在房里长远了，两个说甚么样话？"惊得那尼姑顶门上不见了三魂，脚板底荡散了七魄，忙答道："小姐因问我建佛像功成，以此上讲说这一晌。"夫人送出厅前，尼姑深深作谢道："来日仰望。"

却说那尼姑出了丞相府门，将了小姐舍的金戒指儿，一直径到张远家来。那张远在门首，伺候了多时，远远的望见那尼姑来，口中不道，心下思量："家下耳目众多，怎么言得此事？"提起脚步，（荒）[慌]走上前道："烦师父回庵去，随即就到。"那尼姑回身转巷，这张郎穿径寻庵，与尼姑相见，邀入松轩，将此事从头诉说，将戒指儿度与那张远。张远看罢："若非师父，其实难成。阮三官还有重重相谢。"

至四月初七日，渐渐见红轮坠西，看看布满天星斗。那张远预先约期阮三。那阮三又喜得又收了一个戒指，笑不出声，至晚，悄悄的用一乘女轿抬[到]庵里。那尼姑接入，寻个窝窝凹凹的房儿，将阮三安顿了。

怎见得相见的欢娱，死去的模样？正是：

猪羊送屠户之家，一脚脚来寻死路。

那尼姑睡到五更时分，唤那女（同）[童]起来，梳洗了，上佛前烧香点烛，到厨下准备斋供。大天明开了庵门，专待那老娘、妇女。

将次到巳牌时分，来人通报道："陈丞相的夫人与小姐来了！"那尼姑连忙出门迎接，邀入方丈。茶罢，佛殿上同小姐拈香，了毕，见办斋缭乱，看看前后去处，见小姐洋洋瞑目作睡。夫人道："孩儿，你今日想是起得早了些。”那尼姑（荒）[慌]忙道：“告奶奶，我庵中绝无闲杂之辈，便是志诚老实的老娘们，也不许他进我的房内。小姐去我房中，拴上房门睡一睡，自取个稳便。等奶奶闲步一步。你们几年何月来走得一遭。”奶奶道：“孩儿，你这般打盹，不如[在]师父房内睡睡。”

小姐依母之言，走进房内，拴上门。那阮三从床背后走出来，看了小姐，深深的作了一个揖，道：“姐姐，候之久矣！”小姐举手摇摇，低低道：“莫要响动！”那阮三同携素手，喜不自胜，转过床背后，开了侧面，又到一个去处，小巧漆（卓）[桌]藤床，隔断了外人耳目。双双解带，尤如鸾凤交加；卸下衣襟，好似渴龙见水。有只词，名《南乡子》，单道着日间云雨。怎见得？词曰：

> 情兴两和谐。搂定香肩脸贴腮。手摸酥胸奶绵软，实奇哉。褪了裤儿脱绣鞋。　　玉体着郎怀。舌送丁香口便开。倒凤颠鸾云雨罢，嘱多才。芳魂不觉绕阳台。

天有不测风云，人有暂时祸福。那阮三是个病久的人，因为这女子，七情所伤，身子虚弱，这一时相逢，情兴酷浓，不顾了性命。那女子想起日前要会不能得会，今日得见，全将一身要尽自己的心，情怀舒畅。不料乐极悲生，倒凤颠鸾，岂知吉成凶兆：任意施为，那顾宗筋有损，一阳失去，片时气转，离身七魄分飞，魂灵儿必归阴府。正所谓：

> 谁知今日无常，化作南柯一梦。

那小姐见阮三伏在身上，寂然不动，用双手儿搂住了郎腰，吐出丁香送郎口[中]，只见牙关紧咬难开，摸着遍身冰冷。惊（荒）

[慌]了云雨娇娘，顶门上不见了三魂，脚底下荡散了七魄，(番)[翻]身推在里床，起来，忙穿襟袄，趟出房前。喘息未定，怕娘来唤，战战兢兢，向妆台，重整花钿；闷闷忧忧，对鸾镜，再匀粉黛。

恰才了得，房门外夫人扣门，小姐开了门。夫人道："孩儿，殿上功德散了，你睡才醒？"小姐道："我醒半晌也，在这里整头面，正要出来，和你回衙去。"夫人道："轿夫伺候了多时。"小姐与夫人谢了尼(姐)[姑]，送出庵门。

不说那夫人、小姐回衙。且说尼(姐)[姑]王守长转身回到庵，去厨收拾灾埃顿棹器，佛殿上收了香火供食。一应都收拾已毕，只见那张远同阮二哥进庵，与那尼姑相见了，称谢不已，问道："我这三小官人，今在那里？"尼姑道："还在我里头房里睡着。"

那尼姑引阮二与张远，开了侧房门，来卧床边，叫道："三哥，你恁的好睡，还未醒？"连叫数声，不应，那阮二用手摇，也不动，口鼻(以)[已]无气息，始知死了。

那阮二便道："师父，怎地把我兄弟坏了性命？这事不得净办。"尼姑道："小姐自早到庵，便寻睡的意，就入房内，约有两个时辰。殿上功德(以)[已]了，老夫人叫醒来。恰才去得不多时。我只道睡着，岂知有此事！"尼姑道："阮二官，张大官在此，向日蒙赐布施，实望你家做檀越施主，因此用心不已，终不成到害你兄弟性命？张大官，今日之事，恰是你来寻我，非是我来寻你，告到官司，你也不好，我也不好。向日蒙施银二锭，一锭用了，止留得一锭，将来与三官人买口棺木装了，只说在庵养病，不料死了。"那尼姑将出这锭银子，放在(卓)[桌]子上，道："你二位凭你怎么处置。"

张远与那阮二默默无言，呆了半(饷)[晌]，道："我将这锭银子去也。棺木少不得也要买。"走出庵门。未知家内如何。正是：

青龙与白虎同行，吉凶事全然未保。　夜久喧暂息，池塘唯月明。无因驻清境，日出事还生。

那阮二与张远出了庵门，迤逦路上行着。张远道："二哥，这个事本不干尼姑事，想是那女子与三哥行房，况是个有病症的，又与他交会，尽力去了，阳气一脱，人便就是死的。我也只是为令弟面上情分好，况令弟前日在床前再四叮咛，央浼不过，只得替他干这等的事。"阮二回言道："我论此事，人心天理来，也不干着那尼姑的事，亦不干你事，只是我这小官人年命如此，神作祸作，作出这场事来，我心里也道罢了，只愁大哥与老官人回来，(愿)[怨]畅怎的得了。"连晚与张远买了一口棺木，抬进庵里装了，就放在西廊下，只等阮员外、大哥归来定夺。正是：

灯花有焰鹊声喧，忽报佳音马着鞍。
驿路迢迢烟树远，长江渺渺雪潮颠。
云程万赚何年尽，皓月一轮千里圆。
日暮乡关将咫尺，不劳鸿雁寄瑶笺。

秋风飒飒，动行人塞北之悲；夜月澄澄，兴游子江南之梦。忽一日，阮员外同大官人商贩回家，与阮君相见。合家欢喜。员外动问阮三孩儿病的事，那阮二只得将前后事情，细细诉说了一遍。老员外听得说三孩儿死了，放声大哭了一场，要写起词状，要与陈太常理涉，与儿索命："你家贱人来惹我的儿子！"阮大、阮二再四劝说："爹爹，这个事思论[来，都是兄弟作出来的事，以致送了性命。今日爹爹与陈家讨命，一则势力不敌，二则非干太尉之事。"勉劝老员外选个日子，就庵内修建佛事，送出郊外安厝了。

却说陈小姐自从闲云庵归后，过了月余，常常恶心气闷，心内思酸，一连三个月经脉不举，医者用行经顺气之药，如何得应？夫人暗地问道："孩儿，你莫是与那个成这等事么？可对我实说。"小姐晓得事露了，没奈何，只得与夫人实说。夫人听得呆了，道：“你爹爹只要寻个有名目的才郎，靠你养老送终。今日弄出这丑事，如何是好？只怕你爹爹得知这事，怎生奈何？”小姐道：“母亲，事已如此，孩儿只是一死，别无计较。”夫人心内又恼又闷。

看看天晚，陈太尉回衙，见夫人面带忧容，问道：“夫人，今日何故不乐？”夫人回道：“我有一件事恼心。”太尉便问：“有甚么事恼心？”夫人见问不过，只得将情一一诉出。太尉不听说万事俱休，听得说了，怒从心上起，道：“你做母的不能看管孩儿，要你做甚？”急得夫人眼泪汪汪，不敢回对。

太尉左思右想，一夜无寐，天晓出外理事，回衙与夫人计议：“我今日用得买实做了，如官府去，我女孩儿又出丑，我府门又不好看。只得与女孩儿商量，作何理会。”女儿扑簌簌吊下泪来，低头不语，半晌间，扯母亲于背静处，说道：“当初原是儿的不是，坑了阮三郎的性命。欲要寻个死，又有三个月遗腹在身；若不寻死，又恐人笑。”一头哭着一头说：“莫若等待十个月满足，生得一男半女，也不绝了阮三后代，也是当日相爱情分，妇人从一而终，虽是一时苟合，亦是一日夫妻，我断然再不嫁人，若天可怜见，生得一个男子，守他长大，送还阮家，完了夫妻之情。那时寻个自尽，以赎玷辱父母之罪。”夫人将此话说与太尉知道，太尉只叹了一口气，也无奈何，暗暗着人请阮员外来家计议，说道：“当初是我闺门不谨，以致小女背后做出天大事来，害了你儿子性命。如今也休题了。但我女儿已有三个月遗腹，如何出活？如今只说我女曾许嫁你儿子，后来在闲云庵相遇，为想我女，成病儿死，因而彼此私情，庶他日生得一男半女，犹有许嫁情由，还好看相。”阮员外依允。

从此，就与太尉两家来往。十月满足，阮员外一般遣礼催生，果然生个孩儿。到了三岁，小姐对母亲说：“欲待领了孩儿到阮家拜见公婆，就去看看阮三坟墓。”夫人对太尉说知，俱依允了。拣个好日，小姐备礼过门，拜见了阮员外夫妇。次日，到阮三墓上哭奠了一回。又取出银两，请高行真僧广设水陆道场，追荐亡夫阮三郎。

其夜梦见阮三到来，说道："小姐，你晓得夙因么？前世你是个扬州名妓，我是金陵人，到彼访亲，与你相处情厚。许定一年之后再来，必然娶你为妻。及至归家，惧怕父亲，不敢禀知，别成姻眷。害你终朝悬望，郁郁而死。因是夙缘未断，今生乍会之时，两情牵恋。闲云庵相会，是你来索冤债。我（登）[顿]时身死，偿了你前生之命。多感你诚心追荐，今已得往好处托生。你前世抱志节而亡，今世合享荣华。所生孩儿。他日必大贵，烦你好好抚养教训。从今你休怀忆念！"玉兰小姐梦中一把扯住阮三，正要问他托生何处，被阮三用手一推，惊醒将来。嗟叹不已，方知生死恩情，都是前缘夙债。从此小姐放下情怀，一心看觑孩儿。

光阴似箭，不觉长成六岁，生得清奇，与阮三一般标致，又且资性聪明。陈太尉爱惜真如掌上之珠，用自己姓，取名陈宗阮，请个先生教他读书。到一十六岁，果然学富五车，书通二酉。十九岁上，连科及第，中了头甲状元，奉旨归娶，陈阮二家争先迎接回家，宾朋满堂，轮流做庆贺筵席。当初陈家生子时，街坊上晓得些风声来历的，免不得点点搠搠，背后讥诮。到陈宗阮一举成名，翻夸奖玉兰小姐贞节贤慧，教子成名，许多好处。世情以成败论人，大率如此。后来陈宗阮做到吏部尚书。留守官将他母亲十九岁上守寡，一生不嫁，教子成名等事，表奏朝廷，启建贤节牌坊。正所谓：贫家百事百难做，富家差得鬼推磨。虽然如此，也亏陈小姐后来守志，一床锦被遮盖了。至今河南传作佳话，有诗为证。诗曰：

兔演巷中担病害，闲云庵里偿冤债。
周全末路仗贞娘，一床锦被相遮盖。]

雨窗集下

欹枕集上

羊角哀死战荆轲

[背手为云覆手雨，纷纷轻薄何须数！
君看管鲍贫时交，此道今人弃如土。

昔时齐国有管仲，字夷吾，鲍叔，字宣子，两个自幼时以贫贱结交。后来鲍叔先在齐桓公门下，信用显达，举荐管仲为首相，位在己上。两个同心辅政，始终如一。管仲曾有几句言语道："吾尝三战三北，鲍叔不以我为怯，知我有老母也。吾尝三仕三见逐，鲍叔不以我为不肖，知我不遇时也。吾尝与鲍叔谈论，鲍叔不以我为愚，知时有利不利也。吾尝与鲍叔为贾，分利多，鲍叔不以我为贪，知我贫也。生我者父母，知我者鲍叔。"所以古今说知心结交，必曰"管鲍"。

今日说两个朋友，偶然相见，结为兄弟，各舍其命，留名万古。春秋时，楚元王崇儒重道，招贤纳士，天下之人闻其风而归者，不可胜计。西羌积石山，有一贤士，姓左，双名伯桃，幼亡父母，勉力攻书，养成济世之才，学就安民之业。年近四旬，因中国诸侯互相吞并，行仁政者少，恃强霸者多，未常出仕。后闻得楚元王慕仁好义，遍求贤士，乃携书一囊，辞别乡中邻友，径奔楚国而来。迤逦来到雍地，时值隆冬，风雨交作。有一篇《西江月》词，单道冬天雨景：

习习悲风割面，蒙蒙细雨侵衣。催冰酿雪逞寒威，不比他时和气。
山色不明常暗，日光偶露还微。天涯游子尽思归，路上行人应悔。

左伯桃冒雨荡风，行了一日，衣裳都沾湿了。看看天色黄昏，走向村间，欲觅一宵宿处，远远望见竹林之中，破窗透出灯光。径奔那个去处，见矮矮篱笆，围着一间草屋。乃推开篱障，轻叩柴门。中有一人，启户而出，左伯桃立在檐下，慌忙施礼，曰："小生西羌人氏，姓左，双名伯桃，欲往楚国。不期中途遇雨，无觅旅邸之处，求宿一宵，来早便行。未知尊意肯容否？"那人闻言，慌忙答礼，邀入屋内。

伯桃视之，止有一榻。榻上堆积书卷，别无他物。伯桃已知亦是儒人，便欲下拜，那人云："且未可讲礼，容取火烘干衣服，却当会话。"当夜烧竹为火，伯桃烘衣，那人炊办酒食，以供伯桃，意甚勤厚。伯桃乃问姓名。其人曰：小生姓羊，双名角哀，幼亡父母，独居于此。平生酷爱读书，农业尽废。今幸遇贤士远来，但恨家寒，乏物为款，伏乞恕罪！"伯桃曰："阴雨之中，得蒙遮蔽，更兼一饮一食，感佩何忘！"当夜二人抵足而眠，共话胸中学问，终夕不寐。

比及天晓，淋雨不止。角哀留伯桃在家，尽其所有相待，结为昆仲。伯桃年长角哀五岁，角哀拜伯桃为兄。一住三日，雨止道干，伯桃曰："贤弟有王佐之才，抱经纶之志，不图竹帛，甘老林泉，深为可惜！"角哀曰："非不欲仕，奈未得其便耳。"伯桃曰："今楚王虚心求士，贤弟既有此心，何不同往？"角哀曰："愿从兄长之命。"遂收拾些小路费粮米，弃其茅屋，二人同望南方而进。

行不两日，又值阴雨，羁身旅店中，盘费罄尽，止有行粮一包，二人轮换负之，冒雨而走。其雨未止，风又大作，变为一天大雪。怎见得？你看：

风添雪冷，雪趁风威。纷纷柳絮狂飘，片片鹅毛乱舞。团空搅阵，不分南北西东；遮地漫天，变尽青黄赤黑。探梅诗客多清趣，路上行人欲断魂。

二人行过岐阳，道经梁山路，问及樵夫，皆说“从此去百余里，并无人烟，尽是荒山旷野，狼虎成群，只好休去”。伯桃与角哀曰：“贤弟心下如何？”角哀曰：“自古道：‘死生有命。’既然到此，只顾前进，休生退悔。”又行了一日，夜宿古墓中，衣服单薄，寒风透骨。

次日，雪越下得紧，山中仿佛盈尺。伯桃受冻不过，曰：“我思此去百余里，绝无人家，行粮不敷，衣单食缺。若一人独往，可到楚国，二人俱去，纵然不冻死，亦必饿死于途中，与草木同朽，何益之有！我将身上衣服，脱与贤弟穿了，贤弟可独赍此粮于途，强挣而去。我委的行不动了，宁可死于此地。待贤弟见了楚王，必当重用。那时却来葬我未迟。”角哀曰：“焉有此理！我二人虽非一父母所生，义气过于骨肉，我安忍独去而求进身耶？”遂不许，扶伯桃而行。

行不十里，伯桃曰：“风雪越紧，如何去得？且于道傍寻个歇处。”见一株枯桑，颇可避雪。那桑下只容得一人，角哀遂扶伯桃入去坐下。伯桃命角哀敲石取火，爇些枯枝，以御寒气。比及角哀取了柴火到来，只见伯桃脱得赤条条地，浑身衣服都做一堆放着。角哀大惊，曰：“吾兄何为如此？”伯桃曰：“吾寻思无计，贤弟勿自误了！速穿此衣服，负粮前去！我只在此守死。”角哀抱持大哭曰：“吾二人死生同处，安可分离？”伯桃曰：“若皆饿死，白骨谁埋？”角哀曰：“若如此，弟情愿解衣与兄穿了。兄可赍粮去，弟宁死于此。”伯桃曰：“我平生多病，贤弟少壮，比我甚强，更兼胸中之学，我所不及，若见楚君，必登显宦，我死何足道哉！弟勿久滞，可宜速往！”角哀曰：“今兄饿死桑中，弟独取功名，此大不义之人也。我不为之！”伯桃曰：“我自离积石山，至弟家中，一见如故。知弟胸次不凡，以此劝弟求进。不幸风雨所阻，此吾天命当尽。若使弟亦亡于此，乃吾之罪也！”言讫，欲跳前溪觅死。角哀抱住痛哭。将衣拥护，再扶至桑中，伯桃把衣服推开。角哀再欲上前劝解时，但见伯桃神色已变，四肢厥冷，口不能言，以手挥令去。角哀寻思：“我若久恋，亦]冻死矣。死后谁葬吾兄？”乃于雪中再拜伯桃而哭曰：“不肖弟此去，望兄阴力相助。但得微名，必当（后）[厚]葬。”伯桃点头半答。角哀号泣而去。伯桃死于桑中。

角哀挨（自）[着]寒冷，半饥半饱，来至楚国。于旅邸中歇定。次日入城，问人曰：“楚君招贤，何得而进？”人曰：“宫门外设一宾馆，令上大夫裴仲接纳天下之士。”

角哀径投宾馆前来，正值上大夫下车。角哀乃向前[而]揖。裴仲见角哀衣虽蓝缕，（气语）[器宇]不凡，（荒）[慌]答礼而问曰：“贤士何来？”角哀曰：“小生姓羊，双名角哀，吴国人也。闻上国招贤，特来归投。”裴仲邀入宾馆，具酒食以进，宿于馆中。次日，设宴以待之。角哀将胸中所有，谈论如流。裴仲大喜，入奏元王，王宣入殿见，问富国强兵之道，角哀首陈（一）[十]策，皆切，为当世之急务。元王大喜，设御宴以待之，加为中大夫，赐黄金百两，彩（段）[缎]百匹。角哀再拜流涕。元王惊而问曰：“卿痛哭者何也？”角哀言左伯桃饿死一事，尽奏知。元王闻其言，为之伤感，诸大臣皆为痛（容）[惜]，[元王曰]：“卿欲如何？”角哀曰：“臣乞告假[到]彼处，迁葬伯桃已毕，却回来事圣上。”元王遂赠已死伯桃为中大夫，仍差人跟随角哀车骑，同去敕葬。

角哀辞了元王，径奔梁山地面，寻旧日枯桑之处，果见伯桃死尸尚在。角哀乃再拜而哭，呼左右唤集乡中父老，卜地于浦塘之原，前临大溪，后靠高崖，左右诸峰环抱，风水甚好。遂以香汤沐浴伯桃之尸，置内棺外椁，大夫衣冠，而葬坟陵。一造梁墙栽树，离坟三十步，建享堂，塑伯桃仪容。立华表，柱上建牌额。墙侧盖瓦屋，令人看守。造毕，设祭于享堂，哭泣甚切。乡老、从人无不下泪。祭罢，各自散去。

角哀是夜，明灯燃烛而坐，感叹不已，忽然阴风飘飘，烛灭复明，角哀视之，见一人，于灯影中，或进或退，隐隐有哭声。角哀叱曰："何人也？辄敢夤夜而入？"其人不言。角哀起而观之，乃伯桃也。角哀大惊，问曰："兄阴灵不远，今来见弟，必有事焉！"伯桃曰："感弟记（噫）[忆]，初登仕路，奏请葬吾，更赠重爵，并棺椁、衣衾之美，（固）[凡]事十全，但坟地与荆轲相连近。此人在世时，为刺秦王不（忠）[中]，以被追戮，高渐离率以其尸葬于此处，神极威猛，每夜（伏）[仗]剑来骂吾曰：'汝是冻死饿杀之人，安敢建坟，居吾上肩，夺吾风水？若不迁移他处，吾发墓取尸，掷之野外。'有此危难，特来告汝。望改葬于他处，以免此祸！"角哀再欲问之，风起，忽然不见。

角哀在享堂中一梦惊觉，尽记其事。天明，再唤乡老问："此处有坟相近否？"乡老曰："松阴中有荆轲墓，墓前有庙。"角哀曰："此人昔刺秦王不（忠）[中]被杀，缘何有坟于此？"乡老曰："高渐离乃此间人，知荆轲被害，弃尸野外，乃盗其尸，葬于此地，每每显灵，土人建庙于此，四时享祭，以求福利。"

角哀闻其言，遂信梦中之事，引从者径奔荆轲庙，指其神而骂曰："汝乃燕邦一匹夫，入秦行事，丧身误国，却来此处惊惑乡民，要求祭祀。吾兄左伯桃当代名儒，仁义廉洁之士，汝安敢逼之！再如此，吾当毁其庙而发其冢，永绝汝之根本！"骂讫，却来伯桃墓前，祝曰："如荆轲今夜再来，兄当报我！"归至享堂。是夜，秉烛以待，果见伯桃哽咽而来，告曰："感弟如此，奈荆轲从（可）[人]极多，皆土人所献。弟可束草为人，以彩为衣，手执器械，焚烧于墓前。吾得以助，使荆轲不能侵谤。"言罢，不见。

角哀连夜使人束草为人，以彩为衣，各执刀枪器械，连数十于墓侧，以火焚之，祝曰："如其无事，亦望回报！"归至享堂。

是夜，闻风雨之声，如人战敌，角哀出户观之，见伯桃奔走而来，言曰："弟所烧之人，不得其用。荆轲又有高渐离相助，不久，吾尸必出墓矣。望弟早与迁移他处殡葬，免受此苦！"角哀曰："此人安敢如此欺凌吾兄！弟当力助以战之！"伯桃曰："弟阳人也。我皆阴鬼。阳人虽有勇烈，尘世相隔，焉（敢）[能]战阴鬼也！虽刍草之人，但能助喊，不能退此强魂。"角哀曰："兄且去，弟来日自有区处。"

次日，角哀修（表）一道表章，上谢楚君，言："昔日[伯桃]并粮与臣，因此得活，以伸遇主，重蒙厚爵，平生足矣，容图后世尽心报主！"词意甚切。表付从人，遂往荆轲庙中，打碎神像，放火焚烧庙宇，后来伯桃侧，大哭一场，与从者曰："吾兄被荆轲强魂所逼，去往无门，吾所不忍。宁死为泉下之鬼，力助吾兄战此强魂。汝等可将吾尸葬于此墓之右，生死共处，以报伯桃并粮之义。回奏楚君：万乞听纳臣言，永保山河社稷！"言讫，掣取佩剑，自刎而死。从者皆惊，具衣冠，停尸于墓侧。

是夜二更，风雨大作，雷电交加，喊杀之声，闻数十里。清晓视之，荆轲墓上震（烈）[裂]如穴，白骨撒于墓前，四散皆有；墓边松柏和根拔起。[庙中忽然起火，烧做白地。乡老大惊，都往羊左二墓前，焚香展拜。从者回楚国，将此事上奏元王，元王感其义，重差官往墓前建庙，加封上大夫，敕赐庙额，曰："忠义之祠"。就立碑以记其事。至今香火不断。荆轲之灵，自此绝矣。土人四时祭祀，所祷甚灵，有古诗云：

> 古来仁义包天地，只在人心方寸间。
> 二士庙前秋日净，英魂常伴月光寒。]

死生交范张鸡黍

[种树莫种垂杨枝，结交莫结轻薄儿。杨枝不耐秋风吹，轻薄易结还易离。君不见：昨日书来两相忆，今日相逢不相识。不如杨枝犹可久，一度春风一回首。

这篇言语是《结交行》，言结交最难。今日说一个秀才，乃汉明帝时人，姓张名劭，字元伯，是汝州南城人氏。家本农业，苦志读书，年三十五岁，不曾婚娶，其老母年近六旬，并弟张勤努力耕种，以供二膳。

时汉帝求贤，劭辞老母，别兄弟，自负书囊，来到东都洛阳应举。在路非只一日，到洛阳不远。当日天晚，投店宿歇，是夜，常闻邻房有人声唤。劭至晚，问店小二："间壁声唤的是谁？"小二答道："是一个秀才，害时症，在此将死。"劭曰："既是斯文，当以看视。"小二曰："瘟病过人，我们尚自不去看他，秀才你休去！"劭曰："死生有命，安有病能过人之理！吾须视之。"小二劝不住，劭乃推门而入，见一人仰面卧于土榻之上，面黄肌瘦，口内只叫救人。劭见房中书囊衣冠，都是应举的行动，遂扣头边而言曰："君子勿忧！张劭亦是赴选之人，今见汝病至笃，吾竭力救之，药饵粥食，吾自供奉，且自宽心！"其人曰："若君子救得我病，容当厚报。"劭随即挽人请医，用药调治。蚤晚汤水粥食，劭自供给。数日之后，汗出病减，渐渐将息，能起行立。劭问之，乃是楚州山阳人氏，姓范名式，字巨卿，年四十岁。世本商贾，幼亡父母，有妻小。近弃商贾，来洛阳应举。

比及范巨卿将息得无事了，误了试期。范曰："今因式病，有误足下功名，甚自不安。"劭曰："大丈夫以义气为重，功名富贵，乃微末耳。已有分定，何误之有？"范式自此与张劭情如骨肉，结为兄弟，式年长五岁，张劭拜范式为兄。结义后，朝暮相随，不觉半年。

范式思归，张劭与计算房钱，还了店家。二人同行数日，到分路之处，张劭欲送范式，范式曰："若如此，某又送回。不如就此一别，约再相会。"二人酒肆共饮，见黄花红叶，妆点秋光，以助别离之兴。酒座间杯泛茱萸，问酒家，方知是重阳佳节。范式曰："吾幼亡父母，屈在商贾，经书虽则留心，奈为妻子所累。幸贤弟有老母在堂，汝母即吾母也，来年今日，必到贤弟家中，登堂拜母，以表通家之谊。"张劭曰："但村落无可为款，倘蒙兄长不弃，当设鸡黍以待。幸勿失信！"范式曰："焉肯失信于贤弟耶？"二人饮了数杯，不忍相舍。张劭拜别范式。范式去后，劭凝望堕泪，式亦回顾泪下。两各怅怏而去，有诗为证：

> 手采黄花泛酒卮，殷勤见订隔年期。
> 临歧不忍轻分别，执手依依各泪垂。

且说张元伯到家，参见老母。母曰："吾儿一去，音信不闻，令我悬望，如饥似渴。"张劭曰："不孝男于途中遇山阳范巨卿，结为兄弟，以此逗留多时。"母曰："巨卿何人也？"张劭备述详细。母曰："功名事皆分定，既逢信义之人结交，甚快我心。"少刻，弟归，亦以此事从头说知，各各欢喜。自此，张劭在家再攻书史，以度岁月。

光阴迅速，渐近重阳。劭乃预先畜养肥鸡一只，杜酝浊酒。是曰蚤起，洒扫草堂，中设母座，傍列范巨卿位，遍插菊花于瓶中，焚信香于座上，呼弟宰鸡炊饭，以待巨卿。母曰："山阳至此，迢递千里，恐巨卿未必应期而至。待其来，杀鸡未迟。"劭曰："巨卿信士也，必然今日至矣。安肯误鸡黍之约？入门便见所许之物，足见我之待久。如候巨卿来而后宰之，不见我惓惓之意。"母曰："吾儿之友，必是端士。"遂烹炰以待。

是日天晴日朗，万里无云。劭整其衣冠，独立庄门而望。看看近午，不见到来。母恐误了农桑，令张勤自去田头收割。张劭听得前村犬吠，又往望之。如此六七遭。因看红日西沉，现出半轮新月，母出户，令弟唤劭曰："儿久立倦矣。今日莫非巨卿不来，且自晚膳。"劭谓弟曰："汝岂知巨卿不至耶？若范兄不至，吾誓不归。汝农劳矣，可自歇息。"母弟再三劝归，劭终不许。候至更深，各自歇息，劭倚门如醉如痴，风吹草木之声，莫是范来，皆自惊讶。

看见银河耿耿，玉宇澄澄，渐至三更时分，月光都没了，隐隐见黑影中一人随风而至，劭视之，乃巨卿也，再拜踊跃，而大喜曰："小弟自蚤直候至今，知兄非爽信也，兄果至矣！旧岁所约鸡黍之物，备之已久，路远风尘，别不曾有人同来？"便请至草堂，与老母相见。范式并不答话，径入草堂。张劭指座榻曰："特设此位，专待兄来，兄当高坐。"张劭笑容满面，再拜于地，曰："兄既远来，路途劳困，且未可与老母相见。杜酿鸡黍，聊且充饥。"言讫又拜。范式僵立不语，但以衫袖反掩其面。劭乃自奔入厨下，取鸡黍并酒，列于面前，再拜以进，曰："酒（有）[肴]虽微，劭之心也，幸兄勿责。"但见范于影中以手绰其气而不食，劭曰："兄意莫不怪老母并弟不曾远接，不肯食之？]张请母弟与同伏罪。"范摇手止之。张曰："唤舍弟拜兄，若何？"范亦摇手而止之。张曰："兄食鸡黍后进酒，若何？"范蹙其眉，而似（交）[教]张退后之意。张曰："鸡黍不足以奉长者之餐，乃劭当日之约，幸勿嫌责！"范曰："弟当退后，吾尽情诉之。吾非阳世之人也，乃阴鬼也。”

张大惊曰：“兄何故出此言？”范曰：“自与兄弟相别之后，回家为妻子（日）[口]腹之累，溺身商贾中。尘世滚滚，岁月匆匆，不觉又是一年，向日鸡黍之约，非不挂心，近被蝇利所牵，忘其日期。今早邻佑送茱萸酒至，方知是重阳，忽记贤弟之约，此心如醉。山阳至此，千里之隔，非一日可到。若不如期，贤弟以我为何物？鸡黍之约，(向日)[尚自]爽信，何况大事乎？寻思无计。常闻古人有云：‘人不能行千里，魂能日行千里。’遂（祝）[嘱]付与妻子曰：‘吾死之后，且勿下葬，待吾弟张元伯至，方可入土！’（祝）[嘱]罢，自刎而死，魂驾阴风，特来赴鸡黍之约。万望贤弟怜悯愚兄，恕其轻忽之过，鉴其凶暴之诚，不以千里之程，肯为辞亲动于山阳，一见吾尸，死亦瞑目无憾矣。”言讫，泪如迸泉，忽离座榻，下阶砌。

张乃趋步逐之，不觉忽踏了苍苔，攧倒于地，阴风拂面，不知巨卿所在，如梦如醉，哭声惊动母亲并弟。忽起视之，见堂上陈列鸡黍酒果，张元伯昏倒于地，用水救醒，扶到堂上，半（饷）[晌]不能言，又哭至死。

母问曰：“汝兄巨卿不来，有甚利害？何苦自哭如死？”元伯曰：“巨卿以鸡黍之约，已死于非命矣！”母曰：“何以知之？”元伯曰：“适间亲见巨卿到来，邀迎入坐，具鸡黍以迎。但见其不食，再三恳之，巨卿曰：‘为商贾用心，失（望）[忘]了日期，今早方醒。恐负所约，遂自刎而死，阴魂千里，特来一见。’母可教儿亲到山阳，葬其兄尸。儿明早收拾行李便行。”母哭曰：“古人有云，‘囚人梦赦，渴人梦浆。’此是吾儿念念在心，故有此梦惊耳！”元伯曰：“非梦也。儿亲见来，酒食见在。逐之不得，忽然跌倒。岂是梦乎？巨卿乃诚信之士，非虚诳也，岂妄报耶？”

弟曰：“此未可信。如有人山阳去，当问其虚实。”张曰：“人禀天地而生。天地有五行，金、木、水、土、火，人则有五常，仁、义、礼、智、信，以配之。惟信非同小可。仁所以配木，取其生意也；义所以配金，取其不朽也；信所以配土，取其重厚也。圣人云：'大车无輗，小车无軏，其何以行之哉？'又云：'足食足兵，民信之矣。''不得已而去，于斯三者何先？'子曰：'去兵。'又曰：'必不得已而去，于斯三者何先？'子曰：'去食。[自古]皆有死，民无信不立。'巨卿既以为信而死，吾安可不敬而不去哉！弟专务农业，足可以奉老母。吾去之后，加倍恭敬；晨昏甘旨，勿使有失，养生送死，大宜谨之。"拜辞曰："不孝男张（邵）[劭]今为义兄范巨卿为信义而亡，须当往吊。"已，再三叮咛张勤，（今）[令]侍养老母："母亲早晚勉强饮食，勿以忧愁，自当善保尊体。（邵）[劭]于国不能尽忠，于家不能尽孝，徒生于天地之间耳！今当辞去，以全大信。"

母曰："吾儿去山阳千里之遥，月余便回，何故出不利之语？"张曰："生如浮沤，死生之事，旦夕难保。"恸哭而拜。

弟曰："勤与兄同去，若何？"元伯曰："母亲无人侍奉，汝当尽力事母，勿令吾忧！"洒泪别弟，背一个小书囊，来早便行。沿路上饥不择食，寒不思衣，夜宿店中，虽梦中亦哭。每日早起赶程，恨不得身生两翼。行了数日，到了山阳，问巨卿何处住，径奔至家门首，见门户锁着。问及邻人，邻人曰："巨卿已过二七。其妻扶灵柩，往（廓）[郭]外去下葬。送葬之人，（向）[尚]自未回。"

张问了去处，奔至（廓）[郭]外，见山林前新筑一造土墙，墙外有数十人，面面相觑，各有惊异之状。张汗流如雨，走望观之，见一妇人，身披重孝，一子约有十七八岁，伏棺而哭。元伯大叫曰："此处莫非范巨卿灵柩乎？"其妇曰："来者莫非（汝是）张伯元乎？"张曰："张（邵）[劭]自来不曾到此，何以知名姓耶？"妇泣曰："此夫主再三之遗言也。夫主范巨卿自洛阳回，常谈贤叔盛德，但恨不识尊颜，前者重阳日，夫主忽举止失措，对妾曰：'我失却元伯之大信，徒生何益？常闻人不能行千里，魂能行千里，吾宁死，不敢有误鸡黍之约。死后且不可葬，待元伯来见我尸，方可入土。’今日已及二七，人劝云：‘元伯不知，如何得来见其尸，先葬讫，后报知未晚。’因此扶柩到此，众人都拽棺椁入金井，并不能动，因此在坟前，都惊怪。见叔叔远来，如此（荒）[慌]速，必然是也。”元伯乃哭倒于地，妇亦大恸。送殡之人，无不下泪。

元伯于囊中取钱，令买祭物，香烛纸（陌）[帛]，陈列于前，取出祭文，酹酒再拜，号泣而读。文曰：

[维某年月日，契弟张劭，谨以炙鸡絮酒，致祭于仁兄巨卿范君之灵，曰：于维巨卿，气贯虹霓，义高云汉。幸倾盖于穷途，缔盍簪于荒店。黄衣九日，肝膈相盟；青剑三秋，头颅可断。堪怜月下凄凉，恍似日间春恋。弟今辞母，来寻碧水青松；兄亦嘱妻，伫望素车白练。故友那堪死别，谁将金石盟寒？丈夫自是生轻，欲把昆吾锷按。历千古而不磨，期一言之必践。倘灵爽之犹存，料冥途之长伴。呜呼哀哉！尚飨。]

元伯发棺视之，哭声（恸）[动]地，回顾嫂曰：“兄为弟亡，岂能独生耶！囊中已具棺椁（二）[之]费，愿嫂垂怜，不弃鄙贱，将（邵）[劭]葬于兄侧，平生之大幸也！”嫂曰：“叔何故出此言也？”（邵）[劭]曰：“吾（思）[志]已决，（勿请）[请勿]惊疑！”言讫，掣带刀自刎而死。

众皆惊愕，申闻本州太守，烦高亲至坟前设祭，具衣棺营葬于巨卿[墓]中，将此事表奏。明帝怜其信义深重，两生虽不登第，亦可褒赠，以励后人。范巨卿赠山阳伯，张元伯赠汝南伯。墓前建庙，号“义信之祠”，墓号“信义之墓”。旌表门（闻）[闾]，官给衣粮，以膳其子，巨卿子范纯绶，及第进士，官[鸿胪寺]卿。至[今]山阳古迹（尤）[犹]存，题咏（及）[极]多，聊陈二诗曰：

义重张元伯，恩深范巨卿。
不辞迢递路，千里赴鸡羹。
既报身倾没，辞亲即告行。
山间□□□，万古仰高情。

欹枕集下

老冯唐直谏汉文帝

葛亮，越范蠡，唐郭子仪，分两行为十哲。两廊下分□□，列□十二人，左押班[白起]，[右]押班孙膑，其余各有资次。□□准奏，便下诏建庙，供器祭物，一切完备。后至五代，未尝[有]缺。至宋太祖武德皇帝登基于汴梁，大展殿庙。故唐时虽各州有庙，并体长安所建，未甚广大。宋朝增广甚盛。

乾德五年，太祖车驾幸国子监，听诸儒讲说前代史书。时有承相赵普，尚书窦仪、张昭在侧。

太祖听讲周齐太公用兵□之法，圣情大喜，随问："[武成]庙在何处？"张昭奏曰："只在国学之西。"太祖驾往武庙，上殿烧香，令承相赵普替拜，（已）[以]下□官亦皆拜。天子逐一位问其功劳，赵普等以本传可对。

[太]祖策玉麈斧，下殿左廊，指押班："此何人也？"窦仪曰："（奉）[秦]将白起也。"太祖曰："莫非坑赵卒四十万乎？"窦仪曰："然。"太祖大怒，指白起画像而言曰："坑降杀顺之人何得押班！"以麈斧划碎其面，回顾赵普曰："当以何人代之？"普曰："非吴起不可。"太祖问吴起事，普奏呈吴子之书。圣喜，便令即日代之，就书

其事于上。

后太祖崩，太宗传位真宗，国家升平无事。真宗□诏史官讲前代名臣列传，遂命车驾幸武庙，上殿烧香，令丞相替拜。逐一位问。问至韩信，真宗曰：“信曾反汉遭诛，何得庙食？可贬出庙！”尚书张询出奏：“唐李勣曾阿谀言，高宗几乎丧国。此时高宗欲立武氏，诸大臣皆不可。勣曰：‘家□事，岂问大臣？’遂立武氏，险送了大唐。此人亦不可入庙。”真宗曰：“韩信、李勣，皆有大罪，合贬下殿。诸葛亮虽有微功，乃忠善之士，不可降之。”奏请：“赵充国乃汉之名将，年七十，（尤）[犹]建大功，可代韩信之位。李晟威震华夏，唐之功臣，可代李勣之位。”真宗从之。又奏：“（五）[伍]子胥曾鞭主尸，赵云曾叱主母，此二人不堪入庙。”真宗曰：“此二人亦英杰□，可于门首享祭。”至今于武庙为把门将。

仁宗朝加武成王为昭烈，不则唐宗立庙，唐太宗有凌烟阁图画功臣，汉光武建云台以祀诸将，不则云台凌烟，西汉高祖亦（会）[曾]在香火院画前代功臣。高祖于香火院，画功臣于壁间，令人四时享祭。

今日说汉文帝朝，有一大将，姓魏名尚，官拜云中留守，屯兵十万，杀得匈奴不敢望南牧马，闻魏尚之名，肝胆皆碎。文帝为边上战士多负勤劳，令中贵仇广居赍金帛五十车，（真）[直][往]云中劳军。魏尚接着仇太尉，馆驿中安下，随即（换）[唤]管军□自交割金帛，便行给散，自己合得亦皆俵散。

仇太尉见魏尚相款甚薄，心中不悦，临起身，使人问魏尚索回程厚礼。尚曰：“天子为王事而来，彼为私心而来！”去人回报此语，仇广居大怒，不辞而回。至长安，文帝问：“劳军若何？”广居曰：“军将虚受其赐，皆（主怨）[怨主]也。”文帝大怒，便差皇叔刘昂为云中留守，就调遣本部军马，兼问魏尚克减情罪。刘昂到郡，将魏尚拿下，长枷送狱，勘问其实。军将无一个不下泪。

细作探听得，报知匈奴。匈奴大起番军，兵分两路，一取云中郡，一取河东上党郡。刘昂听知番军来，引魏尚所辖军马出迎。军马皆无战心，交锋未战先走。番军赶至，乱军中杀死刘昂。其余各逃难归。

云中文书（也似雪片）[雪片也似]告急。文帝急聚文武商议，令中大夫金勉引军五万，守飞狐关（今之代州之地）；令楚相苏意引军五万，守句注关（郡，雁门也）；前将军张武引军五万，守北地（今之真定是也）。三路首尾相接，同救云中之危，即日起程。

这三路军马虽去（守关把）[把守]边关去处，不曾得匈奴半根折箭。匈奴增添人马，三路攻击。

飞报至紧，文帝怀忧。又[令]宗正卿刘礼引军三万，于坝上屯驻；左将军徐（悍）[厉]引军三万，于（辕）[棘]门屯驻；右将军周亚夫引军三万，于细柳营屯驻。细柳营在渭河北，昆明池南，京兆之西。三路军以防（宋）[不]虞，其余军马尽迤北边助敌。

凡百余日，并不见边廷报捷之书，文帝甚忧，乃引近臣僚黄门户尉三千余人，各乘马匹，（辕）[棘]门、坝上、细柳三处劳军。文帝先使近臣传旨至（辕）[棘]门，左将军徐（悍）[厉]令将士皆全装，离营三十里迎接车驾。天子降旨：每军士一名，绢一匹，银十两，肉五斤，酒一瓶。左右自有去散之人。众军声喏，以谢圣恩。次日至坝上，宗正刘礼大小三军亦去三十里迎接，如（辕）[棘]门一般赏军。

天色已晚，文帝往细柳营去。半途，迎着传圣旨的人，回奏："虽听了圣旨，不开营门。"天子催动龙车，直至细柳营前，并无一人迎接。左右皆惊。文帝至营门，令近臣传圣旨："天子亲至行营，特来犒军。"把门都尉回言："天昏日暮，不是天子远来时分，恐引奸诈。"屯门不开。奉御曰："天子有诏，汝何人？敢抗拒耶？"都尉曰："军中只闻将军令，不闻天子诏！"奉御回奏。文帝令持汉节而往。都尉于门首侧门接汉节，入见亚夫。亚夫曰："既有汉节，天子必至。

休开大门，开侧门，止放天子一人一骑入寨，其余当在辕门之外。”都尉传令，众官下马，天子按辔而行。入营，至帐下马。亚夫不拜，以军礼见天子。天子赏（待）[赐]已毕，急急上马。亚夫送至门首，再不远出。

众官一齐下马，徐奏与文帝：“亚夫罔上耶？”文帝曰：“此真将军也！向者（辕）[棘]门、坝上，如儿戏耳！”众官皆不能答。

文帝回銮，至安陵。众乡老皆拜舞于道傍。文帝曰：“汝等皆安乎？”乡老曰：“托陛下洪福齐天下，一岁收三岁粮米，科敛甚轻，下民皆鼓腹讴歌，陛下真乃圣明尧舜之君！”文帝大喜，幸香火院，下马踞床而坐。乡老皆献盘馔，文帝甚喜，就留下在大院中。

黄昏秉烛，见一老人，须眉皆白，拜于阶下，文帝问曰：“卿何人也？”老者曰：“臣历仕三朝，直香火院使臣中部署长冯（老）[唐]。”

文帝曰：“卿于何年出仕？”冯唐曰：“臣先大父仕于赵国。臣历于秦，至本朝，历事凡四十年矣。”文帝曰：“四十年历事吾（吾）朝，如何只在西廊署？此微末官耳！”冯唐曰：“臣生赵（持）[时]，正在童稚之间。吾遭秦乱，坑戮（孺）[儒]生。及至先皇重兴之时，好武臣，但小臣能文，因此不用。今者幸遇圣主临朝，崇儒重道，以年逾八十，已无用于世矣！”文帝（太）[大]笑曰：“卿虽世雄才，奈何却如此之命薄耳！”赐锦墩而坐。冯唐再拜于地。

少顷，文帝更衣，执麈斧入院烧香。礼毕，（门）[闲]观两廊壁，各画十余人，皆衣冠士。文帝回顾，见众臣宰并乡老，环立于阶下，乃问曰：“此画者何人也？”冯唐对曰：“皆前代功臣也。”帝喜，召唐近前，逐一问之。见于内二人，形容魁伟，帝指而问曰：“此二人何代功臣也？”唐曰：“此赵国廉颇、李牧也。”帝曰：“朕昔居代州，常闻赵将李齐战于钜鹿之下。朕寝食未尝忘之。李齐比颇、牧如何？”唐曰：“臣祖父皆仕于赵，足知李齐之为人，比之廉颇、李牧，十不及一。”帝笑曰：“朕常读史记，亦知颇、牧之善用兵，李齐不及也。朕若得廉颇、李牧，何虑匈奴耶？”冯唐进前曰：“陛下虽得廉颇、李牧，亦不能用。”

文帝瞪目而视老冯，面有愧色，从步下阶，径往阁中。人皆指老冯曰：“此老干犯圣威，必死矣！”唐容无愧色。

少顷，文帝呼近御臣，宣冯唐入阁中。帝曰：“朕虽不明，卿何故于稠人中面折寡君耶？”唐拜于地，答曰：“臣乃山野村夫，不识忌讳，误触天威，罪该万剐！”帝命平身。良久，帝曰：“卿何知寡人不能用颇、牧耶？”唐曰：“赦臣死罪，方敢奏。”帝曰：“尽该赦下，卿无隐焉！”唐曰：“臣闻古之帝王得天下者，初拜将时，须当筑坛三层，遍诏士卒。天子亲以白旄黄钺，兵符将印，跪而进曰：‘阃之内，寡人制之；外者，将军制之。’其军天子不校，出入听其任用。先皇亦曾捧毂推轮，以拜韩信为大将。此古命将之道也。昔李牧在赵为将，革车一千三百乘，精骑一万三千匹，百金之士五万人，乃一人价百金也。由是北逐匈奴，南支韩魏，西拒强秦，破东（吴）[胡]，灭（儋）[澹]林，纵横天下，遂为霸国。四海之人，皆知李牧之英雄，莫敢犯也。从赵王迁立为君，其母出身倡优，用郭开为相，开素恶李牧，妄言反叛，将李牧杀之，赵国遂灭。今圣朝魏尚，为云中留守，其军市之租，尽飨士卒。另借禄养钱，五日一锭，率养宾客、军吏、舍人。由是北拒匈奴，不敢正眼而觑视中原。此皆魏尚之力也。云中战士，岂知有（天藉）[尺籍]五符哉！不顾性命，终日力战，方能上功。（慕）[幕]府一言不相应，文墨之吏法绳之，圣朝法不明，赏太轻，罚太重。此亦未足为怪。魏尚国之柱石，陛下信听谗佞之言，罢其官爵，夺其军权，下狱问罪，以致匈奴长驱大进，轻视中国。以此推论，故知陛下有廉颇、李牧而不能用也。”

文帝愕然，拍其股而叹曰：“非卿所奏，则寡人遭万世之骂名！”一面传旨，收仇广居狱中，对冯唐曰：“卿勿以年老为辞，可持节亲往云中，赦魏尚之罪，就将各州兵马，皆令本人调遣，以追匈奴。”

冯唐再三不能推却，次日，辞天子，持汉节，乘驿马，投云中来；比及到郡，尚有百余里，见一簇人马，摇旗操鼓而来。冯唐大惊，驻马而待之。见军将向前而问曰："持节者何人也？有甚公干？”冯唐曰："吾奉天子命，特来赦魏尚罪。”众皆拜伏于地，曰："某等皆是魏将军所辖之人也。闻主无罪陷于缧绁之中，我等皆欲劫狱救主，投匈奴，以取中原。今天子既明，当拱手听死。”冯唐曰："汝等何不跟我入城，听天子诏？”众皆踊跃大喜。

冯唐跃马至云中，狱中取出魏尚，听圣旨罢，仍再交割兵符印。尚曰："某自来与公无旧，何为力赐辨报也？”唐曰："大丈夫生于世间，岂无公论？将军威名播于四夷，谁不仰慕？但天子一时信听谗言，以惑其众心，如浮云之蔽日。风至云散，日复明矣，又何疑焉！”魏尚曰："吾无可报公之大恩，公可暂停车驿于驿中，容某建一两阵功劳，令公回长安（回）[报]捷，庶几不负公之重报。尊意若何？”唐曰："老夫专待将军好音。”魏尚再行训练兵将。兵将皆大呼曰："愿死战以报主公！”

尚引军，整肃衣甲、弓马，□□部军出阵，先与匈奴交锋。匈奴（白已）[自以]为等闲，长驱番兵，奋力冲突。尚引铁骑数千，高竖旌旗，操戈直出。匈奴一见，众痴呆，弃弓矢、旗幡，望北而走。魏尚引铁骑数千，大队人马如（坎）[砍]瓜截瓢之势，番兵大溃，连夜进兵，克复州县。匈奴王子知魏尚又领军马，连宵遁避。

尚扫荡边寨，不及半月，匈奴（扫）[归]降，回见冯唐，谢曰："若非丈丈，安能再得见天日！今匈奴遣使，赍名马、金珠，献纳上表。望同去长安，面见圣上，以奏前事。”

冯唐大喜，持节同番使入朝奏知。文帝与冯唐曰："若非卿直言，朕几乎损了良将。果然廉颇、李牧不可及也。”准匈奴求和之事。宣魏尚入朝，封为云内侯，都督塞北军马。冯唐加为主爵都尉。唐再三拜谢。文帝赐田三千亩，住宅一区，冠服几杖等。后年九十六岁，无疾病而终。

有诗：

三老兴言可立邦，汉文屈己问冯唐。
当时若不思颇牧，魏尚何由得后权？

汉李广世号飞将军

入话：

楚汉相驰百战兴，至今何代不谈兵？
凌烟阁上从头数，安得无征见太平？

这四句诗，说武官万死千生，开（强）[疆]展土，非小可事。伏羲、神农之时（已）[以]前，并无征战。自轩辕黄帝之时，蚩尤作乱，黄帝命风后为师，破蚩尤涿鹿之野，自此始用兵戈。五帝之时，便有征战。三代春秋，互相吞并，东夷、西（戍）[戎]、南蛮、北狄。

世言匈奴倚仗人强马壮，不时侵犯中原。秦始皇筑万里长城，以拒胡虏。秦灭汉兴，传至文帝，二十三年为君，多被匈奴所扰。十四年上，匈奴数十万，入寇萧关，边廷告急。文帝下诏招军，良家子弟应募者，量才授职。于山西成纪得一人，姓李名广。其祖李信，秦时为将，跟逐王翦攻燕有功。专习弓箭，自谓传得甘宁、纪（口白）[昌]之法。久居陇西槐里，后迁成纪，世世家传箭法。

文帝时，李广与弟李（葵）[蔡]一同应募。随军征战，出萧关，首先射死匈奴百余人。匈奴大溃。回长安面君，封为中郎将。弟李

（葵）[蔡]封为武骑常侍。

一日，广从文帝上林射猎，忽然深草中赶起一只猛虎，众（家）[皆]躲避。广骑马向前，拈弓搭箭，一箭正中虎腰，坠坡而死。山后喊声不绝，又于山边赶出一虎。广听知，飞马转过山脚，正遇虎相近，一箭[射]去，正中虎目，直透过脑而死。文帝亲见李广射死二虎，（交）[教]取金百两，绢百匹以赏之，（俯）[抚]其背，谓广曰："惜乎，子不遇时！若子在高帝时，封万户侯，岂足道哉！"那时文帝尊儒好礼，不（遵）[尊]武官，故发此言。乃李广命薄，不得加封。有诗云：

> 射虎英雄孰可加？君王（俯）[抚]背重咨嗟。
> 高皇若遇封侯易，从此功名到底差。

文帝崩，景帝立，除李广为陇西都尉，改（附）武骑郎。值吴楚乱，帝命周亚夫为将，收吴楚。加广为骠骑都尉、前部先（峰）[锋]。首先射死二将，连胜数阵。梁王见，喜，以将军印背了。广喜身先士卒，连立奇功，吴楚平，班师回朝。谏议大夫奏："广乃先（峰）[锋]，不当背将军印。将功折罪，不当赏赐。"迁上谷郡太守。

匈奴日夜侵边，广累战累胜。公孙昆（也）[邪]见景帝，泣而奏曰："广之才气，天下无双。自负其能，凡与虏战，不顾生死。然一旦去之，诚为可惜，乃废国家栋梁也。"往任上（谷）[郡]太守。

广至上郡，未及半年，匈奴广入。广领上郡岳兵出战，连胜数阵。奏闻景帝。帝遣中贵孟优，往军前探虚实，见广，问破虏事。广白曰："视匈奴如小儿耳！"中贵要看战斗，广以无人敢敌，遂引数千骑，请中贵看破虏。

是日，出到野外，并不见匈奴，迤逦袭去，见空中一皂雕飞翔，广取弓欲射，只听得弓弦响，雕坠空而下。广问曰："何人射中皂雕？”从骑皆言：“不曾放箭。”广飞马观之，山坡下有三人，各乘骏马，披项服，控弓（知）[矢]而望。广引军追之。射雕者见中贵衣锦袍于军中，意必是主帅，一箭射来，正中心窝，坠马而死。广大怒，拍马赶上，射杀二人，一人逃命。广曰：“此必射雕者！”飞马赶上，生擒付从者，只引十余骑，再寻匈奴。

忽尘土起，万余骑从上峪中出。广取出百箭，百中。箭尽，匈奴不退。广引十余骑上山，下马离鞍高卧。匈奴视之，恐有埋伏，不敢上山击之，徐徐引军退走。广见山下军中一人，金甲白马，乃匈奴王子，为首阿廷。广不起而射之，一箭中面颜而死。匈奴（太）[大]退，广乘势杀之，败归沙溪，以功上奏。官僚言：“可赏！”景帝曰：“损吾中贵孟优，不可赏，将功折罪。”除广未央宿卫。

四年，匈奴十余万出雁门。帝遣广为将，引军三万迎之。广受命，至雁门关，忽然风寒卧病不起。匈奴攻击得紧，诸军催战，广怒气上马，与虏交锋。胡将四人并力攻广，广病躯不能胜，被胡将刺于马下。胡人大呼曰：“王子传旨，拿得李广，可生擒来！”因此不杀，用皮囊（中）[盛]贮，夹于两马间。汉军大败，损将折军。

广在皮囊中，诈（取）死不动，胡人以为真死，开囊视之，（太）[大]呼一声，如巨雷，胡人措手不及，被广跃起，夺枪刺杀，抢马一匹骑回，再聚败残兵将，连夜去劫掳营寨。匈奴大败，归沙溪去了。

广班师回长安，省官奏广折军大半。帝怒，将广下廷尉问罪。于法当斩，遇大赦，免罪。罢官闲居蓝田山中庄上，与颍阴侯婴孙强为友，每日以饮酒散闷。

居数年。一日，天寒大雪，广乘匹马、挟弓箭，往婴孙强庄上相探，本人设酒相待，为言：“寨上辛苦立下大功，今日朝廷不用，空闲了英雄手段！”自歌自叹一回，不胜大醉。婴留宿，广不肯，乘兴上马。风雪正急，策马而行，忽古木号风，举头视之，见一猛虎卧于林前，广急拈弓搭箭，尽力射去。射得火花迸散，其虎不动，广拍马近前观之，乃墓前石虎也。其箭射入石中半寸。广方知，衔住箭头。广自惊异，再回马于旧射虎之处，再放十余箭，箭头皆不能入石。广方知始见时将谓真虎，乃施神力；今已知之，心中慢（立）[力]不能及也，呵呵大笑，策马回庄。

时已初更时分，但雪光夜明，因此不觉。至霸陵桥上，廷尉引军喝曰："此何人也？"广曰："吾乃前将军李广。"廷尉曰："今将军尚不敢夜行，何况前将军乎？"喝军士挽广下马，吊于桥上。冻至天明，韩安（谷）[国]见广吊于桥上，喝令放之。

后半年，匈奴入寇，杀辽西太守，边报甚急。帝遣韩安（谷）[国]为将破之。安（谷）[国]到边廷，连输数阵，上表乞李广救援。帝宣广为北平太守兼将军，上边破虏。广至，乞霸陵廷尉为先锋，尉只得去北平。韩安（谷）[国]言："匈奴势大不可敌。"广差霸陵廷尉引千骑出阵，大败而归。广曰："昔时在霸陵如此英雄，今日临边如此败也！"廷尉无言。广命斩之。

广引军出，匈奴一见，望风而走，大呼曰："飞将军来也！"自此世号"飞将军"。

匈奴遁去，广回长安。韩安国奏功，帝欲加官。霸陵尉家人诣阙，告广起[挟]仇报，无（非）[罪]斩尉。帝怒，将功折罪，再为闲人。

后武帝登基，匈奴左贤王拥精兵二十万，入寇中原。群臣奏请博望侯张骞为帅。骞保举广同行。武帝准奏，加广为前将军，与骞同赴边上。整肃队伍，与骞分兵作两路破匈奴，骞从东道入，广从西道。

广留军陆续进发，先与长子李敢引五千骑长驱大进，正与匈奴左贤王军马相迎，胡兵十万，旗幡蔽日而来。汉军大（起）[恐]。广与子李敢曰："汝可持刃以遏其后，如军士退者立斩。吾当以身先之。"左贤王乘大纛车，于军中调遣。广引千余骑先冲入阵中。匈奴掩面大呼曰：“飞将军又来也！”李敢随军士攻击，胡兵四败奔走。广杀死左贤王，纵马追杀败散、被箭所伤、死于沙场者，勿知其数。广回，正迎左贤王太纛车，就乘而回，路遇张骞，骞将为是胡兵，将本部军围定。广下车备说其事，骞大喜。

边上平复，张骞、李广回长安面君。人奏上：“广在塞上乘左贤王车，意图不仁。”送下廷尉问罪。骞力奏：“广大小功次十余件，杀死左贤王，皆广之功也。不（因）[幸]误坐王车，乞圣情宽恕！”帝命将功折罪，废为庶人。

后匈奴又犯三关，至急，人奏请大将退之。武帝乃命卫青为帅，保外甥霍去病为先（峰）[锋]。大臣奏曰：“李广累战匈奴，匈奴大惧，号曰‘飞将军’。如此人去，必有大获捷报。”帝宣广为前将军，随卫青上边。广此时已老，带子李敢、李（憔）[椒]同至塞上。

卫青分兵三路：青自取中原，霍去病东路，广取西路。约至接天岭取齐。

广与二子引兵马万余，迤逦杀奔北边来。一日，天降大雾，漫山蔽野，意不知东西。广恐失误限期，从军马行。至日午，方始雾收。广军有曾北征者，见路生涩，勒住人马，回报李广。广（由）[犹]未信，只顾纵军前进。整行一日，至山，广方信差了路途，急（从）[令]回军，路上迎见汉军报来：“卫青、霍去病两路军马，大破匈奴，已到接天岭屯驻。”广仰天叹曰：“吾自幼从军，多功沙漠，今已年老，终生不遇，奈何命薄耶！”

晚至岭下，见卫青时，功劳已自报朝廷去了，广郁郁不乐。朝廷使命至，宣卫青班师。广与子敢曰：“宁死番地，我无面目见朝廷矣！”

霍去病至，曰：“朝廷要斩汝首，以正慢功之罪。”霍去病随卫青还国。广思：“空归人世，一生不遇，几遭黜逐，万代笑耻！”帐中拔剑，自刎而死。如此一个将军，化作南柯一梦。

后来，李敢、李禹刺霍去病。朝廷命霍去病（子）[弟]霍光为勘官，见李氏子子孙孙不绝，必世世报仇，遂解释其事。李（氏子）[禹]、李陵，皆李广之后也。

王勃作滕王阁诗序一联："冯唐易老，李广难封。"冯唐如此足智多谋之士，年老不得重用；李广如此雄才豪气之将，终生不得封侯，皆时也，运也，命也！

胡（曹）[曾]先生有四句诗：

原头日落雪边云，犹放韩卢逐兔群。
况是西方无事日，霸陵谁识旧将军？

夔关姚卞吊诸葛

入话：

话说宋朝仁宗朝，有一秀才，姓姚名卞，表字伯善，祖贯嘉禾人氏，父母双亡，孑然一身，在外祖家中教授度日。嘉祐年间，赴京应举，不第，回，于嘉禾教学。为人聪明，好看史书，常常议论古人。能操琴，写晋字，曲尽玄妙。尤好抚剑谈兵。但得闲暇，便去游山玩水，追访前事。

那时嘉禾只是个县治，后来高宗南渡，方改作州府，地名槜李，号秀州嘉兴府。因真宗朝禾生九穗，因此名嘉禾。

嘉祐五年春，二月半后，姚秀才散了中学，正在学堂中改（工）[功]课，只见一个承局，背个包袱，驼把伞，入来，放下行李，纳头便拜。姚秀才（荒）[慌]忙扶起，问道："从何而来？"那承局道："小人姓李，西川成都府上厅承局。今奉安抚相公差遣，一径来见解元，有书在此。"姚秀才道："小生自来不曾到西川，蜀中又无亲故。何人请命？承局莫非错矣？"李承局解包袱，取出书信，度与姚秀才。看封皮上写："成都府安抚晁尧臣，书付与江南嘉禾姚文昭男姚伯善秀才收拆。"姚秀才看了，大喜，便道："姚文昭乃是家尊，晁尧臣与家父莫逆之交。尧臣曾拜先人为兄，是我叔父之道。十数年音信不闻不知，今做到成都府尹，特（交）[教]承局远来，必有事故。"拆信看了，书中意思云：

近人自江南来，说贤侄教学度日，惟恐误了功名。（金）[今]特遣人赍白金百两，与侄为路费。望侄与去人一同前来，别有商议，如书到日无阻。

姚秀才读罢，大喜，与承局云："我和外祖商议，方可一行。"留承局安歇定了，来见外祖，说上件事务。外祖道："汝正青春，又无家小所累，既尧臣取你，有抬举之意，去走一遭，有何不可！"

秀才领命，当日散了学生，收拾衣装，无非是琴剑、书箱。数日之内都完备了。姚秀才辞了外祖，雇觅小舟，和李承局下船，望西川进发。在路上不则一日，上江下江，并是水路，迤逦到川口，李承局道："此间若从水路搭川船上去，路途急切难得到，不若买匹驴儿，拴束一副鞍辔。"

姚秀才携鞍上驴背，李承局挑着行李，往剑阁路上来。姚秀才[见]一程程青山耸翠，绿水拖蓝，又值暮春，夹路野花，穿林啼鸟，天气不暖不寒，甚是清人诗兴。正是：路上有花并有酒，一程分作两程行。

行了数日，前至一关，关前一个（舌）[古]镇，姚秀才下驴背，与李承局道："连日行路驱驰，不如早歇，来朝登程。"李承局挑着行李入店，寻间干净房歇定。安排晚饭，蹇驴牵入后槽，小二哥就备草料，不在话下。

姚秀才吃罢饭，信步出店。上山闲登谯楼，望大江。江外一派青山。半衔落日。江边小船收缯卷网，冲淡烟、望远浦而去。姚秀才见了江山景物，真乃天开图画，如何不喜？转过曲阑干，直下俯观。见平沙滩上，堆叠怪石，约有六十余堆，方圆曲直，各有门户。

秀才嗟呀不（巴）[已]。忽然守关在侧，姚秀才揖罢，问曰："沙（工）[上]石堆，此乃何人戏作也？"老吏曰："我观秀才虽服儒衣，不识古今之人也。”秀才曰：“吾自幼读书，安不知耶？”老吏曰：“既读史书，安不知汉末三分诸葛武侯之古迹也？此关乃夔关，前即夔府也，乃古之白帝城也。关下乃鱼腹浦。沙滩之上，乃诸葛当时所列‘八阵图’也。旧日曾伏陆逊于此。到今关边人，遇春时皆来游玩，（为）[谓]之踏迹。公既读《三国志》，必知其事。”秀才曰：“三分到今，千余年矣。大江潮水，往来冲击，何得尚在？”老吏曰：“川中大树可径十数围，长五七丈，年遇洪水骤发，放入大江，顺流而不转遗，冲波突浪，如飘一苇。山岸尚自崩裂，况堤岸堆？此石冲击不动，故唐杜工部有诗云：‘功盖三分国，名成八阵图；江流石不转，遗恨失吞吴。’此神异之圣迹也。”秀才曰：“既有此圣迹，里人何不建庙？”老吏指：“关下松阴中，即其庙也。”

姚卞就邀老吏同往，到庙，上殿瞻圣像，再拜。下阶观壁上题咏，触然有感。正欲留题，恨无笔砚。老吏于庙祝处，借笔砚至。姚卞挥毫于壁上，题《（酪[酹]江月》一篇云：

> 小舟横截。看云峰高拥，千堆苍壁。白帝城中冠盖换，田野玄德。三顾频繁，两朝开济，何处寻遗迹？翻石阵，至今神护沙碛。　　想诸葛当年，幅巾高卧，抱图王计策。见说祠堂今尚在，中有参天松柏。巡蜀英谋，吞吴遗恨，俯仰成今昔。空令豪俊，浩歌横涕挥臆。

题罢，还笔砚，别老吏，归店中。

是夜，山月澄澄，江风淅淅，穿云射槅，勾引诗兴，姚卞遂呼承局点起灯光，于行囊中取古笺一幅，并笔墨、砚瓦于几上，寻思：“武侯乃古今无比之人，小词安可吊之？遂作长篇，来早就致祭而去。”援笔一挥，文不加点。写毕，睡。至天明，早膳罢，令承局于镇市买香纸、酒果、盘馔，先去庙中罗列。姚卞遂更衣，执祭文，往庙中，烧香再拜，酹酒而读：

维皇宋嘉祐五年，嘉禾姚卞，谨以清酌庶羞之奠，致祭于汉丞相诸葛武侯之灵，曰：

炎精杪暮当桓灵，妖气蔽之豺狼存。操虽汉相实汉贼，逼胁万乘迁神京。二袁、刘表、孙破虏，坐视三虎扬旗旌。豫州哀悯世无主，殷勤三作茅庐行。先生感激弃（来）[耒]耜，坐间谈笑许诛鲸。运谋教权破赤壁，长剑西至烟尘清。托孤啼泣请继死，愿效忠贞竭股肱。祁山六出耀神武，威伏鼠盗潜无申。中兴汉业世罕有，折冲不用施刀兵。苍天何事绝炎汉？半夜耿耿长星倾！哀悯豪杰志不遂，（鸣）[呜]咽忿气空填膺。惟神有灵，俯垂昭鉴！

读罢，烧纸再拜，遂将酒肴，邀守关老吏并庙祝共饮，论武侯之事。庙祝言："风雨之夜，闻庙中人语马嘶。"

姚卞疑所言不实，酒尽，辞庙祝，步下山坡，乘微醉，望沙上石阵而去，入内遍观，良久，仰面掀髯大笑，曰："姚卞何如此之愚也！亦信（之）[此]妄言！此但只是成块乱石，安得有神哉！"言罢，寻路欲回。忽然阴风四起，愁云满地，怪石槎枒似剑，黄砂重叠如墙，滚滚江声，似万马冲突而至。

姚卞大惊，欲寻走路，四面皆无，惊得魂飞天外，魄散九霄，遂叹曰："当日陆逊提百万精兵到此，亦不能再回东吴矣！"正（荒）[慌]速间，见一童子，顶绾丫角，明眸皓齿，青衣称身，皂绦掠膝，进前拜揖而言曰："主翁谨请解元庄上会茶！"姚卞曰："你主翁何人也？"童子曰："姓葛，只在石坡下便是。"

姚卞乃随童子出石阵，沙上行不数步，但见山色侵眸，莺声到耳，花香扑鼻，莎草衬足，红桃、绿柳阴中，掩映竹篱、茅舍。童子入报，主翁出迎。姚卞视之，其人年近六十，身长七尺，面如美玉，唇若绛丹，戴逍遥偃月巾，穿飞绒白鹤氅，飘飘然，神仙之侣；挺挺乎，廊庙之材。姚秀才见了，（荒）[慌]忙进前施礼。老丈答曰："衰老无力出庄，请邀文旆，切乞恕罪！"姚卞答曰："江南晚进，得造贵地，幸蒙见召，敢不奉命！”邀入草堂之上，分宾主坐。

姚卞看草堂左右，松柏交加，琴书罗列，遂问：“老丈世居此处耶？”老丈答曰：“老丈世居成都，近辞职闲居于此。昨蒙庙中仰观佳章，今日又闻朗诵杰作，下怀不胜健羡。不敢拜问解元，入川何干？”姚卞曰：“晁安抚乃先人至交，特令人呼唤一行。”

老丈命童子取茶以进。茶罢，老丈问曰：“老夫僻居村落，闻见甚浅，胸中有少疑之事，欲求解元一决，可乎？”姚卞曰：“晚生虽不才，愿闻丈丈胸中之疑。但恐有辱下问。”

老丈曰：“昔日汉室衰微，奸雄竞起，跨州连郡，以众击寡，不可胜计。且如魏有张辽、张郃、徐晃、李典、司马懿等辈，吴有周瑜、鲁肃、吕蒙、陆逊。此数子运谋决胜，用武行师，未尝败北，解元并无一言称道盛德。诸葛孔明困守一隅之地，六出祁山，虚费钱粮，功业不成，何如此之浅陋！解元以为世之罕比，莫非太过否？此乃老夫胸中之疑，愿足下察之！”

姚卞听罢，仰面大笑而言曰：“丈丈乃坐井观天矣！”老丈拱手而问曰：“□赐教益，一洗尘垢！”

姚卞正容而言曰：“丈丈可听晚生以世间二物譬喻之：蚊虫运翅，终日不能抚越廊庑；若附凤尾，片时可以周游四方。骐骥展（之）[足]，瞬息可以至千里；若遭羁绊，经年不能移寸步。蚊虫，至微之物，夏日间飞腾，终日只在门里门外而止；若附凤尾，一霎时，那里不去了？骐骥者，千里马之名，一日可走一千里路；若是绳子缚了，经年只在这里，待走那里去？是这等譬喻：曹孟德专权，挟天子而令诸侯，占据中原，偷攘神器，钱粮浩大，军马极多。司马懿仗其镃基，坚守取胜。孙仲谋袭父兄之势，开国江南，倚冲霍险，抗拒西蜀。陆逊赖其声名，偶然一胜之法，此非用武之能，乃蚊虫附凤尾者也。诸葛孔明晦迹南阳，不求闻达。刘先主四海无家，兵微将寡，三请先生，力举大事，创业未半，而中道崩殂。嗣子刘禅，懦弱愚蒙，事［无］大小，并得总裁，尽力存心，死而后已。六出祁山，无人敢敌，师进不可迎，兵退不可追。自古以来，全才全德，一人而已！盖为粮食不进，汉历数终，致使功业不成而卒。此非用兵之不能，乃骐骥遭羁绊者也。二事灼然而见，公复何疑！”

老丈起身谢曰：“非解元无以启蒙，愿求作文以记之，若何？”姚卞（掀）［欣］然曰：“愿赐纸笔。”老丈命童子抬几案于前，挥过文房四宝。姚卞拂开玉版纸，涴饱紫毫笔，长揖一声，下笔便写，片时写就，乃（明）［朗］吟曰：

> 灰飞烟灭，倾危事始于桓灵；地覆天（番）［翻］，叛逆祸生于操卓。四方之盗贼蚁聚，六合之奸雄鹰扬。血浸郊原，骨填沟壑。孙仲谋袭父兄之势，割据江东；曹孟德挟将相之权，跨存中夏。豫州奔逃江表，孔明奋起南阳。领兵于已败之间，授任在危难之际。运谋决策，使周公瑾如治婴孩；羽扇纶巾，破司马懿似摧枯朽。佐主，抱忠贞之节；处事，怀公正之心。望重两朝，名高三国。天时将革，贤不及愚；汉历数终，才怎及庸？然管（仰）［仲］霸齐，难同盛德，自开辟以来，一人而已！信笔成文，聊记实迹云耳。

老丈大喜，命童子取银一锭，以酬润笔之资。姚卞再三推却而不肯受。忽见堂下，紫衫、银带、锦衣、花帽从者十数人，牵玉骢马一匹。一人上阶，手执蒜（办）［瓣］骨朵，唱云：“请丞相上马！”老丈趋步下阶，回顾姚卞曰：“白帝城外，老柏荫中，亮之所居。如到彼处，从容下访。”攀鞍上马。

姚卞大惊，（荒）［慌］速下阶，再拜于地。见老丈回首，以鞭答云：“亮之形迹，君已知之，不敢久留，容图后报。”言讫，望西而去。但见碧油红旆翩翩，簇拥于云烟之内。回顾视之，童子并庄院不知所在，却立于沙滩之上。

姚卞回至庙中，登殿再拜，尽书其文于壁间。回邸驿，收拾行李，乘驴，与李承局望成都而去。不则一日，到。见晁尧臣，叙旧事了，遂言神会诸葛之事。晁尧臣曰："城外祠堂尚存，何不往祭？"次日，牵黑猪白羊，往庙中祭祀。其庙亦有大柏树，甚异。唐杜工部亦曾有诗。庙内诗词歌赋，不计其数。祭罢，回府。每日与晁尧臣攀话。尧臣曰："吾始初间，指望取你来成都府，就些小功名，不想你如此饱学，栋梁之才，安可小用者！勉力读书，后举必登甲第。"

次年，春榜动，选场开，晁尧臣备鞍马衣装，使二仆从送姚卞赴京应举。客店安下（以）[已]定，将次入院，忽然夜至三更，梦一黄巾使者，手执文书，进前声喏，云："某乃武侯之所使。今奉主命，预告试题。"姚卞启封视之，见上写："明堂赋、田赋策。"觉来作文，如有神助。次日入院，果是此题，并不思量，一笔挥就而出。考试官见了大喜，取为头名状元。面君赐赏，丹墀（奉）[奏]对答如流。

初任嘉禾县令。次后便除察院。累任官拜吏部尚书。升参知政事。寿□□□，无病而卒。前人曾有诗云：

茅庐未出已三分，鱼腹空遗八阵存。
谁想归天千载后，江边犹得拜英魂！

霅川萧琛贬霸王

入话：

三桥横镇碧波中，绕廓芙蕖映水红。
晚后小舟游玩处，只因身在水晶宫。

这四句诗题着湖州风景，号为吴兴郡，自三代时，便有州治。后秦时有两家造酒最好，诸处皆来沽去。一家姓乌，一家姓程，直到如今，乌程坊是乌程县也，自古号吴兴郡，地名霅川。城濠镇于水中，多栽荷花。两条桥镇于渡上，一条名骆驼桥，一条名仪凤桥。周围景致（及）[极]多，故号“水晶宫”。

昔日，晋朝建都金陵，吴兴郡乃鱼米之地，最为上郡，钱粮（及）[极]广。此时未有杭州、嘉兴。晋后至南朝，齐太祖萧道成，字绍，乃汉萧何二十四代孙，即位以来，天下太平，无刀兵士马，江南丰稔，足有余钱，御用足备。建元二年，御笔点差御弟萧猷来任吴兴太守。

猷平生为人，心慈好善，敬天地，重神明。到任之初，郡民敬（伏）[服]。历任将及半载，时遇暮春，太守命左右，安排画船，下乡劝农，就观村景。此时就将带祗候十数人，船中自备酒肴。出到城

（廓）[郭]外，舟中坐看，满目山川似画，一条绿水如蓝，山桥边酒旆（番）[翻]风，垂柳畔渔舟下钓。太守心中喜乐。

劝农回来，舟行之后，见山顶松阴之中，有一庙宇，太守问曰："此何神所居耶？"吏答曰："此是西楚霸王之庙。"太守曰："霸王乃临淮人也。他后死于乌江，安得建庙于此？"吏曰："山后有一村，名曰（顷）[项]村，此乃霸王昔日与叔项梁避乱于此，尚有子孙存焉。此山名弁山，霸王曾于此显灵，故立庙于山顶，已经百余年矣。"

太守命舟到岸，登上谒庙，上殿焚香。拜罢，观庙中多年崩损，神像毁剥。太守问："庙祝何在？"吏曰："多年无人祭赛，庙祝已去。"太守（交）[教]唤本处乡司："唤集人民，重修庙宇，再整神像，吾亦助半年俸金，共成胜事。"

太守回州，令人并工完备，不过百日，庙宇一新。太守具黑猪、白羊，往弁山致祭。自此，乡民祈祷日盛。

忽一夜，太守在堂中秉烛观书，座间阴风飒[飒]，灯灭复明。太守观之，有一黄衣人，立于堂上。太守问云："汝是何人？夤夜入府堂门，有甚紧急之事？"黄衣人答曰："弁山神君特来相访。"太守大惊，急离座榻，问："神何在？"但见一人自外而入，头带凤翅兜鍪，身穿锦袍金带，半身现于云雾之中。太守（荒）[慌]忙下拜。神令黄衣扶起："项籍奉玉帝敕命，守镇弁山，百有余年。香火废弛已久，深感重兴，今特称谢。请勿惊疑！"太守又拜。神曰："你乃金枝玉叶，一路诸候，吾焉敢受礼！"太守曰："萧猷早知有尊神庙堂，不敢稽迟许久，望乞恕察！"神曰："君能与吾祭祀，必图后报！"言讫，风掀帘幕，不知所在。

次日，太守聚集郡中父老，宰大牢，往弁山，大祭霸王而回。乡民见太守如此致敬，城里城外，都兴社火，昼夜不绝。

太守每夜于中堂焚香秉烛，陈设酒肴，伺候神降。果然，霸王引从者五七人，降于堂前。太守拜请，（筵）[延]之上座。神曰："项籍深谢君劳力作成，安敢（妄）[忘]报！”太守曰：“但恐恭敬不周，怎敢希报乎？”神乃享祭而去。

次日，太守传台旨，令合属人等各办事，于正厅上妆塑霸王神像，修设从人。面前罗列供具什物，轩下窗棂、神帘、祭器俱全。每月初一、十五日，官司支用猪羊祭赛。四季宰大牢以享之。任民间入府烧香祈祷。太守另于正厅侧畔，造一小厅，理断公事。

自此，居民皆赴公府烧香，日有数千，事无巨细，尽来祈祷。霸王不时降于中堂，与太守攀话，郡民皆知此事，不敢作私事。三年之间，风调雨顺，田禾倍收，里无盗贼。人皆以为霸王之力也。

萧猷任满，改除西川成都刺史，上马管军，下马管民，御赐金牌、宝剑，便宜行事。代官已至，箫猷将弁山神事诉与代官，再三叮咛：“倍加钦敬，不可纤毫轻慢；忽恐遭嗔。”代官谨听萧猷之言，如法祭赛，季用大牢。

却说萧猷往弁山辞庙，夜宿庙中，梦神告曰：“君往成都，但有危难，当呼吾名，必来救护。”次日舟行，将带钧眷往西川赴任。远接，近接，到成都公廨，选择吉日礼上。西川之人闻其威权，无不畏惧。

不觉在西川又早一年。忽有人报：“云南地面，齐狗儿聚众作（耗）[乱]，劫掠州郡，攻打西川城池，无人敢当，渐近成都，事在紧急！”萧相闻得，聚集大小军官，商议退寇之策。众皆推举统领官二员，[任]本部先锋。一人姓韩名晃，一人姓崔名平，世居四川，将门之子。先点成都官兵一万五千，出境迎敌，然后萧相自统远近官军，并本州民兵接应。

先说韩晃、崔平，领军马出成都境界，正遇齐狗儿贼兵。两军相迎，列成阵势。韩晃提刀，跃马出阵，见贼势浩大，心中惧怯。对阵齐狗儿顶盔贯甲，跨马轮枪，冲开阵势而（去）[来]。韩晃大骂：“打脊匹夫，怎敢聚众谋反？大军到此，（由）[犹]自抗拒！”齐狗儿大笑："量你等黄口孺子，素不习战，吾何惧哉！"挺枪骤马。韩晃舞刀来迎，战不三合，齐狗儿大喝一声："着！"一枪正中韩晃面门，倒撞于马下。崔平在门旗影里见了，大怒，随后赶去。被齐狗儿带住铁枪，去马鞍前鞒暗取流星锤在手，觑得崔平较清，飘一锤飞来，打个正中，（番）[翻]身落马。二将俱休。

齐狗儿回身招群寇向前一掩，杀散官军，夺其军器、马匹，连夜杀入本境。

败残军马奔告，萧相大惊。人报："贼兵至！"萧相闻得，面如（地）[土]色，无计可施，视左右将，只待要走。正（荒）[慌]之间，老仆言道："向日吴兴弁山神道曾许救难，何不祷之？"萧相曰："江南至此，路隔数千，神安能救吾耶？"仆曰："主当唤之。令众军皆呼西楚霸王名号，以宽众心。"萧相下令："一齐（交）[教]三军称霸王名号，自然神佑其力。"贼兵渐近。皆大呼曰："西楚霸王，当来救难！"贼众闻之，大笑。

自对阵之时，忽然天昏地黑，阴风怒起，走石飞沙。齐狗儿当先出马，萧相拈弓搭箭，望齐狗儿射之，正中额角，拨（回马）[马回]走，众贼掩面皆倒。萧相大驱军马一掩，数千贼不战而败。齐狗儿斩为肉泥，生擒活捉不可胜计。杀得横（屁）[尸]遍野，血流成河。奔散逃命者，萧不追赶，回成都。

擒捉贼众，约有千余，问其："临敌何故掩面受死？"贼言："但见交锋之际，阴云中有一铁骑飞来，交战极是雄猛，因此俱各掩面受死。"

少刻，乡老数对，到来府中，告说："某等到处，贼众败走，皆被擒捉。但有一将，面如紫玉，目若朗星，金盔金甲，跨马持枪，背后铁甲马军，约有数千。乡民皆惊倒地上。金甲（上马）[马上]（犬）[大]将（马上）曰：'乡老休惊怕！可往城中告知萧相，吾乃弁山神也，特来报恩。'今不敢隐，特来告知相公。"

萧相见数个乡老所说皆同，方知是西楚霸王来川中救应，火急写表，申奏朝廷。一面使人直到弁山庙、吴兴城中二处，宰大牢祭祀。朝廷加赐“弁山灵应”敕额。祭赛人回，告称：“弁山庙祝言说：‘一月之前，这日正殿上，神像并从人汗如雨，（入）[人]皆惊（俱）[惧]，后方知助战之神也。’”

萧相在（城）[成]都，亦与吴兴[一般]，立建西楚霸王庙，令居民享祭。

后，萧猷回金陵，病卒。

至齐武帝朝，永明四年秋，朝廷除李仁为吴兴太守。郡吏禀复：“前任太守到任，必用大牢享祭弁山并公廨神位。”太守李仁大怒，曰：“吾平生文武兼齐，未尝信邪，何神敢近吾耶？不祭，看如何？”吏曰：“前官夜静，常见神降，极是威猛。”李仁曰：“但能武艺，吾岂不如耶？吾披甲仗剑以待之！”是夜，身披重铠，坐列画戟，从者十余人，大张灯烛，坐于堂中。

夜至三更，忽然狂风骤起，见一（个）[人]身长一丈，腰大十围，叱咤而来，从者皆走，李仁欲持戟迎之。霸王大喝曰：“无端小辈，敢谤吾耶！”李仁被其人威（赫）[吓]惊倒。众人至晓方散，看视李仁太守，已死，七窍内迸流鲜血。人皆惊愕。李仁家自具棺木殡葬，申闻朝廷。自此后，吴兴百姓谁敢乱言，四时祭赛不绝。

北齐之主，共做二十四年，被梁灭了。武帝登基，改元天监。至天监十年，除孔靖为吴兴太守。靖乃是至圣文宣王三十九代孙，挈家赴任，吏等接着，先言此事。靖曰：“吾乃先圣之后，未尝信邪神，如何宰杀大牢，祀之于国无益之神？此前官愚之甚也！”吏亦告曰：“其神至灵，但有亵渎者，神立降祸。前后损人多矣！齐永平年间，李太守不信，亦然受责而亡。”靖曰：“江南邪地，多有邪神，倚草附木，妄害平民。吾欲断此事。”吏再三告复，终不听信，移家眷于府中，歇定，并不烧香祭祀。父老亦来告说此事。靖怒，皆喝退堂。

夜坐于中堂，约有三更，但见阴风拂面，有人大喝而来，靖视之，乃霸王，提剑在手，直至中堂座前，责骂曰："汝祖尚云：'鬼神之为德，其盛矣乎！'尔乃乳臭小儿，焉敢对众谤言，以绝吾之祭祀！"靖无可答。霸王手起剑落，一声响亮，火光四起，将中堂掀了半角。家人急往视之，孔靖已死。郡中大惊。自此，弁山祖庙，舍钱物者，舍田土者，不可胜计。府中行祠、祭器皆以金玉为之，将正厅倍增华饰。

孔靖家小，行殡葬，回乡。

之后，绝无人敢来吴兴为太守。但有得除者，便推事故，不来赴任。郡中事务俱废。居民只得迎赛弁山神君，以为正事。

天监十二年，御笔点差进士出身，西川（加）[嘉]陵人氏，姓萧名琛。天子玉音道："吴兴久缺太守，郡事俱废。卿可以重新整治，勿负朕心！"琛回奏曰："臣无学不才，滥叨厚禄，今领重爵，敢不尽心！"御赐酒，以饯其行。

琛妻小留京师，止带一仆，携琴剑、书箱，投吴兴来。路上人皆接不着。琛乘小舟，暗行打听，足知居民专一祭赛弁神君，以为大事。

琛留老仆于店中，自背琴剑、书箱，径到州衙前[对]门子，曰："吾乃本郡太守萧琛也。公吏安在？"门子飞报，郡吏毕集。琛上厅阶，见珠帘窣地，香烟缭绕，指而问曰："此厅上何故珠帘悬挂？"吏跪于阶下而告曰："乃弁山神也，系西楚霸王。前朝太守建祠于此，容郡民四时享祭。太守到任，必用大牢祭之，一年自有一祭常例。东首为公厅署事。"琛大笑曰："自古及今，立州治公厅，号为'黄堂'，日与天子理民间之疾苦，安得以奉神耶！"郡吏皆再拜而告曰："其神至灵，不可轻亵。前朝李仁，本朝孔靖，二位太守，皆不信敬，到郡不二日，而受其祸。居民轻慢者，打死十数人矣。"

琛大怒曰："汝等愚匹之辈！古言：'非其鬼祭之，谄也。'吾今奉天子来守本郡，安令吾侧厅署事？此大乱之道也。吾于打碎泥神躯，看今宵如何降祸？”众吏皆力告。琛大怒，拔所佩之剑，直入正厅，扯下黄罗帐幔，先斫下头，然后把泥神推倒，唤郡吏上厅，曰：“若不听吾言者，吾立斩之！将泥神尽皆打碎！供（卓）[桌]、祭器尽皆毁之！洒扫厅堂，吾将夜坐，以待神至。”当日，谁敢不从？就正厅礼上，参贺以毕。郡吏以为今夜必死。

当夜大张灯烛于厅上。交从人皆散，独自焚香，按剑而坐。谯楼禁鼓，以待三更。但见风扑灯光，冷气满厅。只见其神霸王，仗剑咬牙，怒目而来。琛大喝一声：“来者是谁？”神曰：“吾乃西楚霸王也！”琛曰：“汝是临淮项籍，死已数百载，来此何干？”神曰：“吾乃在于弁山为神，前官塑吾于此。汝何人？敢毁吾像，占据其位？”琛噀其面曰：“汝非霸王，是邪鬼耶！”神曰：“汝焉知吾也？”琛曰：“项籍吴楚八千子弟，纵横天下，挫灭强秦，聚十万之师，七十二阵，未尝败北。一旦势去，九里山败（迹）[绩]，羞见江东父老，自刎而死于乌江。生时尚无面目渡江东，死后却为江东之何神也？以此论之，知汝非项籍霸王也。”神曰：“吾奉玉帝敕命，为弁山神。”琛曰：“令汝守弁山，自合守分，润国利民，今却来（古拒）[占据]诸侯[公厅]，理论王事（公厅），其罪一也。前来辄杀太守二员，其罪二也。要求祭祀，损害良民，其罪三也。牛乃国家有用之物，汝有何功，辄取大牢之祭？其罪四也。生不能与汉高祖争天下，死后妄逞神威，大无廉耻，其罪五也。据此五罪，当处极刑。尚自提剑而来，何不（忿）[奋]神力于垓下乎？”神乃顿首伏罪，曰：“君至言责项籍，曲尽其理，望以祭之，以图后报！”琛曰：“吾一毫之私不敢取于人，安得曲从，以图报效？汝当退去，来日听吾发落！”其神惶恐，化阵清风，飘然不见。

琛坐而待旦。郡吏见琛无事，惊拜阶下。琛呼郡吏上厅，大写文榜张挂。北门立一庙，苦不（要）甚大，（交）[教]百姓烧香。

其榜曰：

当职奉天子命，守镇吴兴，见治为神所（拒）[据]，前后二千石棺椁杀者百，询之则曰："西楚霸王，弁山神也。"吾思之，乃临淮项籍也，生为人时，有扛鼎之力，勇敌万夫，遂灭秦而有天下。复独专自大，不能任人；群贤皆去，诸侯皆叛，数十万之师，闻楚歌而散，乌骑不逝，虞姬自刎，单马奔逃，（尤）[犹]叹曰："天亡我！"由其不明也如此。至乌江岸口，与舟师曰："吾无面目见江东父老！"遂自刎而死。则为有耻矣。今则却为江东弁山之神，何无耻也如此！自合（净）[静]守弁山，润国利民。不即安分，却来（拒）[据]吾之公厅。此又不知耻也如此。希宰牛为祭，前后妄杀太守于公厅，何不仁也如此。生不能与汉高祖争天下，死（拒）[据]一州之厅；一厅之大，何比天下？生而惜爵，死而望祭；一牛之祀，何比诸侯？而其愚也甚。今毁庙绝祀。然项籍为人刚毅，亦当世之豪杰，世之罕有者也。除已迁庙于本州北门之左，此后，士民除用三牲祭享之外，毋得擅宰大牢。如犯者，当治极刑。亦不许迎神、赛社，扇惑愚民，有妨生理。神当以润国泽民，永保香火。神若无灵，亦当毁。故榜。

自此之后，不复再兴。萧琛后为梁大丞相。至今湖州有霸王门，即当时立庙之地也。

有诗曰：

楚汉兴亡（自）[事]已陈，威灵空作弁山神！
像如虎战三河日，碑叙鹰扬六合晨。
兵败岂知逢韩信，毁祠（尤）[犹]自遇萧琛。
至今徒有虚名在，谁是焚香酹酒人？

李元吴江救朱蛇

入话：

劝人休诵经，念甚消灾咒？
经咒总慈悲，冤业如何救？
种麻还得麻，种豆还得豆。
报应本无私，作了还自受。

这八句言语乃徐神翁所作，言人在世，积善逢善，积恶逢恶。古人有云：

积金以遗子孙，子孙未必能守；积书以遗子孙，子孙未必能读；不如积阴骘于冥冥之中，以为子孙长久之计。

昔日，孙叔（傲）[敖]晓出，见两头蛇一条横截其路。孙叔（傲）[敖]用砖打死而埋之，归家，告其母曰："儿必死矣！"母曰："何以知之？"（傲）[敖]曰："常闻人见两头蛇者必死，儿今日见之。"母曰："何不杀乎？"叔（傲）[敖]曰："儿已杀而埋之，免（之）[使]后人[再]见，以伤后人之命，儿宁一身受死！"母曰："此乃阴骘，儿必不死！"后叔（傲）[敖]官拜丞相。

今日说一个秀才，救一条蛇，亦得后报。

（南）[北]宋（仁）[神]宗朝，熙（巳）[宁]年[间]，汴梁有个官人，姓李名懿，历任官杞县知县，除佥杭州判官。本官世本陈州人氏，有妻韩氏，子李元，学儒。李懿到家收拾行李，不将妻子，只带两个仆人，[到杭州赴任。在任]闲看经史。倏忽一年，猛思子李元在家攻书，不知近日学业如何，写封家书，使王安往陈州，取孩儿李元来杭州，早晚作伴，就买书籍。

王安辞了本官，不一日，到陈州，参见恭人，呈上家书。书院中唤出李元，令读了父亲家书，收拾行李。

李元在前，曾应举不第，近日琴书意懒，止以游山玩水，以自娱乐。闻父命呼召，收拾琴剑、书箱，拜辞母亲，与王安登程。沿路觅船，不一日，到扬子江。李元看了江山景物，观之不足，乃赋诗曰：

西出昆仑东到海，惊涛（泊）[拍]岸浪掀天。
月明满耳风雷吼，一派江声送客船。

渡江至润州，一只小船来杭州。迤逦到常州，过苏州，至吴江。

是日申牌时分，李元舟中看见吴江风景，不减潇湘图画，心中大喜，令（稍）[艄]公泊舟近长桥之侧。元登岸上桥，来垂虹亭上，凭栏而坐，望太湖晚景。

李元观之不足，忽见桥东一造粉墙，中有殿堂，不知何所，却值渔翁卷网而来，揖而问之："桥东粉墙，乃是何处？"渔人曰："三高士祠也。"李元问曰："三高士何人也？"渔人曰："乃范蠡、张翰、陆龟蒙，此三高士之堂也。"

元喜，寻路渡一横桥，至三高士祠。入侧门，观石碑。上堂，见三人列坐，中间范蠡，左张翰，右陆龟蒙。李元寻思间，一老人策杖而来。问之，乃看祠堂之人。李元曰："此祠堂几年矣？"老丈曰：

“近千余年矣。”元曰：“吾闻张翰在朝，曾为显官，因思鲈鱼、莼菜之美，弃官归乡，彻老不仕，乃是急流中（涌）[勇]退之人，世之高士也。陆龟蒙绝代诗人，隐（为）[居]吴淞江上，惟以养鸭为乐，亦世之高士。此二人立祠，正当其理。范蠡乃越国之上卿，因献西施（为）[于]吴王夫差，就中（其）[取]事，破吴国。后见越王义薄，（遍）[偏]舟遨游五湖，自号鸱夷子，此人虽贤，乃吴国之仇人，如何于此受人享祭？”老人曰：“前人所建，不知何意。”李元于老丈处借笔砚，题诗一绝于壁间。以明鸱夷[子]不可于此受享。诗曰：

地灵人杰夸张陆，共预清祠是可宜。
千载难消亡国恨，不应此地着鸱夷。

题罢，还老丈笔砚，相辞出门，见数个小孩儿，用竹杖于深草中戏打小蛇，李元近前视之，见小蛇生得奇异，金眼黄口，赭身锦鳞，体如珊瑚之状，腮下有绿毛，可长寸余。其蛇长尺余，如瘦竹之形。元见尚有游气，（荒）[慌]忙止住小童：“休打，我与你铜钱百文，可将小蛇放了，卖与我！”

小童簇定要钱。李元将朱蛇用衫袖包裹，引小童[到]船边，与了铜钱自去，唤王安开书箱，取艾叶煎汤。少等，温贮于盘中，将小蛇洗去污血。命（稍）[艄]公开船。远望岸上草木茂盛之处，急无人到，就那里将朱蛇放于草中。蛇乃回头数次看李元。元曰：“李元今日放了你，可于僻静去处躲避，休再（交）[教]人见！”朱蛇探于水中，穿波底而去。

李元令移舟望杭州而行，三日已到，拜见父亲，言讫家中事了毕。父问其学业，李元一一对答，就言三高士祠话。父喜。李元曰：“母亲在家，早晚无人侍奉，儿欲归家，就赴春选。”父乃收拾俸余之资，买些土物，令元回乡，又令王安送归。行李已搬下船，拜辞父亲，与王安二人离了杭州，出东新桥官塘大路，过长安坝，至嘉禾，近吴江，从旧岁所观山色江湖景迹，意中不舍。到长桥时，日已平西，李元（交）[教]暂住行舟，且观景物，宿一宵，来早去。就桥下湾住船。上岸独步，上桥，登垂虹亭，凭栏伫目，遥望湖光潋滟，山色溟蒙，风定渔歌聚，波摇雁影分。

正观玩间，忽见一青衣小童进前作揖，手执名榜一纸，曰："东人有名榜在此，欲见解元，未敢擅便。"李元曰："汝东人何在？"青衣曰："在此桥左，拱听呼唤。"李元看名榜纸上，一行书云："学生朱伟谨谒。"元曰："汝东人莫非误认我乎？"青衣曰："正欲见解元，安得误耶？"李元曰："我自来江左，并无相识，亦无姓朱者来往为友，多敢同姓者乎？"青衣曰："正欲见通判相公李衙内李伯元，岂有误耶？"李元曰："既然如此，必是斯文，请来相见何碍？"

青衣去不多时，引一秀才至，眉青目秀，齿白唇红，飘飘然有凌云之志，挺挺乎绝尘世之姿，见李元先拜。元（荒）[慌]忙答礼。朱秀才曰："家尊与令祖相识甚厚，闻先生自杭而回，特命学生伺候已久。倘蒙不弃，少屈文旆，至舍下，与家尊略备叙旧，可乎？"李元曰："元年幼，不知先祖与君家有旧，失于拜探，幸乞恕察！"朱秀才曰："蜗居只在（只）[咫]尺，幸勿见却！"

李元见朱秀才坚意叩请，乃随秀才出垂虹亭，至长桥尽处。柳阴之中，泊一画舫，上有数人，容貌魁梧，衣装鲜丽，邀元下船，见船内五彩装画，裀褥铺设，皆极富贵。元早惊异。朱秀才（交）[教]开船者荡浆，舟去如飞，两边搅起浪花，如雪飞舞。

须臾之间，船已到岸。朱秀才请李元上岸。元见一带松柏，亭亭如盖。沙草滩头，摆列紫衫银带约二十余人，两乘紫藤兜轿。李元问曰："此公吏，何府第之使也？"朱秀才曰："此家尊之所使也。请上轿，咫尺便是。"

李元惊（感）[惑]之甚，不得已上轿。左右呵喝，入松林。行不一里，见一所宫殿，背靠青山，面朝绿水。水上一桥，桥上列花石栏杆。宫殿上盖琉璃瓦。两廊下皆捣红泥墙壁。朱门三座，上有金字牌，题曰“玉华之宫”。轿至宫门，请下轿。李元不敢（那）[挪]步，战栗不已。宫门内有两人出迎，皆头顶貂蝉冠，身披紫罗襕，腰系黄金带，手执花纹简，进前施礼，请曰：“王上有命，谨请解元！”李元半（饷）[晌]不能对答。朱秀才在侧，曰：“吾父有请，慎勿惊疑！”李元曰：“此何处也？”秀才曰：“先生到殿上便知也。”

李元勉强随二臣宰行，从东廊历阶而进，上月台，见数十个人，皆锦衣，簇拥一老者出殿上。其人蟾冠大袖，朱履长裙，手执玉圭，进前迎迓。李元（荒连）[慌忙]下拜。王者命左右扶起。王曰：“坐邀文旆，甚非所宜。幸沐来临，万乞情恕！”

李元但只唯唯答应而已。左右迎引入殿。王升御座。左手下设一绣墩，请解元（得）[登]席。元再拜于地，曰：“布衣寒生，王上御前，安敢侍坐？”王曰：“解元[于]吾家处有大恩，今令长男邀请至，坐之何碍？”二臣宰请曰：“王上敬先生，勿辞！”李元再三推却，不得已，低首躬身，坐于绣墩。王乃唤：“小儿来拜恩人。”

少顷，屏风后宫女数人，拥一郎君至。头带小冠，身穿绛衣，腰系玉带，足蹑花靴，面如傅粉，唇似抹脂，立于王侧。王曰：“小儿外日游于水（济）[际]，不幸遇顽童所获，若非解元一力救之，则身为齑粉矣！众族感戴，未尝忘报。今既至此，吾儿可拜谢之！”小郎君近前下拜。李元（荒）[慌]忙答礼。王曰：“君是吾儿之大恩人也，可受礼！”命左右扶定，令儿拜讫。

李元仰视王者，满面虬髯，目有神光。左右之人，形容皆异。方悟此处是水府龙宫，所见者，龙君也。旁立年少郎君，即向日三高士祠后所救之小蛇也。元（荒）[慌]稽颡顿[首]，拜于阶下。王起身曰：“此非待恩人处，请入宫殿后，少进杯酌之礼。”

李元随王转玉屏。花砖之上，皆铺绣褥。两旁皆绷锦步障。出殿后，转行廊，至一偏殿。但见金碧交辉，内列龙灯、凤烛，玉炉喷沉麝之香，绣幕飘流苏之带。中设二座，皆是鲛（销）[绡]拥护。李元惊怕而不敢坐。王命左右扶李元上座，两旁仙音（嘹）[缭]绕，数十美女，各执乐器，依次而入。前面执宝杯盘进酒献果者，皆绝色美女。但闻异香馥郁，瑞气氤氲。

李元不知手足所措，如醉如痴。王曰："钦敬回答。"须臾，（今）[令]二子进酒，皆再拜。抬上果（卓）[桌]，伫目观之，器皿皆是玻璃、水晶、琥珀、玛瑙为之，曲尽巧妙，非人间所有。王自起身，与李元劝酒，其味甚佳。肴馔极多，不知何物。王令诸宰臣轮次举杯相劝。李元不觉大醉，起身拜王，曰："臣实不胜酒矣！"俯伏在地，而不能起。王命侍从扶出殿外，送至客馆（交）[安]歇。

李元酒醒，红日已透窗前，惊起视之，房内床榻帐幕，皆是（绞销）[鲛绡]围绕。从人安排洗漱已毕，见夜来朱秀才来房内相邀，并不穿世之儒服，裹毬头帽，穿绛（销）[绡]袍，玉（滞）[带]皂靴，从者各执斧钺。

李元曰："夜来大醉，甚失礼仪。"朱伟曰："无可相款，幸乞情恕！父王久等，请恩家到偏殿进膳。"引李元见王。曰："解元且宽心怀，住数日去，亦不迟。"李元再拜，曰："荷王上厚意。家尊令李元归乡侍母，就赴春选，日已逼迫。更兼仆人久等，不见必忧，倘回杭报父得知，必生远虑。因此不敢久留，只此告退。"王曰："既解元要去，不敢久留。虽有纤粟之物，不足以报大恩。但欲者，当一一奉纳。"李元曰："安敢过望！平生但得称心，足矣。"王笑曰："解元既欲吾女为妻，敢不奉命！但三载后，须当复回。"王乃传言："唤出称心女子来。"

须臾，众侍女簇拥一美女至前。元乃偷眼视之，雾鬓云鬟，柳眉星眼，有倾国倾城之貌，沉鱼落雁之容。王指此女曰："此是吾女称心也。君既求之，愿奉箕帚。"李元拜于地，曰："臣所欲称心者，但得一举登科，以称此心，岂敢望天女为配偶（耳）[耶]！”王曰：“此女小名称心，既以许君，不可悔矣。若欲登科，只问此女，亦可（辩）[办]也。”王乃唤朱伟：“送此妹与解元同去。”李元再拜谢。

朱伟引李元出宫，同到船边，见女子（以）[已]改素妆，先在船内。朱伟曰：“尘世阻隔，不及亲送，万乞保重！”李元曰：“君父王，何贤圣也？愿乞姓名。”朱伟曰：“吾父乃西海群龙之长，多立功德，奉玉帝敕命，令守此处。幸得水洁波澄，足可荣吾子孙。君此去，切不可泄漏天机，恐遭大祸。吾妹处，亦不可问仔细。”

元拱手听罢，作别上船。朱伟又付金珠一帕相送。但耳畔闻风雨之声，不觉到长桥边。从人送女子并李元登岸，与了金珠，火急开船，两浆如飞，倏忽不见。李元似梦中方觉，回观女子在侧，惊喜。元与女子曰：“汝父令汝与吾为夫妇，你还随我去否？”女子曰：“妾奉王命，令吾事奉箕帚，但不可以告家中人。若泄漏，则妾不能久住矣。”

李元引女子同至船边。仆人王安惊疑，接于船中，曰：“东人一夜不回，小人何处不寻，竟不知所在！”李元曰：“吾见一友人，邀于湖上饮酒，就以此女与我为妇。”王安不敢细问情由，请女子下船，将金珠藏于囊中，收拾行船官河。一路涉河渡坝，看看来到陈州。升堂参见老母，说罢父亲之事，跪而告母曰：“儿在途中，娶得一妇，不曾得父亲之言，不敢参见。”母曰：“男婚女聘，古之礼也。你既娶妇，何不领归？”母命引称心女子拜见老母，合家大喜。

自搬回家，不过数日，（以）[已]近试期，李元见称心女子聪明智（惠）[慧]，无有不通，乃问曰：“前者汝父曾言，若欲登科，必问于汝。来朝吾入试院，你有何见识教我？”女子曰：“今晚吾先取试题，汝在家中先作了文章，来日依本去写。”李元曰：“如此，甚妙。此题目从何而得？”女子曰：“吾闭目作用，慎勿窥（戏）[觑]！”李元未信。

女子归房，坚闭其门，但闻一阵风起，帘幕皆卷。约有更余，女子开户而出，手执试题与元。元大喜，恣意检本，做就文章。来日入院，果是此题，一挥而出。后日亦如此，连二场，皆是女子飞身入院，盗其题目。

李元待至开榜，李元果中高科。初任陈州佥判，闾里作贺，走马上任。一年，（夫）[改]除奏院。李元三年任满，除江南吴江县令，引称心女子并仆从五人，辞父母，来本处之任。

到任（礼）上不数日，称心女子忽一日辞李元曰："三载之前，为因小[弟蒙君救命之恩，父母教奉箕帚。今已过期，即当辞去。君宜保重。"李元不舍，欲向前拥抱，被一阵狂风，女子已飞于门外，足底生云，冉冉腾空而去。李元仰面大哭。女子曰："君勿误青春，别寻佳偶。官至尚书，可宜退步。妾若不回，必遭重责。聊有小诗，永为表记。"空中飞下花笺一幅。有诗云：

三载酬恩已称心，妾身归去莫沉吟。
玉华宫内浪埋雪，明月满天何处寻。

李元终日悒怏。后三年官满，回到陈州。除秘书。王丞相招为婿。累官至吏部尚书。直至如今，吴江西门外有龙王庙尚存，乃李元旧日所立。有诗云：

昔时柳毅传书信，今日李元逢称心。
恻隐仁慈行善事，自然天降福星临。]